گل بوٹے سلور سیریز

جنِ حَسن عبدُالرّحمن

﴿حصّہ اوّل و دوم﴾

مترجم

قرۃ العین حیدر

مرتّب

خان نوید الحق

محرّک

فاروق سیّد، مدیر گل بوٹے

جن حسن عبدالرحمن ـ حصہ اوّل و دوم

مترجم : قرۃ العین حیدر

مرتب : خان نویدالحق

محرک : فاروق سیّد

ناشر : گل بوٹے پبلی کیشنز، ممبئی

بسلسلۂ گل بوٹے سلوَر جوبلی جشن ـ ستمبر 2019ء

کمپوزنگ : یسریٰ گرافکس، پونہ

سرورق : ریحان کوثر، کامٹی

ملنے کے لیے رابطہ : 09867169383 (کوثر احمد)

09892461465 (محمد شریف)

ISBN: 978-81-943074-3-3

Jinn Hasan Abdur Rehman

Translator: Qurratulain Haider

Compiler: Khan Navedulhaque

Motivator: Farooque Sayyed

Publisher: Gul Bootey Publications, Mumbai

Commemorating Gul Bootey Silver Jubilee Celebration - Sept. 2019

انتساب

میری رفیقِ حیات

نفیسہ عرفان

اور

ہمارے دو نونہال

عبدالمتین عرفان | عبدالباسط عرفان

کے نام

جن کی مسکراہٹ پر میری ساری دنیا نچھاور ہے۔

منجانب

عرفان شاہ نوری

عرضِ ناشر

پیارے بچو!

السلام علیکم ورحمۃ اللّٰہ!

آج کا دن اور یہ خوب صورت موقع ہمارے لیے کسی انمول تحفے سے کم نہیں۔ آج ہمارا پسندیدہ رسالہ ماہنامہ 'گل بوٹے' ممبئی اپنی تاسیس کے پچیس سال مکمل کر رہا ہے۔ اس پرمسرّت موقع پر ہم اللّٰہ ربّ العزّت کی بارگاہ میں نذرانۂ تشکر پیش کرتے ہیں جس نے ہمیں یہ مبارک دن دِکھایا۔ 'گل بوٹے' کی اشاعت کے پچیس برس مکمل ہونے پر ہم اپنے ان تمام ننھے ساتھیوں کو دلی مبارک باد پیش کرتے ہیں جو اپنے پسندیدہ رسالے سے ابتدا ہی سے جڑے رہے۔ جنھوں نے گل بوٹے کو اپنا رسالہ سمجھا، اس کا ہر مہینے بڑی شدت سے انتظار کیا، اسے پابندی سے خریدا، اس کے خوب صورت مشمولات کو پسند کیا، اس کی قیمتی باتوں کو ذہن نشین کر کے ان پر عمل کیا۔ ان تمام ساتھیوں کو بھی مبارک باد جو گل بوٹے کی ترویج و ترقی اور اسے گھر گھر پہنچانے میں ہمیشہ کوشاں رہے، اس کی ترتیب و اشاعت میں اپنے قیمتی مشوروں سے نوازا، مشکل ترین حالات میں اپنی توجہ اور تعاون سے گل بوٹے کے کم سواد مدیر کی ڈھارس بندھائی، گل بوٹے ٹیم کی کوششوں کو سراہتے ہوئے ان کی حوصلہ افزائی کی، گل بوٹے کے ساتھ سفر کرتے ہوئے اپنے بچپن کو لڑکپن اور لڑکپن کو نوجوانی میں تبدیل کیا۔ آج کا دن ان تمام ننھے فرشتوں اور نوجوان دوستوں کے لیے نویدِ جاں فزا لے کر آیا ہے اور آج یہی تمام ساتھی مبارک باد کے مستحق ہیں۔ آپ تمام کو کامیابی و کامرانی کے یہ پُرمسرّت لحات بہت بہت مبارک ہوں!

عزیز ساتھیو! ہمارے ملک میں بچوں کے رسائل کی تاریخ درخشاں رہی ہے۔ ایک زمانہ تھا جب ملک کے مختلف شہروں سے بڑی تعداد میں بچوں کے رسائل نکلتے تھے۔ آج بھی قدرے کم تعداد میں سہی لیکن بچوں کے رسائل برابر نکل رہے ہیں۔ ممبئی جیسے اُردو آبادی والے بڑے شہر سے ایک عرصے سے بچوں کے ایک معیاری رسالے کی ضرورت محسوس کی جاتی تھی۔ اللہ کا شکر ہے کہ اس نے ہمیں توفیق بخشی اور ہم نے اللہ کا نام لے کر تن تنہا اس راہ پر قدم بڑھایا اور دیکھتے ہی دیکھتے گل بوٹے کے تئیں ہمارے جنون نے پچپیس بہاریں مکمل کر لیں۔ اگرچہ زمانے کی نظر میں پچپیس برس کوئی بڑی مدت نہیں ہوتی لیکن کسی رسالے کے لیے اور وہ بھی اُردو زبان میں بچوں کے رسالے کے لیے یہ ایک بہت بڑی مدت ہے۔ یہ ایک ایسی مدت ہے جسے کسی جنون یا دیوانگی کے سہارے ہی پورا کیا جاسکتا ہے۔ ان پچپیس برسوں میں گل بوٹے نے ترقی کے کئی رنگ دیکھے۔ پہلے پہل اسے سادے کاغذ پر یک رنگی شائع کیا گیا۔ پھر پرنٹ میڈیا میں آئے انقلابات پر لبیک کہتے ہوئے آرٹ پیپر اور مکمل رنگینی کو اپنایا۔ اِس دوران گل بوٹے زمانے کے شانہ بہ شانہ چلتا رہا لیکن اس نے تعلیمی، اخلاقی اور تہذیبی رہنمائی کے اپنے مشن سے صرفِ نظر نہیں کیا بلکہ فکری طور پر پوری قوت سے اپنے مشن پر ہمیشہ گامزن رہا۔

ہمیں اس حقیقت کا اظہار کرتے ہوئے بڑی مسرت ہو رہی ہے کہ جیسے ہی ہم اپنی تاسیس کے پچپیسویں سال کی طرف بڑھ رہے تھے، ہم گل بوٹے کی سلور جوبلی کچھ منفرد انداز میں منانے کا سوچ رہے تھے اور جلد ہی ہم نے یہ عزم کیا کہ گل بوٹے کی پچپیسویں سالگرہ پر ہم بچوں کے ادب کو نادر موضوعات پر پچپیس کتابوں کا تحفہ دیں گے۔ الحمد للہ! ثم الحمد للہ! ہمیں خوشی ہو رہی ہے کہ اللہ تعالٰی نے ہمارے اِس عزم کی لاج رکھ لی اور ہم آج مختلف موضوعات پر پچپیس کتابیں شائع کرنے میں کامیاب ہوئے ہیں۔ بچوں کے ادیبوں کی ڈائرکٹری الگ۔

بچوں کے ادب پر یہ پچپیس کتابیں گل بوٹے کے ادارۂ تحریر کے رفقا یعنی ٹیم گل بوٹے

بِن حسن عبدالرحمٰن — حصہ اوّل

گل بوٹے سِلوَر جوبلی سیریز

کی محنتوں کا ثمرہ ہے۔ ان کتابوں میں ٹیم گل بوٹے نے ان تمام موضوعات کو سمیٹنے کی کامیاب کوشش کی ہے جو اُردو میں بچوں کے ادب کے زرّیں عہد کے گواہ ہیں۔ یہ وہ موضوعات ہیں جو اَب نایاب نہیں تو کمیاب ضرور ہیں البتہ یہ حقیقت ہے کہ آج کسی ایک جگہ دستیاب نہیں۔ ٹیم گل بوٹے نے موضوعات کے انتخاب سے لے کر کتاب کی ترتیب و تدوین تک جس محنتِ شاقہ کا ثبوت فراہم کیا ہے اس کے لیے میں بحیثیت مدیر اور ناشر تمام مرتبین کا شکر گزار ہوں۔ ناسپاسی ہوگی اگر اس موقع پر اپنے عزیز دوست اور بال بھارتی پونہ کے اُردو افسر خان نوید الحق انعام الحق صاحب کا شکریہ ادا نہ کروں جن کی کرشماتی شخصیت نے کتابوں کی ترتیب سے لے کر سلور جوبلی تقریبات کے انعقاد تک ہر مشکل مرحلے میں میرے کندھے سے کندھا ملا کر کام کیا۔ ہر مرحلے پر ثابت قدمی دِکھاتے ہوئے کام کی پہل کی، اپنے وسیع تجربات کی روشنی میں کٹھن مراحل کو آسان بنا دیا اور اپنے آپ کو دامے درمے سخنے کلی طور پر اس کام کے لیے وقف کر دیا۔ ان احسانات کو صرف محسوس کیا جا سکتا ہے۔

زیرِ مطالعہ کتاب 'جن حسن عبدالرحمٰن - حصہ اوّل و دوم' جناب خان نوید الحق نے مرتب کی ہے۔ آپ نے حتی الامکان اسے خوب سے خوب تر بنانے کی کوشش کی ہے اس لیے ادارہ گل بوٹے جناب خان نوید الحق کا دِل کی گہرائیوں سے شکریہ ادا کرتا ہے۔

آپ کے اپنے ماہنامے 'گل بوٹے' کے جشنِ سیمیں کے موقع پر ہم ان تمام قلمکاروں، مراسلہ نگاروں اور قارئین کا شکریہ ادا کرتے ہیں جنہوں نے گزشتہ ربع صدی کے دوران ہر مرحلے پر ہمارا تعاون کر کے حوصلہ بڑھایا ہے۔ ہمیں اُمید ہے کہ بچوں کے ادب پر یہ پچیس کتابیں آج کے حالات میں ادبِ اطفال کی راہ متعین کرنے میں مشعلِ راہ ثابت ہوں گی۔ آپ کی گرانقدر آرا کا ہمیں انتظار رہے گا۔

والسلام

فاروق سیّد

عرضِ مرتب

کسی بھی قوم کی ترقی کا دارو مدار بڑی حد تک اس قوم کے بچوں پر منحصر ہے۔ کیوں کہ آج کا بچہ ہی تو کل کا شہری ہوتا ہے۔ چوں کہ بچے تہذیب کے امین و نگہبان ہیں اس لیے ان کی تربیت کا مسئلہ ہمارے علوم میں بنیادی توجہ اور ترجیح کا متقاضی ہے۔ یہی وجہ ہے کہ ترقی یافتہ ممالک میں بچوں کی تربیت اور ذہنی نشو و نما پر خصوصی توجہ کی جاتی ہے۔ بچوں کے ادب سے مراد نظم و نثر کا وہ ذخیرہ ہے جو خاص طور پر بچوں کے لیے ہی لکھا گیا ہو اور اپنی معنویت اور افادیت کے اعتبار سے بچوں کے لیے مخصوص ہو۔ جس میں درسی اور غیر درسی ادب بھی شامل ہو، ہم اسے بچوں کے ادب سے تعبیر کریں گے۔ بچہ اپنی عمر کے ابتدائی برسوں میں بڑی تیزی سے نشو و نما کے مدارج طے کرتا ہے اور بڑی بڑی تبدیلیوں سے ہمکنار ہوتا ہے۔ اس بات کے پیش نظر بچوں کا ادب ذہنی، لسانی اور عمر کے اعتبار سے بڑوں کے ادب سے مختلف ہونا چاہیے۔ جس طرح بالغوں کا ادب زندگی سے عبارت ہے اسی طرح بچوں کا ادب بھی ان کی روز مرہ زندگی سے قریب ہونا چاہیے۔

بچوں کے ادب کی اپنی الگ اہمیت اور افادیت ہے۔ اسے پڑھنے والے بچے بھی بڑوں کی طرح پسند اور ناپسند کرنے کی آزادی رکھتے ہیں۔ آج دنیا کے ہر ملک میں بچوں کے ادب کی اہمیت دن بہ دن بڑھتی جا رہی ہے۔ اب تو عالمی سطح پر بھی اس بات کو تسلیم کر لیا گیا ہے کہ بچوں کی الگ اور آزاد دنیا ہے۔ ان کی اپنی ایک شخصیت ہے۔ بچے خود ایک قوم

کی حیثیت رکھتے ہیں اور جب بڑے ہوتے ہیں تو بالغوں کی قوم میں شامل ہو جاتے ہیں ۔

دُنیا کی دوسری زبانوں کی طرح اُردو میں بھی بچوں کا ادب موجود ہے ۔ اُردو کے بیشتر ادیبوں اور شاعروں نے بچوں کے لیے لکھا ہے لیکن آج کل بچوں کے لیے اتنا معیاری ادب تخلیق نہیں ہو رہا ہے جتنا ہونا چاہیے ۔ عموماً بچوں کے ادب کی تخلیق کو اعلیٰ درجے کا فن نہیں سمجھا گیا ۔ صرف ناصحانہ اور سبق آموز مضامین کو ہی بچوں کے ادب میں شامل کیا جاتا ہے ۔ جب کہ بچوں کے لیے ایسی تخلیقات پیش کی جانی چاہیے جن کے ذریعے ان کی ذہنی اور سماجی نشو و نما میں مدد ملے اور بچوں میں اعلیٰ انسانی قدروں کو قبول کرنے کی صلاحیت پیدا ہو سکے ۔

ادبِ اطفال کی وہ ضرورت جسے نظر انداز نہیں کیا جا سکتا دوسری زبانوں کے بچوں کے ادب سے تراجم ہے ۔ اس لیے بہت ضروری ہے کہ اس جانب خصوصی توجہ دی جائے اور بچوں کے لیے دیگر زبانوں کے کارآمد مواد کا ترجمہ کیا جائے ۔ حالاں کہ اُردو زبان میں بچوں کا ادب کئی شکلوں میں ہمارے سامنے موجود ہے ۔ اس ضمن میں وہ کتابیں بھی شامل ہیں جو بچوں کو درسی کتاب کے طور پر پڑھائی جاتی ہیں ۔ اُردو زبان میں ایک زمانے تک کوئی خاص توجہ نہیں کی گئی ۔ جبکہ دیگر زبانوں میں بچوں کے ادب کی ابتدا اُنیسویں صدی میں ہو کر بیسویں صدی میں کافی ترقی ہو چکی تھی ۔ اُردو ادبِ اطفال میں جن ادبا و شعرا نے کام کیا اور جن کی تخلیقات کو مقبولیت حاصل ہوئی ان میں محمد حسین آزاد، الطاف حسین حالی، اسمٰعیل میرٹھی، علامہ اقبال، شفیع الدین نیّر، حامد اللہ افسر، تلوک چند محروؔم، حفیؔظ جالندھری، مائؔل خیرآبادی وغیرہ نظم نگاروں اور منشی پریم چند، ڈاکٹر ذاکر حسین، خواجہ حسن نظامی، پروفیسر محمد مجیب، کرشن چندر، صالحہ عابد حسین، عصمت چغتائی وغیرہ بلند پایہ نثر نگاروں کے نام لیے جا سکتے ہیں ۔ عصمت چغتائی اور کرشن چندر نے بڑوں کے لیے ادب تخلیق کرنے کے ساتھ ساتھ بچوں کے ادب کی طرف بھی ایک مخصوص زاویے سے توجہ دی ہے ۔

اسی طرح روسی ادیب ایل۔ لاگن نے بچوں کے لیے یہ دلچسپ کہانی داستان کے پیرائے میں لکھ کر روسی ادب میں مقبولیت حاصل کی ہے ۔ ایل لاگن کی یہ کہانی روسی الف

لیلیٰ کے نام سے بھی مشہور ہے۔اس کہانی میں ایک جن آزاد ہونے کے بعد کیا کیا کارنامے انجام دیتا ہے اس کا ذکر ہے۔اسے مزاحیہ انداز میں پیش کرکے مصنف نے بچوں کی دلچسپی مزید بڑھا دی ہے۔

بچپن میں ہم پیامِ تعلیم بڑے شوق سے پڑھا کرتے تھے۔غالباً آپ بھی پیامِ تعلیم کے قاری رہے ہوں گے۔اسی رسالے کے دفتر نے دیگر زبانوں کے ادبِ اطفال سے اس منتخب روسی کہانی کا ترجمہ کرکے بچوں کے لیے شائع کیا تھا۔ان دنوں یہ کتاب نایاب ہے اسی لیے گل بوٹے پبلی کیشنز کے روحِ رواں فاروق سیّد صاحب کی ایما پر میں نے اس کتاب کو تلاش کیا اور نئے سرے سے اس کی کمپیوٹر کتابت کرواکے بچوں کے لیے پیش کیا ہے۔اس کتاب کو اُردو میں منتقل کرنے کا مقصد یہ ہے کہ بچے اسے دلچسپی سے پڑھیں اور کوئی نہ کوئی اخلاقی درس بھی لیں۔اس کتاب کا مقصد بچوں کی دلچسپی کے ساتھ ساتھ ان کی اصلاح کرنا بھی ہے۔مزید یہ کہ دیگر زبانوں کو سیکھنے کے لیے آمادہ کرنا بھی مقصود ہے۔

ایک بات وثوق کے ساتھ کہنا چاہتا ہوں کہ اس داستان کو پڑھ کر بچوں کو خوب مزہ آئے گا اور مستقبل میں وہ اصل کتاب حاصل کرکے پڑھنے کے لیے بیتاب ہوں گے۔ بچوں میں ادبِ اطفال سے دلچسپی بڑھے گی اور اربابِ علم و ادب بھی اسے استحسان کی نظروں سے دیکھیں گے۔

خان نوید الحق

B-10، تیسرا منزلہ، روہن اینکلیو،
پونے-ممبئی روڈ، داپوڑی، پونے-411 012
M.: 9970782076
khan18664@gmail.com

تمہید

بچوں کی اس دلچسپ کہانی کو اکثر 'روسی الف لیلہٰ' کہا جاتا ہے۔ بوڑھے جن حطّا پچ کے متعلق کتاب کے مصنف کا کہنا ہے :

''شہزاد کی داستانوں میں سے ایک میں، مَیں نے اس ماہی گیر کا قصہ پڑھا جس کے جال میں ایک تانبے کی صراحی پھنس گئی تھی اور اس صراحی میں ایک زبردست جن ہزاروں برس سے قید تھا۔ اس جن نے قسم کھا رکھی تھی کہ جو کوئی اسے آزاد کرے گا وہ اسے انتہائی دولت مند اور طاقت ور بنا دے گا۔''

میں نے سوچا کہ اگر ایسا ہی کوئی جن سوویت یونین میں، ماسکو میں کسی کو مل جائے تو کیا ہو؟ پھر میں نے تصور کرنے کی کوشش کی کہ اگر ایک عام سوویت بچے نے اس جن کو آزاد کیا ہوتا تو کیا ہوتا۔

اور تب اچانک مجھے معلوم ہوا کہ وولکا کوستل کوف نامی ایک اسکول کا لڑکا ...وہی لڑکا جو اگلی سڑک کے نکڑ پر رہتا ہے جو تیرا کی کا ماہر ہے ...اس لڑکے نے ... مگر بہتر یہ ہوگا کہ آپ پوری داستان شروع ہی سے سنیں ...

ایک انوکھی صبح

صبح کے ٹھیک سات بج کر بتیس منٹ پر سورج کی ایک ہنستی ہوئی کرن پردے کے سوراخ میں پھسل کر وولکا کوسٹل کوف کی ناک کی نوک پر آن بیٹھی۔ وولکا نے زور سے چھینک لی اور اُٹھ بیٹھا۔ اسی وقت اس کی امّاں دوسرے کمرے میں کہہ رہی تھیں ۔

’’بچے کو سونے دو نا اُلوشا ... بے چارہ آج امتحان دینے والا ہے ۔‘‘

وولکا جھنجھلا گیا۔ اماں اسے بچہ پکارنا کب چھوڑیں گی۔

’’صاحبزادہ تیرہ برس کے ہو چکے ہیں ۔ آج ہی کل میں ڈاڑھی مونچھ بھی نکل ہی آئے گی ۔‘‘ ابّا کی آواز آئی۔ ’’مگر تمھارے لیے وہ بچہ ہی ہے ۔ ہونہہ! میں کہتا ہوں ایسی کاہلی بھی کس کام کی۔ سارا سامان باندھنے کو پڑا ہے اور حضرت پڑے سنّا رہے ہیں ۔‘‘

سامان؟ وولکا یہ تو بھول ہی گیا تھا کہ سامان باندھا جا رہا ہے۔ کمبل پھینک کر اس نے تیزی سے کپڑے بدلے۔ آج وہ لوگ ایک باسٹھ منزل کی عمارت کے ایک فلیٹ میں جانے والے تھے۔ سارا اسباب رات ہی بندھ چکا تھا۔ امّاں اور دادی امّاں نے برتن بھانڈے ٹین کے ٹب میں ٹھونس دیے تھے جس میں وہ بچپن میں نہایا کرتا تھا۔ ساری شام ابّا آستین چڑھائے، موچیوں کی طرح منہ میں کیلیں بھرے کتابوں کے صندوق کھٹاکھٹ بند کر رہے تھے۔ پھر سب نے مل کر بات کی تھی کہ اسباب کون سی جگہ رکھا جائے جہاں سے صبح کو ٹرک پر لادنے میں آسانی رہے۔ چائے انھوں نے خالی میز پر پی تھی کیونکہ میز پوش بند کیے جا چکے تھے۔ پھر یہ طے کیا گیا تھا کہ سر شام سے سو رہنا چاہیے تا کہ کل کے ہنگامے کے لیے تازہ دم اُٹھیں۔ قصہ مختصر یہ کہ وولکا کی سمجھ میں نہیں آیا تھا کہ اس نے آج صبح کی اتنی اہم تاریخ کیسے

فراموش کردی۔

ناشتہ ختم ہونے سے پہلے ہی سامان لادنے والے آن پہنچے۔ دروازے کے پٹ زور سے کھول کر اونچی آواز میں انھوں نے پوچھا،'' کہیے ...کام شروع کیا جائے؟''

''جی ہاں، ضرور۔'' امّاں اور دادی امّاں نے جواب دیا اور خود بھی کھڑ بڑ میں مصروف ہو گئیں۔ وولکا بڑی سنجیدگی سے صوفے کے کشن سنبھالے زینے سے اُتر کر ٹرک کی طرف بڑھا۔

''مکان بدل رہے ہو؟'' پڑوس کے لڑکے نے سوال کیا۔

''ہاں۔'' وولکا نے اس بے نیازی سے جواب دیا جیسے وہ ہر ہفتے مکان تبدیل کرتا ہو اور یہ کوئی خاص بات ہی نہیں۔

عمارت کے چوکیدار نے آگے بڑھ کر سگریٹ سلگایا اور وولکا کو مخاطب کر کے اطمینان سے بات چیت شروع کی۔ جس طرح دو بڑی عمر کے آدمی ایک دوسرے سے بات کرتے ہیں۔ وولکا کو خوشی اور غرور کے مارے چکر سا آ گیا۔ ہمت کر کے اس نے چوکیدار کو اپنے نئے مکان میں آنے کی دعوت دی۔ چوکیدار نے کہا،''ضرور، ضرور آؤں گا بھئی''۔ ایک بے حد سنجیدہ اور اہم مکالمہ شروع ہونے ہی والا تھا کہ کھڑکی میں سے امّاں نے پھر آواز لگائی،''وولکا ...وولکا بچے...! یہ آفت کا پرکالا کہاں غائب ہو گیا؟''

وولکا پھر مکان کی طرف بھاگا جو اب بہت عجیب سا، خالی خالی اور بہت بڑا معلوم ہو رہا تھا۔ فرش پر پرانے اخبار اور دواؤں کی خالی شیشیاں سارے میں بکھری ہوئی تھیں۔

''اپنا مچھلیوں کا مرتبان اُٹھاؤ اور چلو ٹرک کے اندر سیدھے ...صوفے پر بیٹھ کر مرتبان گود میں رکھ لینا۔ خیال رکھنا پانی اُچھل کر صوفے پر نہ گرنے پائے۔'' امّاں نے کہا۔ یہ امّاں ابّا لوگ مکان تبدیل کرتے وقت کس قدر فکر مند ہوتے ہیں۔ خواہ مخواہ!

❖ ❖ ❖

انوکھی صراحی

آخر کار ٹرک وولکا کے نئے مکان کے خوب صورت پھاٹک میں داخل ہوا۔ سامان اُٹھانے والوں نے سارا اسباب جلدی جلدی اوپر پہنچایا اور غائب ہو گئے۔ وولکا کے ابّا نے تھوڑے سے صندوق کھولے اور کہا، ''باقی کام شام کو۔'' اور فیکٹری چلے گئے۔ امّاں اور دادی امّاں برتن بھانڈے کھولنے اور سنگوانے میں جٹ گئیں اور وولکا نے طے کیا کہ ذرا قریب کی ندی کی سیر کر آئے۔ ابّا نے منع کر دیا تھا کہ ان کے بغیر تیرنے کے لیے ہرگز نہ جائے کیونکہ پانی بہت گہرا تھا مگر وولکا کو فوراً ایک بہانہ مل گیا۔ ''پانی میں غوطہ لگا کر اپنا دماغ ٹھنڈا کروں گا ابّا ...کل میرا امتحان ہے۔ اس لیے دماغ کو تازہ کرنا سخت ضروری ہے۔'' جس چیز کے لیے وولکا کو منع کیا جاتا، اس کے لیے وہ فوراً کوئی نہ کوئی عذر تلاش کر لیتا تھا اور یہاں تو اپنے گھر کے پاس ہی ندی بہہ رہی تھی تو پھر کیا بات ہے! وولکا نے امّاں سے کہا کہ وہ ندی کے کنارے بیٹھ کر جغرافیہ پڑھے گا اور سچ مچ اس کا ارادہ تھا کہ کم از کم دس منٹ تک تو ضرور جغرافیہ کی کتاب کے ورق اُلٹے پلٹے گا۔ لیکن دریا پر پہنچتے ہی اس نے کپڑے اُتارے اور غڑاپ سے پانی میں! ابھی تڑکا ہی تھا اور ندی پر نہ آدم نہ آدم زاد۔ یہ بات ایک طرح سے اچھی بھی تھی اور بری بھی۔ اچھی اس لیے کہ بلا روک ٹوک وہ جتنی دیر چاہے تیر سکتا تھا اور بری اس لیے کہ کوئی یہ دیکھنے والا نہ تھا کہ وہ کتنا اچھا تیراک اور غوطہ خور تھا۔

وولکا اتنی دیر تک تیرا اور اتنے غوطے لگائے کہ سردی سے اس کا بدن نیلا پڑ گیا۔ باہر

آنے سے پہلے اس نے سوچا کہ شفاف پانی میں ایک مرتبہ اور ڈبکی لگا لے۔ سانس لینے کے لیے وہ سطح پر آنے ہی والا تھا کہ تہہ میں پڑی ہوئی کسی لمبی اور سخت چیز سے اس کا ہاتھ جا ٹکرایا۔ اس چیز کو اُٹھا کر وہ ساحل کے قریب سطح پر نکلا اور اس نے دیکھا کہ ایک عجیب سا، چکنا، کائی آلود، مٹی کا برتن اس کے ہاتھ میں ہے۔ پرانے زمانے کی یونانی صراحی سے ملتی جلتی اس کی شکل تھی۔ اس کے منہ پر ہرے رنگ کے مسالے کی ڈاٹ لگی تھی اور اس پر مہر کی سی چھاپ پڑی ہوئی تھی۔ صراحی کائی سے بھاری تھی۔ وولکا بے حد خوش ہوا ... خزانہ ...! پرانے زمانے کا خزانہ! شاید اس سے بہت سی سائنس کی کارآمد باتیں معلوم ہوں۔ کمال ہے! کپڑے پہن کر وہ تیرکی طرح گھر کی طرف بھاگا تا کہ اپنے کمرے میں پہنچ کر صراحی کا راز معلوم کرے۔ بھاگتے ہوئے اس نے سوچا کہ کل صبح کے اخباروں میں چھپے گا، ''ایک ہونہار نوجوان کی دریافت! سائنس کی ترقی میں اضافہ!!''

وولاوی مرکوسٹل کوف نے ضلع کے پولس ہیڈکوارٹر میں آ کر ایک خزینہ افسروں کے حوالے کیا جس میں پرانے زمانے کے سونے کی چیزیں بند تھیں۔ یہ خزینہ موصوف کو ندی کی تہہ میں پڑا ملا تھا۔ اسے تاریخی عجائب خانے کے سپرد کر دیا گیا ہے۔ ہمیں بتایا گیا ہے کہ وولاوی مرکوسٹل کوف ایک نہایت اعلیٰ درجے کے غوطہ خور بھی ہیں۔

وولکا باورچی خانے کے پاس دبے پاؤں نکل گیا، جہاں امّاں کھانا پکا رہی تھیں۔ اپنے کمرے میں گھسا تو فرش پر رکھے ہوئے فانوس سے ٹھوکر کھائی۔ یہ دادی امّاں کا مشہور و معروف فانوس تھا۔ بہت زمانہ گزرا، انقلاب سے پہلے، ان کے مرحوم دادا میاں نے ایک تیل کے لیمپ کو اس فانوس میں تبدیل کیا تھا۔ دادی امّاں اسے اپنی جان سے لگائے رکھتی تھیں کیونکہ یہ دادا میاں کی نشانی تھی۔ چونکہ یہ فانوس اتنا خوب صورت اور شاندار نہ تھا کہ کھانے کے کمرے میں لٹکایا جاتا۔ لہٰذا وولکا کو عطا کر دیا گیا تھا اور اس کے لیے وولکا کے کمرے کی چھت میں بڑا سا لوہے کا کُنڈا بھی لگایا گیا تھا۔

وولکا نے اپنے زخمی گھٹنے پر ہاتھ پھیرا۔ دروازے میں چٹخنی لگائی، جیب سے چاقو نکالا اور خوشی اور گھبراہٹ سے لرزتے ہوئے صراحی کی مہر کھرچ ڈالی۔

یکا یک کمرہ سیاہ دھویں سے بھر گیا۔ اتنا دھواں، اتنا دھواں کہ دم گھٹنے لگا اور ایک بے آواز دھماکے کے زور سے وولکا چھت سے جا ٹکرایا۔ فانوس کے کنڈے میں اس کی پتلون اٹک گئی اور وہ چھت سے اُلٹا لٹک گیا۔

❖ ❖ ❖

بوڑھا جِن

جب میاں وولکا جھاڑ کے بجائے خود ہی کنڈے میں جھول رہے تھے اور یہ سمجھنے کی کوشش کر رہے تھے کہ یہ ہوا کیا کہ اتنے میں دھواں آہستہ آہستہ چھٹنے لگا اور وولکا کو احساس ہوا کہ وہ کمرے میں اکیلا نہیں ہے۔ ایک دُبلے پتلے، سانولے بڑے میاں جن کی ڈاڑھی پیٹ تک لہرا رہی تھی، خوب صورت پگڑی باندھے، سفید اُون کا کارچوبی چغہ پہنے، چمکیلی اطلس کی شلوار اور تِلّے کے کام کی جوتیاں ڈانٹے وولکا کے سامنے موجود تھے۔

''آ چھیں ...'' بڑے میاں نے چھینک لی اور گھٹنوں کے بل بیٹھ کر للکارے، ''اے عقل مند اور با کمال نو جوان ... میرا اسلام قبول کر۔''

وولکا نے آنکھیں خوب زور سے میچیں اور پھر جھپکیں ...نہیں یہ وہم یا خواب نہیں تھا۔

بڑے میاں تو اب بھی ڈٹے ہوئے تھے۔ گھٹنوں کے بل بیٹھے ہاتھ مل مل کر وہ وولکا کے کمرے کے ساز و سامان کو اس غور سے دیکھ رہے تھے گویا یہ کمرہ نہیں تھا بلکہ بڑے میاں کو کسی قسم کا معجزہ دِکھلائی دے رہا تھا۔

''آپ ... آپ کہاں سے تشریف لائے ہیں؟'' وولکا نے کنڈے میں جھولتے ہوئے ذرا سنبھل کر پوچھا۔ ''آپ کیا کسی شوقیہ ڈراما پارٹی کے آدمی ہیں؟''

''نہیں، نہیں میرے نوجوان آقا ...'' بڑے میاں نے شان سے جواب دیا۔ حالانکہ وہ اب تک اسی بے آرامی سے دو زانو بیٹھے تھے اور مسلسل چھینک رہے تھے۔ ''میں شوقیہ ڈراما پارٹی نامی کسی ملک کا باشندہ نہیں ہوں۔ میں تو اس کمبخت صراحی میں سے نکلا ہوں۔''

اتنا کہہ کر بڑے میاں اُٹھے اور صراحی کے اوپر کودنے لگے جس میں سے اب تک دھویں کی ایک لکیر اوپر اُٹھ رہی تھی۔ بڑے میاں کودتے رہے یہاں تک کہ صراحی ٹوٹ کر چکنا چور ہوگئی۔ پھر ایک چھناکے دار آواز کے ساتھ انھوں نے اپنی ڈاڑھی کا ایک بال تو کر اس کے دو حصے کیے۔ مٹی کے ٹکڑوں میں سے عجیب سے ہرے رنگ کا شعلہ اُٹھا اور اس کے بعد فرش پر سے صراحی کا نام ونشان بھی غائب ہوگیا۔

پھر بھی ولکا کو یقین نہ آیا۔ آپ ہی سوچیے کہ ایک مُنّی سی صراحی میں سے ایک سالم زندہ آدمی رینگ کر باہر نکل آئے ... یہ بات سچ سہی، مگر مشکل ہی سے اس کا یقین کیا جاسکتا ہے۔

''مگر ... صراحی اتنی چھوٹی تھی اور آپ ... آپ اتنے بڑے ...'' ولکا نے ہکلا کر کہا۔

''میرا یقین نہیں کرتا ... او نابکار انسان ...!'' بڑے میاں نے غصّے سے کہا۔ پھر فوراً غصہ تھؤ کا اور فرش پر گھٹنے ٹیک کر اس زور سے سجدے میں گرے کہ مرتبان کا پانی چھلک پڑا اور مچھلیاں گھبرا کر اوپر نیچے گھومنے لگیں۔ ''مجھے معاف کرے میرے نوجوان محسن ... مگر مجھے اس بات کی عادت نہیں کہ میری بات کو جھوٹ سمجھا جائے۔ تجھے جاننا چاہیے اے مبارک نوجوان کہ میں مشہور جن حسن عبدالرحمٰن ہوں جس کے نام کا ڈنکا دنیا کے چاروں کونوں میں بج رہا ہے۔''

یہ سب باتیں اس قدر دلچسپ تھیں کہ ولکا یہ بھی بھول گیا کہ وہ چھت کے کُنڈے سے اُلٹا لٹک رہا ہے۔

''جن ... ؟ یہ کس قسم کی شراب کا نام ہے؟'' ولکا نے پوچھا۔

''میں کسی قسم کی شراب نہیں ہوں۔ اے کھوجی نوجوان!'' بڑے میاں پھر بھنّائے مگر فوراً ہی اپنے غصّے پر قابو پا کر بولے، ''میں ایک زبردست طاقت ہوں جسے فتح نہیں کیا جاسکتا تھا۔ دنیا میں کوئی ایسا جادو نہیں جو مجھے نہ آتا ہو۔ میرا نام جیسا کہ میں نے عرض کیا حسن عبدالرحمٰن ہے جسے تم روسی لوگ حسن عبدالرحمٰن طاپچ کہہ سکتے ہو۔ کسی عفریت یا جن کے سامنے میرا نام لے دو، ڈر کے مارے اس کی گھگی بندھ جائے گی۔'' بڑے میاں نے

غرور سے اپنی بات جاری رکھی۔ ''میری کہانی ...آ چھیں ... بے حد عجیب ہے۔ اگر اسے سوئیوں کی نوک کے ذریعے آنکھوں کے گوشوں میں لکھا جاتا تو علم کے پیاسوں کے لیے عبرت کا سامان ہوتا۔ میں ایک ایسا بدقسمت جن ہوں جس نے حضرت سلیمان علیہ السلام ابن حضرت داؤد علیہ السلام کا حکم نہ مانا۔ میں اور میرے بھائی عمر آصف ہم دونوں نے حضرت سلیمان کے حکم سے سرتابی کی۔ بس ایک روز حضرت سلیمانؑ نے اپنے وزیر آصف بن برخیاء کو بھیج کر ہماری مرضی کے خلاف ہمیں پکڑ بلوایا اور دو صراحیاں منگوائیں کہ ایک صراحی تانبے کی تھی اور دوسری مٹی کی۔ مجھے انھوں نے مٹی کی صراحی میں بند کیا اور میرے بھائی کو تانبے کی صراحی میں۔ پھر بادشاہ سلیمانؑ نے ان صراحیوں کو بند کر کے ان پر اسم اعظم کی مہر لگا دی اور اپنے جنّات کو حکم دیا کہ میرے بھائی کو سمندر میں اور مجھے دریا میں پھینک آئیں ...اور اس دریا میں سے، اے میرے محسن ... آ چھیں ... آ چھیں ... آپ نے مجھے نکالا ہے۔ آپ کا نام گرامی کیا ہے اے حسین و جمیل نوجوان؟''

''ولکا۔''

''اور آپ کے والد صاحب قبلہ (جو ہتی دنیا تک زندہ رہیں) ان کا اسم شریف؟''

''ان کا اسم شریف الیکشی الوشا ہے۔'' ولکا نے چھت میں جھولتے ہوئے جواب دیا۔

''اے میرے نورِ نظر، لختِ جگر ...ولکا بن الوشا ... مانگ کیا مانگتا ہے۔ آج سے میں تیرا غلام ہوں اور تیری ہر خواہش پوری کروں گا ...آ چھیں ۔''

''آپ اس قدر چھینک کیوں رہے ہیں؟'' ولکا نے اس طرح پوچھا گویا باقی باتیں اس کی سمجھ میں آ گئی تھیں۔

''سورج کی کرنوں سے دور، دریا کی تہہ میں ہزاروں سال تک پڑے رہنے کی وجہ سے تیرے اس ناچیز بندۂ بے دام کو زکام رہنے لگا ہے ...آ چھیں ...آ چھیں ...لیکن اس کی فکر نہ کر میرے عزیز آقا۔ کوئی فرمائش کر تا کہ میں اسے پورا کروں۔'' اسی طرح جھکے جھکے حسن بن عبدالرحمٰن نے عرض کیا۔

''مہربانی کر کے پہلے آپ اُٹھیے تو سہی۔''

”جو حکم ۔“ بڑے میاں نے تابعداری سے جواب دیا اور اُٹھ کھڑے ہوئے۔ ”اور ارشاد ہو۔“

”اور اب …“ وولکا نے ذرا غیر یقینی انداز میں کہا، ”اگر آپ کو زحمت نہ ہو … میرا مطلب یہ ہے کہ … اگر آپ اتنی مہربانی کریں … میں فرش پر آنا چاہتا ہوں۔“

پل کی پل میں وولکا نے اپنے آپ کو بڑے میاں کے برابر کھڑا پایا۔ اس نے فوراً اپنی پتلون کے پیچھے ہاتھ پھیرا مگر وہاں کوئی سوراخ نہ تھا! معجزے ابھی سے شروع ہو چکے تھے۔

❖ ❖ ❖

جغرافیہ کا امتحان

”حکم دیجیے میں حاضر ہوں۔“ حطابچ نے لہجہ بدل کر انتہائی فرمانبرداری سے دہرایا۔

”کوئی پریشانی آپ کو ستا رہی ہے اے وولکا بن الوشا؟ فرمائیے، میں آپ کی ہر مصیبت دور کر دوں گا۔“

”اُف وہ …“ وولکا نے گھڑی پر نظر ڈال کر گھبراتے ہوئے کہا، ”مجھے دیر ہو گئی۔ مجھے امتحان میں دیر ہو گئی۔ اب کیا ہو گا؟“

”امتحان … او وولکا بن الوشا … یہ امتحان کس شے کا نام ہے؟“

”امتحان … ٹیسٹ … آج اسکول میں میرا ٹیسٹ ہے اور مجھے یہاں اتنی دیر لگ گئی … اُف وہ …!“

”اے وولکا! تم میری طاقت سے واقف نہیں ہو۔“ جن نے برا مان کر کہا۔ ”تم امتحان میں دیر سے نہیں پہنچو گے۔ بتاؤ کیا چاہتے ہو؟ کہ امتحان تمھارے پہنچنے تک رُکا رہے یا تم فوراً اسکول کے پھاٹک پر موجود ہو۔“

”میں اسکول کے پھاٹک پر موجود ہوں۔“

”ایسا ہی ہو گا اور تمھارے استاد اور ساتھی تمھاری قابلیت پر عش عش کریں گے۔“

اسی سہانے چھناکے کے ساتھ بڑے میاں نے ڈاڑھی کا ایک بال توڑا۔ پھر دوسرا۔

’’میرے استاد اور ساتھی بالکل عش عش نہیں کریں گے۔‘‘ وولکا نے اسکول کی وردی پہنتے ہوئے آہ بھر کر کہا۔ ’’سچ تو یہ ہے کہ مجھے جغرافیہ میں اچھے نمبر ملنے کی بہت ہی کم اُمید ہے۔‘‘

’’جغرافیہ؟‘‘ جن نے اپنے پتلے پتلے بازو ہوا میں لہرائے۔ ’’اے خوش بخت با کمال نوجوان! جاننا چاہیے کہ میں دوسرے جنّات سے زیادہ جغرافیہ کا ماہر ہوں۔ میں تمھارے ساتھ مدرسے جاؤں گا۔ سلامتی ہو اس مدرسے کی نیو اور چھت پر ... میں تم کو سارے جواب لکھواتا جاؤں گا۔ کوئی مجھے نہ دیکھ سکے گا اور تم اپنے خوب صورت شہر کے سب سے زیادہ مشہور طالب علم بن جاؤ گے۔ اگر تمھارے کسی استاد نے تم کو سب سے زیادہ نمبر نہ دیے تو اسے مجھ سے نبٹنا ہوگا۔ میں اسے چھٹی کا دودھ یاد دلا دوں گا۔‘‘ جن نے غصّے سے کہنا شروع کیا۔ ’’میں اسے پانی کی مشکیں اُٹھانے والے خچر میں تبدیل کر دوں گا۔ گلی کا کتّا اور انتہائی بدصورت مینڈک بنا دوں گا۔‘‘ پھر وہ دوبارہ نرم پڑ گیا۔ ’’مگر اس کی نوبت نہیں آئے گی اور وولکا ابن الوشا ... ساری دنیا تمھارے جوابات پڑھ کر ہکّا بکّا رہ جائے گی۔‘‘

’’شکریہ حسن حطّاچ۔‘‘ وولکا نے پریشان ہو کر جواب دیا۔ ’’جواب لکھنے میں میری مدد کرنے کی ضرورت نہیں۔ ہم نوجوان پانیر اس چیز کے سخت خلاف ہیں کہ کسی دوسرے سے چوری چوری اپنا کام کرائیں۔ یہ ہمارا اُصول نہیں ہے۔‘‘

بے چارا بوڑھا جن جو ہزاروں برس قید میں رہا تھا، ’اُصول‘ کا مطلب بھلا کیا سمجھتا۔ لیکن اپنے ’نوجوان آقا‘ کی پریشانی دیکھ کر اسے یقین ہو گیا کہ وولکا ابن الوشا اس کی مدد کا حاجت مند ہے۔

’’تمھارے انکار سے مجھے صدمہ ہوا۔‘‘ جن نے کہا۔ ’’تمھیں جواب لکھاتے ہوئے مجھے کوئی دیکھے گا تھوڑے ہی۔‘‘

’’ہاں ...‘‘ وولکا نے تلخی سے جواب دیا۔ ’’تمھیں کیا پتا ہماری اُستانی درواراستپانوونا کے کان کتنے تیز ہیں۔‘‘

’’تم نہ صرف مجھے فکر مند کرتے ہو بلکہ میری توہین بھی کر رہے ہو اے ولکا ابن الوشا ... اگر حسن عبدالرحمٰن کہتا ہے کہ کسی کو کانوں کان خبر نہیں ہوگی تو اس کا مطلب ہے کہ کسی کو کانوں کان خبر نہیں ہوگی۔‘‘

’’سچ مچ؟‘‘ ولکا نے پوچھا۔

’’بالکل ... جو الفاظ میرے ناچیز ہونٹوں سے نکلیں گے وہ محض آپ کے عالی شان کانوں میں پہنچیں گے۔‘‘

’’میری سمجھ میں نہیں آتا، حسن حطاچ کہ میں کیا کروں۔‘‘ ولکا نے آہ بھر کر کہا۔

’’میں انکار کر کے تمھیں صدمہ نہیں پہنچانا چاہتا ... اچھا جو تمھاری مرضی ... جغرافیہ بہرحال حساب یا الجبرا نہیں ہے۔ اس لیے تمھاری ذرا سی بھی مدد نہیں لوں گا۔ جغرافیہ اتنا ضروری مضمون نہیں ہے۔ چلو، جلدی کرو۔‘‘

پھر اس نے جن کے عجیب و غریب لباس کو دیکھا۔ ’’اگر کپڑے بدل لو تو کیسا رہے، حسن حطاچ؟‘‘

’’کیا میرا لباس تمھیں پسند نہیں میرے آقا؟‘‘ جن نے اُداس ہو کر پوچھا۔

’’نہیں، نہیں۔ یہ بات نہیں ہے۔ مگر ہم لوگوں کے کپڑے ذرا مختلف ہیں نا۔ اس لیے لوگ خواہ مخواہ اُنگلیاں اُٹھائیں گے۔‘‘

’’لیکن آج کل کے بزرگ کس قسم کا لباس پہنتے ہیں، اے ولکا خاندان کے چشم و چراغ؟‘‘

ولکا نے کوٹ، پتلون اور ہیٹ کے متعلق سمجھانے کی کوشش کی مگر ذرا کامیابی نہ ہوئی۔ اچانک اس کی نگاہ اس کے دادا میاں کی تصویر پر پڑی جو دیوار پر ٹنگی تھی۔ اس نے جن کو وہ تصویر دِکھائی۔ جن غور سے اسے دیکھتا رہا اور اپنے لباس سے اتنا مختلف لباس دیکھ کر اسے بڑی حیرت ہوئی۔ اس کے بعد ولکا جن کے ساتھ گھر سے باہر نکلا۔ بڑے میاں اب ایک نہایت شاندار سوتی سوٹ میں ملبوس تھے۔ یوکرین کی کڑھی ہوئی قمیص زیبِ تن تھی اور تنکوں کی ہیٹ لگا رکھی تھی۔ صرف ایک چیز بدلنے کے لیے وہ تیار نہیں ہوئے۔ وہ تھے ان کے

قدیم سلیپر۔ کہنے لگے کہ تین ہزار برس سے ان کے پیروں میں گٹے پڑ گئے ہیں اس لیے بوٹ نہ پہن سکیں گے۔

جب وولکا اور حطاپچ ماسکو سیکنڈری اسکول نمبر ۲۴۵ کے پھاٹک پر پہنچے تو بڑے میاں نے ذرا شرما کر شیشے کے دروازے میں اپنا عکس دیکھا اور بہت خوش ہوئے۔

بوڑھے دربان نے جو اطمینان سے بیٹھا اخبار پڑھ رہا تھا، وولکا اور اس کے ساتھی کو دیکھ کر اخبار ایک طرف رکھ دیا۔ دن بہت گرم تھا اور دربان کا جی چاہ رہا تھا کہ کسی سے کہیں ہانکے۔

بہت ساری سیڑھیوں پر سے ایک ساتھ پھلانگتے ہوئے وولکا اوپر پہنچا۔ گیلریاں سنسان پڑی تھیں جس کا مطلب تھا کہ امتحان کب کا شروع ہو چکا تھا۔

"آپ کہاں جا رہے ہیں۔" دربان نے حطاپچ سے بڑے اخلاق سے پوچھا کیونکہ بڑے میاں بھی وولکا کے پیچھے پیچھے لپکے لپکے جا رہے تھے۔

"بڑے میاں پرنسپل صاحب سے ملنے آئے ہیں۔" وولکا نے زینے کے اوپر سے چلا کر کہا۔

"آپ پرنسپل صاحب سے اس وقت نہیں مل سکتے، وہ امتحان کے ہال میں ہیں۔ تیسرے پہر کو مل سکتے ہیں۔"

غصے کے مارے حطاپچ کی تیوری پر بل پڑ گئے۔ "اگر اجازت ہو اے قابلِ عزت محترم بزرگ تو میں اسی جگہ انتظار کروں گا۔" پھر بڑے میاں نے چلا کر وولکا سے کہا، "کلاس میں جاؤ اے وولکا ابن الوشا... مجھے یقین ہے کہ تم اپنی ذہانت سے اپنے استادوں اور اپنے ساتھیوں کو حیرت میں ڈال دو گے۔"

"کیا آپ اس بچے کے دادا ہیں؟" دربان نے بات چیت شروع کرنے کی غرض سے سوال کیا۔ حطاپچ خاموش رہے۔ ایک حقیر دربان سے بات کرنا ان کی شان کے خلاف تھا۔

"چائے پئیں گے؟ آج کتنی گرمی ہے!" دربان نے مزید کہا۔

پھر اس نے چائے بنا کر پیالی اس کم سخن اجنبی کی طرف بڑھا دی مگر یہ دیکھ کر بھونچکا رہ گیا کہ بڑے میاں پلک جھپکتے ہی ہوا میں غائب ہو گئے۔ تھر تھر کانپتے ہوئے بے چارے دربان نے وہ پیالی جو بڑے میاں کے لیے بنائی تھی، غٹ غٹ چڑھالی، پھر دوسری بنائی، پھر تیسری، یہاں تک کہ چائے دانی خالی ہو گئی۔ پھر اپنی کرسی پر گر کر اخبار سے پنکھا جھلنے میں مصروف ہو گیا۔ عین اسی وقت ایک اور ناممکن منظر دربان کے سر کے اوپر کلاس روم میں دکھلائی دے رہا تھا۔ سارے اُستاد، اُستانیاں پرنسپل سمیت ایک بڑی سی میز پر بیٹھے تھے۔ میز پر ایک منقش کپڑا بچھا تھا جو صرف خاص خاص موقعوں پر بچھایا جاتا تھا۔ ان کے پیچھے بلیک بورڈ پر مختلف نقشے ٹنگے تھے۔ سامنے سنجیدہ شکلوں والے طالب علموں کی قطاریں تھیں۔ کمرے میں اتنی خاموشی تھی کہ چھت کے نزدیک بھنبھناتی ہوئی ایک اکیلی مکھی کی آواز صاف سنائی دے رہی تھی۔ اگر کلاس نمبر ۶-پ کے طلبہ ہمیشہ اتنے ہی خاموش رہتے تھے تو یہ یقیناً ماسکو کی سب سے زیادہ منظّم کلاس تھی۔

لیکن یہ واضح ہو جانا چاہیے کہ یہ خاموشی محض امتحان کی وجہ سے نہ تھی بلکہ اس کی ایک وجہ یہ بھی تھی کہ وولکا کوسٹل کوف کو بلیک بورڈ کے سامنے بلایا گیا تھا ... اور وہ کمرے میں موجود نہ تھا۔

’’ولا وی مرکوسٹل کوف‘‘ پرنسپل نے پھر دہرایا اور گم سم بچوں پر حیرت سے نظر ڈالی۔

سناٹا زیادہ شدید ہو گیا۔ یکا یک گیلری میں سے دوڑنے کی آواز آئی اور جیسے ہی پرنسپل نے تیسری اور آخری بار نام پکارا، دروازہ بھٹر سے کھلا اور وولکا ہانپتا ہوا اندر داخل ہوا۔

’’حاضر جناب!‘‘

’’مہربانی کر کے بورڈ پر آؤ۔‘‘ پرنسپل نے خشکی سے کہا۔ ’’تمھارے دیر سے آنے کے متعلق بات پھر کی جائے گی۔‘‘

’’میں ... میری طبیعت خراب ہے۔‘‘ وولکا نے ہکلاتے ہوئے کہا اور اپنے ممتحنوں کی طرف بڑھا۔ ابھی وہ یہی سوچ رہا تھا کہ میز پر پھیلے ہوئے کاغذوں میں سے کون سا کاغذ اُٹھائے کہ اتنے میں میاں حطا چہ گیلری کی دیوار میں سے آر پار نکل کر دوسری دیوار میں

سے گزرتے ہوئے برابر کے کلاس روم میں گھس گئے۔ ان کے چہرے پر گہری سنجیدگی طاری تھی۔

وولکا نے آخر کار میلا کا غذ اُٹھا لیا اور ڈرتے ڈرتے اس کو آہستہ سے پلٹا مگر یہ دیکھ کر اسے بڑی خوشی ہوئی کہ اسے ہندوستان کے متعلق بولنا تھا۔ اسے ہندوستان کے بارے میں کافی باتیں معلوم تھیں کیونکہ اسے ہمیشہ سے اس ملک سے بہت دلچسپی رہی تھی۔

’’کہو…،‘‘ پرنسپل بولے۔

وولکا کو کتاب میں سے ہندوستان کے سبق کے شروع کا حصہ لفظ بہ لفظ یاد تھا اور یہ بتانے کے لیے اس نے منہ کھولا ہی تھا کہ جزیرہ نمائے ہندوستان تین طرف سے بحرِ ہند اور بحیرۂ عرب اور خلیج بنگال سے گھرا ہوا ہے اور دو بڑے ملک … ہندوستان اور پاکستان اس جزیرہ نما پر آباد ہیں …اور ان ملکوں کے باشندے بہت نرم مزاج اور امن پسند لوگ ہیں جن کی تہذیبیں بہت پرانی اور بہت شاندار ہیں …وغیرہ وغیرہ …مگر اسی وقت حطا چیچ نے جو برابر کے کلاس روم میں موجود تھے، دیوار سے لگ کر اپنا ہاتھ منہ سے لگا کر ہارن سا بنایا اور بولنا شروع کیا:

’’ہندوستان … اے میری محترم اور قابلِ قدر استاد!‘‘ اور یکا یک وولکا نے اپنی مرضی کے خلاف انتہائی مسخرے پن کی اور بے معنی بکواس شروع کر دی۔

’’ہندوستان اے میری ذی عزت اور قابلِ قدر استاد …زمین کی ٹکیا کی اس اور پر آباد ہے اور اس چھور سے بہت دور ہے۔ اس کی نہ اور ہے اور نہ چھور۔ راستے میں ایسے سنسان بیابان اور ریگستان پڑتے ہیں جہاں آبادی کا نام و نشان بھی نہیں۔ نہ آدم نہ آدم زاد، نہ چرند نہ پرند …ہندوستان جنت نشان بے حد دولت مند ملک ہے۔ سونے کی افراط ہے۔ یہ سونا کانوں سے نہیں نکالا جاتا جیسا کہ دوسرے ملکوں کا دستور ہے بلکہ سونا بنانے والے چیونٹے دن رات اسے اُگلتے رہتے ہیں۔ یہ چیونٹے قد و قامت میں کتّے کے برابر ہوتے ہیں۔ یہ زمین میں اپنا بل بناتے ہیں۔ دن میں تین بار سونے کے ڈلے باہر لا کر ان کی ڈھیریاں بناتے چلے جاتے ہیں۔ لیکن اگر کوئی ہندوستان سے سونا چرانا چاہے تو چیونٹے اس

سے لپٹ کر وہیں اسے مار ڈالتے ہیں۔شمال اور مغرب میں ہندوستان کے پڑوس میں ایک ایسا ملک ہے جہاں کے باشندے بالکل گنجے ہوتے ہیں۔ مرد، عورتیں، بچے سب کی چندیا بالکل صاف...اور یہ لوگ کچی مچھلی اور اناس کی جڑیں کھاتے ہیں۔ اس ملک کے قریب ایک اور ملک ہے جہاں آپ کو کوئی چیز نظر ہی نہیں آ سکتی۔اور نہ آپ اس میں سے گزر سکتے ہیں کیونکہ وہ اوپر تک پروں سے بھرا ہوا ہے۔ زمین پر ہوا میں ہر جگہ پر ہی پر ہیں''۔

''کوسٹل کوف! ذرا ایک منٹ ٹھہرنا۔''جغرافیہ کی استانی نے مسکرا کر کہا،''تم سے یہ سوال نہیں کیا گیا کہ پرانے زمانے کے لوگوں کا ایشیا کے جغرافیہ کے متعلق کیا خیال تھا...تم ہمیں آج کے، نئے زمانے کے ہندوستان کے متعلق سائنٹفک باتیں بتاؤ''۔

اس مضمون پر اپنی معلومات کا اظہار کر کے وولکا کتنا خوش ہوتا! لیکن وہ کیا کر سکتا تھا۔اس کی زبان اور اس کے ہاتھ پاؤں اب اس کے بس میں نہ تھے۔حطابچ کی یہ رائے مان کر کہ بوڑھا جن اس کی مدد کرے، اب وہ اس مہربان مگر جاہل جن کے ہاتھوں کھلونا بن گیا تھا۔ وہ استانی کو بتانا چاہتا تھا کہ جو کچھ ابھی اس نے کہا، جدید سائنس سے اس کا کوئی تعلق نہ تھا مگر دیوار کی دوسری طرف حطابچ نے چڑ کر اپنے کندھے ہلائے، کلاس کے سامنے کھڑے ہوئے وولکا کو بھی ایسا ہی کرنا پڑا۔

''جو کچھ ابھی آپ کو بتانے کی سعادت مجھے نصیب ہوئی، اے محترم مکرم استانی، یہ انتہائی معتبر ذرائع پر مبنی ہے اور ان حقائق کے علاوہ ہندوستان کے متعلق اور کوئی معلومات موجود نہیں ہے''۔

''اپنے مضمون سے نہ ہٹو...کوسٹل کوف...یہ امتحان ہو رہا ہے۔کوئی مزاحیہ ڈراما نہیں ہے۔اگر تمہیں جواب نہیں آتے ہیں تو زیادہ باعزت طریقہ یہ ہے کہ اپنی اس کمزوری کو مان لو...اور ابھی تم نے زمین کی ٹکیا کے متعلق کیا کہا تھا؟ کیا تم کو معلوم نہیں کہ زمین گول ہے؟ کیا ماسکو کے علم ہیئت اور علم فلکیات کلب کے ممبر وولکا کوسٹل کوف کو معلوم نہ تھا کہ زمین گول ہے؟ یہ تو بات تو پہلی جماعت کے بچے کو بھی معلوم ہے''۔''لیکن دیوار کے پیچھے کھڑے ہوئے حطابچ نے قہقہہ لگایا۔ بے چارے وولکا نے اپنے ہونٹ بند رکھنے کی بہت کوشش کی مگر ایک

مغرورانہ انداز میں یہ الفاظ اس کے منہ سے نکل ہی پڑے۔

''میں یہ فرض کر سکتا ہوں کہ آپ اپنے ناچیز شاگرد کا مذاق اڑا رہی ہیں۔ اگر زمین گول ہوتی تو پانی اس پر سے بہہ جاتا اور ساری دنیا پیاسی مر جاتی اور درخت سوکھ جاتے۔ زمین مثل ایک چپاتی کے ہے جسے چاروں طرف سے ایک دریا نے گھیر رکھا ہے کہ نام جس کا سمندر ہے۔ زمین چھے ہاتھیوں پر ٹکی ہوئی ہے اور وہ چھے کے چھے ہاتھی ایک بہت بڑے کچھوے کی پیٹھ پر سوار ہیں اور دنیا اس طرح اپنی جگہ قائم ہے!''

استادوں نے زیادہ حیرت سے وولکا کو گھورنا شروع کیا۔ اپنی بے بسی کا خیال کر کے وولکا کے چھکے چھوٹ گئے اور وہ پسینے پسینے ہو گیا۔ باقی بچے بھی سمجھ ہی نہ سکے کہ ان کے دوست کو کیا ہوا۔ چند ایک نے چپکے چپکے ہنسنا شروع کر دیا۔ وولکا کا سب سے گہرا دوست ژینیا جو کلاس کا پانیر لیڈر بھی تھا، وولکا کی طرف سے بہت فکرمند ہو گیا۔ وہ یہ جانتا تھا کہ وولکا کو جو علمِ فلکیات کے کلب کا صدر ہے اور کچھ نہیں تو یہ تو معلوم ہی ہے کہ زمین گول ہے، عین امتحان کے زمانے میں اسے یہ شرارت کرنے کی کیوں سوجھی؟ کہیں وولکا بیمار تو نہیں تھا؟ لیکن اس کا یہ عجیب و غریب مرض کیا تھا؟ اس مرض کا نام کیا تھا؟ اس کے علاوہ وولکا کی اس حرکت کا ان کے پانیر گروپ پر بھی بہت بڑا اثر پڑے گا۔ اب تک وہ لوگ ہر امتحان میں اوّل رہتے تھے لیکن اب وولکا کی اس حماقت نے بالکل پٹرا کر دیا اور وولکا خود کتنا عمدہ پانیر تھا ... برابر کی ڈیسک پر گوگا پلوکن بیٹھا تھا۔ گوگا بڑا بدتمیز لڑکا تھا۔ اس نے فوراً ژینیا کے زخموں پر نمک چھڑکا ... ''تمھارے گروپ کا تو فیصلہ ہو گیا ...ژینیا بھائی!'' اس نے ہنستے ہوئے بڑے کمینے پن سے کہا۔ ''وولکا تم سب کو لے ڈوبا!''

ژینیا نے گوگا کو مکّا دِکھایا۔

''دروارا اسٹیپانوونا'' گوگا نے فریاد کی۔ ''بوگوراد مجھے مُکّا دِکھاتا ہے۔''

''خاموش!'' استانی نے کہا اور وولکا کی طرف مُڑیں جو سکتے کے عالم میں مردہ بدست زندہ کی طرح کھڑا تھا۔

''ہاتھیوں اور کچھوے کے متعلق تم سنجیدہ ہو؟''

''میں اس سے زیادہ سنجیدہ ہو ہی نہیں سکتا اے فخرِ تعلیم اُستانی۔'' وولکا نے کہا اور شرم کے مارے سرخ ہو گیا۔

''اس کے علاوہ تمھیں اور کچھ نہیں کہنا۔'' دیوار کے پیچھے حطابچ نے سر ہلایا۔

وولکا نے بھی بے بسی سے سر ہلا کر مزید کہا، ''جی نہیں۔ مجھے اور کچھ نہیں کہنا ...سوائے اس کے کہ اُفق پر سونے اور ہیرے جواہرات جڑے ہوئے ہیں۔''

''یقین نہیں آتا۔'' اُستانی کے منہ سے نکلا۔

یہ واقعی یقین آنے کی بات بھی نہیں تھی کہ فیل ہونے کا خطرہ مول لے کر، وولکا جیسا سعادت مند شاگرد عین امتحان کے موقعے پر اپنے اُستادوں اور اُستانیوں کے ساتھ ایسا بھونڈا اور بے تُکا مذاق کرے گا۔

''میرا خیال ہے کہ یہ لڑکا بیمار ہے۔'' اُستانی نے پرنسپل کے کان میں کہا۔ وولکا کو ہمدردی سے دیکھتے ہوئے جو بے چارہ صدمے سے نڈھال وہاں اسی طرح کھڑا تھا، ان لوگوں نے جلدی جلدی آپس میں صلاح مشورہ کیا۔

دروارا اسٹیپانونا نے کہا، ''بچے کی گھبراہٹ کم کرنے کے لیے اس سے ایک سوال اور کر لیا جائے۔ پچھلے سال کے کورس میں سے ...پچھلے سال اسے جغرافیہ میں سب سے زیادہ نمبر ملے تھے۔'' اُستادوں نے اس مشورے سے اتفاق ظاہر کیا۔

''اچھا، کوسٹل کوف ...آنسو پونچھو ...اتنا گھبرانے کی ضرورت نہیں۔ بتاؤ اُفق کسے کہتے ہیں؟''

''اُفق ...؟'' وولکا نے نئی اُمید کے ساتھ کہا۔ ''بڑی آسان بات ہے۔ اُفق ایک ایسی فرضی لکیر ہے جو ...''

لیکن اسی وقت دیوار کے پیچھے حطابچ کو جوش آ گیا اور انھوں نے پھر بولنا شروع کیا،

''اُفق ...اے میری لائق اور قابلِ صد تکریم اُستانی ...اُفق وہ کنارا ہے جہاں آسمانوں کا بلّوریں پیالہ زمین کے کنارے سے چھؤتا ہے۔''

''اس کی حالت تو اور زیادہ خراب ہوتی جا رہی ہے۔'' اُستانی نے فریاد کی۔ ''آسمانوں

کے بلّوریں پیالے سے تمھارا مطلب کیا ہے؟ اصلی یا تم نے استعارہ استعمال کیا ہے؟''

''بالکل اصلی معنی ہی یہی ہیں۔'' حطابچ نے دوسرے کمرے سے ٹھوکا دیا اور وولکا کو اس کی بات دہرانا پڑی۔

''استعارہ'' کسی نے کلاس کے پیچھے سے کہا۔

''نہیں ... بالکل اصل مطلب یہی ہے۔'' وولکا نے دہرایا۔

''یعنی؟'' استانی کو اپنے کانوں پر یقین نہ آیا۔ ''تم سمجھتے ہو کہ آسمان ایک ٹھوس گنبد ہے؟''

''جی ہاں!''

''اور ایک جگہ ایسی ہے جہاں پہنچ کر زمین ختم ہو جاتی ہے؟''

''جی ہاں!''

دیوار کے پیچھے حطابچ نے سر ہلا کر اطمینان سے اپنے ہاتھ ایک دوسرے سے رگڑے۔ ایک عجیب و غریب سناٹا کلاس پر چھا گیا۔ جو بچے ہنسنے والے تھے ان کے چہروں سے مسکراہٹ بھی غائب ہوگئی۔ وولکا یقیناً کسی آفت میں گرفتار تھا۔ استانی نے اُٹھ کر اس کے ماتھے پر ہاتھ رکھا مگر اسے بخار بھی نہیں تھا۔ لیکن حطابچ پر اس بات کا بہت اثر ہوا۔ انھوں نے جھک کر مشرقی انداز سے اپنے ماتھے اور سینے پر ہاتھ رکھا اور بڑبڑانے لگے۔ وولکا نے بھی اسی طرح جھک کر سلام کیا اور دہرایا:

''تیرا بہت بہت شکریہ اے بنتِ اسٹپسن۔ لیکن زحمت نہ کر ...الحمد للہ کہ میں بالکل ٹھیک ہوں۔''

یہ باتیں انتہا سے زیادہ انوکھی اور مسخرے پن کی تھیں لیکن بچوں کو مسکرانے کی بجائے وولکا کی طرف سے بے انتہا فکر ہوگئی۔ استانی اس کا ہاتھ پکڑ کر کمرے سے باہر لے گئیں اور اس کے جھکے ہوئے سر پر ہاتھ پھیرا۔

''پریشان مت ہو کوسٹل کوف ...شاید تم بہت تھکے ہوئے ہو۔ جا کر آرام کرلو۔ پھر آ جانا۔''

”بہت اچھا۔“ وولکا نے کہا۔ ”مگر میں سچ کہتا ہوں دروازہ استپا نوونا کہ یہ میرا قصور نہیں ہے۔ سچی۔“

”نہیں، تمھارا قصور بالکل نہیں ہے کوسٹل کوف، آؤ ذرا پیوٹرایوانچ کے پاس چلیں۔“

اسکول کے ڈاکٹر پیوٹر نے پورے دس منٹ تک وولکا کو ٹھونک بجا کر دیکھا۔ اتنی دیر میں وولکا کے حواس بجا ہو گئے۔ اس کے گال گلابی پڑ گئے اور اس کی ہمت بندھی۔

”لڑکا بالکل ٹھیک ہے۔“ پیوٹر ایوانچ نے کہا۔ ”اور میری رائے میں غیر معمولی طور پر تندرست ہے۔ غالباً یہ زیادہ محنت کا نتیجہ تھا۔ اس نے امتحان کے لیے زیادہ پڑھائی کی ہوگی، اسی کا دماغ پر اثر ہو گیا۔ ویسے یہ بالکل ٹھیک ہے۔“

پھر بھی ڈاکٹر نے دوا گلاس میں اُنڈیلی اور اس غیر معمولی طور پر تندرست بچے کو وہ حلق سے اُتارنا پڑی۔ اچانک وولکا کو ایک ترکیب سوُجھی۔ حطابچ کی غیر موجودگی سے فائدہ اُٹھا کر وہ ڈاکٹر کے دفتر میں جغرافیہ کا امتحان نہیں دے سکتا؟

”ہرگز نہیں۔“ ڈاکٹر نے جواب دیا۔ ”ہرگز نہیں۔ بچے کو چند روز آرام کرنا چاہیے۔ جغرافیہ کہیں بھاگا نہیں جا رہا۔“

”ٹھیک ہے۔“ استانی نے اطمینان کا سانس لیا۔ ”اور اب تم گھر جاؤ بیٹے اور آرام کرو۔“ انھوں نے وولکا سے کہا۔ ”اچھے ہو جاؤ تو آ کر امتحان میں بیٹھ جانا۔ مجھے یقین ہے کہ تم ہی اوّل آؤ گے۔“

”کیوں بھئی، چھپے رستم ہو؟ یہ بات ہے؟“ ڈاکٹر نے کہا۔

”تمھیں گھر پہنچا دیا جائے؟“ استانی نے پوچھا۔

”نہیں نہیں۔ میں خود چلا جاؤں گا۔“ وولکا نے جلدی سے جواب دیا۔ بس اب اسی کی کسر رہ گئی تھی کہ جو کوئی گھر پہنچانے جاتا، اس کی حطابچ سے ملاقات بھی ہو جاتی۔ وولکا بے حد تندرست معلوم ہو رہا تھا۔ لہٰذا استانی نے اسے گھر جانے کی اجازت دے دی۔

دروازے پر چوکیدار اس کی طرف دوڑا، ”کوسٹل کوف! تمھارے وہ دادا جان … یا جو کوئی بھی وہ بڑے میاں ہیں …“

عین اسی وقت بڑے میاں دیوار میں سے نمودار ہوئے۔ وہ بے انتہا خوش معلوم ہو رہے تھے اور گنگنانے میں مصروف تھے۔

"مدد ...!" چوکیدار کی گھگی بندھ گئی اور اس نے گھبراہٹ میں خالی چائے دانی سے چائے اُنڈیلنی شروع کردی۔ جب اس نے مڑ کر دیکھا تو وولکا اور وہ بڑے میاں دونوں غائب ہو چکے تھے۔

"اے میرے نوجوان آقا! خادم کو بتائیے کہ آپ کے استاد اور ہم جماعت آپ کی قابلیت پر چکرا گئے یا نہیں؟" راستے کے نکڑ پر پہنچ کر حطابچ نے دریافت کیا۔ وولکا اب تک خاموش تھا۔

"یقیناً ... بالکل چکرا گئے۔" وولکا نے تلخی سے کہا اور نفرت سے بوڑھے میاں پر نظر ڈالی۔

حطابچ کھل گئے۔ "مجھے بھی یہی اُمید تھی لیکن صرف ایک دفعہ مجھے ایسا لگا کہ جناب اسٹپسن کی دخترِ نیک اختر کو آپ کی علم و قابلیت کی گہرائی نے ناخوش کیا۔"

"نہیں، نہیں۔" وولکا کو جن کی خوف ناک دھمکیاں یاد آ گئیں اور اس نے سہم کر جواب دیا، "یہ بات نہیں تھی۔"

"میں اس عورت کو اس تختے میں تبدیل کر سکتا تھا جس پر قصائی قیمہ کوٹتے ہیں۔" جن نے غصّے سے پھنکار کر کہا اور وولکا اپنی استانی کے اس حشر کے متعلق سوچ کر لرز گیا۔

"لیکن میں نے یہ محسوس کیا کہ وہ تمھاری اتنی عزّت کرتی ہے کہ اپنے ساتھ کے کمرے کے دروازے تک لے گئی اور نیچے تک چھوڑنے آئی۔ اس کا مطلب تھا کہ اس نے تمھارے جوابات کو بہت پسند کیا ورنہ میں تو اس کا سپڑا کر دیتا۔ لیکن اب اس پر خدا کی سلامتی ہو۔" وولکا نے اطمینان کا سانس لیا۔

اپنی زندگی کے کئی ہزار برسوں میں بہت سے موقعے ایسے آئے تھے جب حطابچ کو اُداس اور رنجیدہ لوگوں سے سابقہ پڑا تھا اور حطابچ کو ان کے دل بہلانے کا گر بھی آ تا تھا۔ کم از کم ان کا خیال یہی تھا۔ ان کا کام صرف اتنا تھا کہ ان اُداس لوگوں کی خواہشیں پوری

کر دیں۔ وہ آپ سے آپ ہی خوش ہو جائیں گے مگر وولکا کو اس وقت کس قسم کا تحفہ دیا جائے گا؟ جب وولکا نے ایک راہ گیر سے وقت پوچھا تو حطا بچ کا یہ مسئلہ بھی حل ہو گیا۔ ''دو بجنے میں پانچ منٹ۔'' راہ گیر نے گھڑی دیکھ کر جواب دیا۔

''شکریہ۔'' وولکا نے کہا اور خاموشی سے راستہ طے کرتا رہا۔

حطا بچ نے دریافت کیا، ''وولکا ... یہ شخص اتنا صحیح وقت کس طرح بتا سکا؟''

وولکا نے جواب دیا، ''اس کے پاس گھڑی تھی۔''

''گھڑی؟''

''ہاں۔ ہاں ... رسٹ واچ۔''

''اے جنوں کو بچانے والوں کے سردار! تمھارے پاس گھڑی کیوں نہیں ہے؟''

''میں ابھی بہت چھوٹا ہوں۔'' وولکا نے انکسار سے جواب دیا۔

''اوگراں قدر راہ گیر! اجازت دیجیے کہ آپ سے وقت پوچھوں۔'' حطا بچ نے ایک آدمی کو روک کر اس کی گھڑی کو گھورتے ہوئے کہا۔

''دو بجنے میں تین منٹ۔'' آدمی نے اس فصیح و بلیغ زبان سے ذرا متعجب ہو کر جواب دیا۔

انتہائی مفصل مشرقی انداز سے راہ گیر کا شکریہ ادا کرنے کے بعد حطا بچ نے ذرا چالاکی سے مسکراتے ہوئے وولکا سے وہی سوال دہرایا یعنی وقت پوچھا۔

اور وولکا کی کلائی پر ایک سونے کی گھڑی جگمگا رہی تھی!

''گر قبول زہے عزّ و شرف۔'' وولکا کو بے انتہا مسرور دیکھ کر جن نے بشاشت سے کہا۔

وولکا نے وہی کیا جو اس کی جگہ کوئی اور لڑکا یا لڑکی کرتی جسے پہلی مرتبہ گھڑی پہننے کو ملتی۔ وہ ہاتھ کان کے قریب لے جا کر اس کی ٹک ٹک سننے لگا۔

''اوہو ... اس میں کوک نہیں بھری ہے!'' وولکا نے کہا لیکن جب اس نے گھڑی میں کوک دینا چاہی تو اس کی گھنڈی اپنی جگہ سے ہلی تک نہیں۔

اس نے چاقو نکال کر گھڑی کا پچھلا پٹ کھولنا چاہا مگر گھڑی چاروں طرف سے ڈلّے کی طرح بند تھی ۔ پٹ کیسے کھلتا۔

''یہ ٹھوس سونا ہے جناب!'' بڑے میاں نے فخریہ کہا۔ ''میں ان لوگوں میں سے نہیں ہوں جو سونے کی کھوکھلی چیزیں تحفے میں دیتے ہیں ۔''

''اس کا مطلب ہے کہ اس کے اندر کچھ نہیں ہے۔'' وولکا نے مایوسی سے پوچھا۔

''اندر بھی کچھ ہونا چاہیے؟'' جن نے فکر مندی سے سوال کیا۔ وولکا نے تسمہ کھول کر گھڑی جن کو واپس کر دی ۔

''اچھا اب میں تم کو ایسی گھڑی دیتا ہوں جس میں اندر کسی چیز کی ضرورت نہیں ہوگی ۔''

اور اب وولکا کی کلائی پر ایک اور گھڑی آ گئی مگر یہ بے حد چھوٹی اور چپٹی سی تھی۔ اس پر شیشہ بھی نہیں لگا تھا اور سوئیوں کے بجائے ایک سونے کی تیلی اس پر ترچھی پڑی تھی۔ ہندسوں کے بجائے اس پر زمرّد جڑے تھے۔

''آج تک کسی بڑے سے بڑے سلطان یا بادشاہ کے پاس بھی کلائی پر باندھنے والی دھوپ گھڑی موجود نہیں تھی ۔'' جن نے پھر فخر سے کہا۔ ''شہر کے چوراہوں پر، بازاروں میں، محلوں کے باغات میں دھوپ گھڑیاں ہوتی تھیں مگر وہ سب پتھر سے بنائی جاتی تھیں ۔ لیکن میں نے اسی وقت یہ دھوپ گھڑی ایجاد کی ہے ... بُری تو نہیں؟''

واقعی دنیا کی اکلوتی کلائی کی دھوپ گھڑی کا مالک ہونا کوئی معمولی بات نہ تھی۔ وولکا کی خوشی کے مارے باچھیں کھل گئیں ۔ بڑے میاں خوش ہو گئے ۔

''اس میں وقت کا پتا کیسے لگتا ہے؟'' وولکا نے پوچھا۔

''ایسے ...'' حطابچ نے وولکا کا بازو آہستہ سے اُٹھایا۔ ''اپنا بازو اس طرح سیدھا کرو اور سونے کی تیلی کا سایہ صحیح ہندسے پر پڑے گا۔''

''لیکن اس کے لیے تو سورج کی ضرورت ہے ۔'' وولکا نے بادل کے ٹکڑے کو ناراضگی سے دیکھتے ہوئے کہا جس نے سورج کو چھپا لیا تھا۔

”بادل ابھی ایک منٹ میں ہٹا جاتا ہے۔“ بڑے میاں نے کہا اور واقعی ایک منٹ بعد سورج پھر چمکنے لگا۔ ”دیکھو، تیلی دو اور تین بجے سہ پہر کی طرف اشارہ کر رہی ہے۔ اس کا مطلب ہے کہ اب ڈھائی بجے ہیں۔“ انھوں نے کہا۔ اتنے میں سورج پھر بادل میں چھپ گیا۔

”اس کی پروا مت کرو ... جب بھی تم گھڑی دیکھنا چاہو، میں آسمان روشن کر دیا کروں گا۔“

”لیکن خزاں میں کیا ہوگا ...؟“ وولکا نے پوچھا۔

”خزاں میں کیا مطلب؟“

”خزاں اور جاڑوں کے مہینوں میں سورج نہیں نکلتا۔“

”میں تم سے کہہ چکا ہوں کہ سورج تمھاری مرضی کے مطابق چمکا کرے گا۔ صرف تمھارے حکم کی دیر ہے۔“

”لیکن اگر تم نزدیک نہ ہوئے؟“

”میں ہمیشہ تمھارے آس پاس ہی رہوں گا۔ تمھارا کام صرف اتنا ہے کہ مجھے حاضر ہونے کا حکم دے دو۔“

”لیکن شام اور رات کو کیا ہوگا؟ سورج تو رات کو نہیں نکلتا۔“ وولکا نے جرح کی۔

”رات کو لوگوں کو پڑ کر سو جانا چاہیے۔ اس وقت گھڑی دیکھنے کی کیا ضرورت ہے۔“ جن نے تیزی سے جواب دیا۔ اُس کو اس گستاخ لڑکے پر غصہ آ رہا تھا مگر اس نے اپنے غصّے کو پھر قابو میں کیا۔ ”اچھا، اگر یہی بات ہے تو بتاؤ ... وہ جو سامنے آدمی جا رہا ہے، اس کی گھڑی پسند ہے؟ وہ تم کو مل سکتی ہے۔“

”کیا مطلب؟ وہ گھڑی اس کی ہے، کیا تم اُسے ...؟“

”فکر نہ کرو ابن الوشا ... میں تو اس آدمی کے سر کا ایک بال بھی بیکا نہ کروں گا۔ وہ آ کر خود تم کو اپنی گھڑی پیش کر دے گا اس لائق ہو کہ دنیا کے خزانے تمھاری خدمت میں لا ڈالے جائیں۔“

”تم اس سے زبردستی کرو گے اور وہ ...“

’’وہ تو شکر ادا کرے گا بے چارہ کہ میں نے اسے واصلِ جہنم نہیں کیا یا چوپ ہے یا جھینگر یا تباہ حال فقیر میں تبدیل نہیں کیا۔‘‘

’’یہ دھوکے بازی اور بلیک میل ہے۔‘‘ وولکا نے غصّے سے جواب دیا۔ ’’اس طرح کی حرکتوں کا نتیجہ جیل خانہ ہوتا ہے اور تم کو واقعی جیل خانے کی ہوا کھانی چاہیے۔‘‘

’’جیل خانہ...؟‘‘ جِن بھڑک اُٹھا۔ ’’میں...حسن عبدالرحمٰن جیل جاؤں گا؟ کیا وہ حقیر ذلیل راہ گیر نہیں جانتا کہ میں کون ہوں؟ کسی جِن، عفریت یا شیطان، بھوت پریت سے پوچھو تو وہ تمہیں بتائے گا کہ میں جِنوں کی فوج کا سپہ سالار رہوں۔ میری فوج میں بہتّر قبیلے ہیں اور ہر قبیلے میں بہتّر ہزار سورما۔ ہر سورما ایک ہزار شیطانوں کا حاکم ہے اور ہر شیطان ایک ہزار جِنوں پر حاوی ہے اور ایک ہزار غولِ بیابانی ہر جِن کے قبضے میں ہیں اور میں ان سب کا مالک ہوں اور کوئی میرے حکم سے باہر نہیں ہوسکتا۔ اگر یہ بدبخت ناہنجار راہ گیر کوشش بھی کرے کہ...۔‘‘

اور اس دوران میں وہ بے چارا راہ گیر دکانوں کی کھڑکیوں پر نظر ڈالتا ہوا اطمینان سے سڑک پر چلا آ رہا تھا اور اسے کچھ خبر نہ تھی کہ اس کی کلائی پر چمکتی ہوئی ایک معمولی سی گھڑی کی بدولت اس کے سر پر کتنے زبردست خطرے منڈلا رہے ہیں۔ جِن نے پھر گرج کر کہا، ’’میں...اگر تم کہو...تو میں اسے...۔‘‘ اب ایک ایک سیکنڈ قیمتی تھا۔

’’نہیں۔‘‘ وولکا چیخا۔

’’نہیں کیا؟‘‘

’’اس آدمی کو نہ چھونا۔ مجھے گھڑی نہیں چاہیے۔ مجھے کچھ نہیں چاہیے۔‘‘

’’کچھ نہیں...واقعی...؟‘‘ جِن نے تعجب سے پوچھا اور اپنا غصہ جلدی سے ٹھنڈا کیا۔

دنیا کی مختصر ترین دھوپ گھڑی غائب ہوگئی۔

’’کچھ نہیں۔‘‘ وولکا نے دہرایا اور ایک اتنی گہری سانس لی کہ جِن کو پھر احساس ہوا کہ اس کی اُداسی ہٹانے کے لیے کچھ کرنا چاہیے۔

❈ ❈ ❈

حطانچ کی دوسری خدمت

وولکا بے حد غمگین تھا۔ یہ بات تو صاف تھی مگر حطانچ کے فرشتوں کو بھی یہ پتا نہ تھا کہ امتحان کے وقت وولکا پر انھوں نے کیا ستم کیا ہے۔ لیکن وولکا پریشان تھا اور اس کی پریشانی دور کرنا حسن عبدالرحمٰن کا فرض تھا۔

''اے رشکِ قمر! کیا تم عجیب و غریب مہموں اور واقعوں کی داستان سننا پسند کرو گے؟ مثال کے طور پر کیا تم نے بغداد کے حجام اور تین سیاہ کوّوں اور حجام کے لنگڑے بیٹے کی کہانی سنی ہے؟ یا چاند کے کوہان والے تانبے کے اونٹ کا قصہ؟ یا احمد سقّے اور اس کی طلسمی مشک کا واقعہ؟''

وولکا اسی طرح تیوری چڑھائے رہا مگر میاں بڑے کہاں دَم لینے والے تھے۔ وہ بولے،''اے سیکنڈری اسکول کے طلبہ کے سرِتاج! تجھے معلوم ہونا چاہیے کہ ایک دفعہ کا ذکر ہے کہ بغداد میں سلیم نامی ایک ماہر حجام رہتا تھا جس کا بیٹا لنگڑا تھا اور اس کے پاس تین سیاہ کوّے بھی تھے۔ ایک دن خلیفہ ہارون رشید اس کی دکان کے سامنے سے گزرے ... لیکن اے سعادت مند نوجوان! میری تجویز ہے کہ ہم لوگ اس بینچ پر بیٹھ جائیں تا کہ اس سبق آموز داستان کو سننے کے دوران تمھاری ٹانگیں نہ تھکیں۔''

وہ ایک درخت کے نیچے بیٹھ گئے۔

تین گھنٹے تک یہ بے حد دلچسپ داستان چلا کی۔ حطانچ نے ان کو ان الفاظ کے ساتھ ختم کیا،''مگر چاندی کے کوہان والے اونٹ کی کہانی اس سے بھی زیادہ دلچسپ ہے۔''

اور فوراً وہ کہانی شروع کردی۔

جب وہ اس حصے پر پہنچے کہ ...''اور پھر اچنبی لنے انگیٹھی میں سے کوئلہ نکال کر دیوار پر اونٹ کی تصویر کھینچی اور اونٹ نے دُم ہلائی، گردن اُٹھائی اور دیوار سے اُتر کر سٹرک پر چلا گیا،'' تو جن نے ٹھہر کر یہ معلوم کرنا چاہا کہ اس حیرت انگیز کہانی کا اثر سننے والے پر کیا ہوا مگر وولکا خود بے شمار متحرک کارٹون دیکھ چکا تھا۔ گو اس قصے کو سننے کے بعد اسے سنیما دیکھنے کا خیال آ گیا۔

''چلو، سنیما چلیں، کہانی اس کے بعد ختم کر لینا۔'' اس نے جن سے کہا۔

''بسر و چشم اے ابنِ الوشا! مگر یہ ضرور بتلا دو کہ سنیما کیا شے ہے؟ حمام ہے، بازار ہے یا قہوہ خانہ ...؟''

''سنیما ... یہ کوئی بچہ بھی تم کو بتا سکتا ہے۔'' وولکا نے ہاتھ ہلا کر کہا۔ ''چلو خود ہی چل کر دیکھ لو۔''

لیکن سنیما کے باہر لکھا تھا،''سولہ سال سے کم عمر بچوں کو شام کا شو دیکھنے کی اجازت نہیں''۔

''کیا ہوا اے فخرِ انسانیت؟'' وولکا کو دوبارہ اُداس دیکھ کر جن نے دریافت کیا۔

''کچھ نہیں۔ ہم لوگ دن کے شو کے لیے دیر میں آئے ہیں اور میں سولہ سال کا نہیں ہوں۔ اب کیا کروں؟ میں ابھی گھر جانا نہیں چاہتا۔''

''تو تم گھر نہیں جاؤ گے۔ ذرا میں ان کاغذ کے ٹکڑوں پر ایک نظر ڈال لوں جو سب لوگ اس غصیلی عورت کے ہاتھ میں تھما رہے ہیں۔''

پلک جھپکتے ہی وولکا کے ہاتھ میں دو ٹکٹ تھے۔

''چلو۔'' جن نے وولکا کو ٹھوکا دیا۔

''لیکن ...'' وولکا ہچکچایا۔

لیکن سامنے لگے ہوئے آئینے میں یہ دیکھ کر تو وولکا کی سٹی گم ہو گئی کہ اس کے گلابی تر و تازہ چہرے پر ایک بہت گھنی اور لمبی سنہری ڈاڑھی لہرا رہی تھی۔

❧ ❧ ❧

سنیما ہاؤس کے اندر

نہایت شان کے ساتھ حطاپچ وولکا کو دوسری منزل پر لے گئے۔ ہال کے دروازے پر ژینیا بوگوراؤ کھڑا تھا۔ یہ خوش قسمت لڑکا سنیما کے مینجر کا بھانجا تھا اور اسے شام کا شو دیکھنے کی اجازت تھی لیکن آج وہ خوش ہونے کے بجائے بے حد غمگین تھا کیونکہ وہ بالکل تنہا تھا اور کوئی ساتھی میسر نہیں آ سکتا تھا جس کے ساتھ وہ وولکا کی عجیب وغریب حرکتوں کے متعلق بات چیت کر سکے۔ اس اُمید پر کہ شاید کوئی نیچے ہی مل جائے وہ زینے پر آ رہا تھا کہ جب اس کی ٹکر ایک عجیب سے بزرگ سے ہوگئی۔ تلّے دار چپل پر سوٹ پہنے تھے اور ساتھ گھسیٹتے ہوئے کسی کو لا رہے تھے۔ وولکا کوسٹل کوف کو! لیکن نہ جانے کیوں وولکا نے اپنا چہرہ دونوں ہاتھوں سے چھپایا ہوا تھا۔

''وولکا...وولکا''ژینیا خوشی سے چلّایا۔

لیکن وولکا اس مڈبھیڑ سے مطلق خوش نہ ہوا بلکہ اس نے یہ بھی ظاہر کیا کہ وہ ژینیا کو پہچانتا ہی نہیں...ایک زقند بھر کر وہ لوگوں کے ہجوم میں جا گھسا جو دوسرے شو کے انتظار میں آرکیسٹرا کی موسیقی سننے میں مصروف تھے۔

''ہونہہ...جیسے مجھے بڑی پروا ہے۔''ژینیا نے بُرا مان کر کہا اور آئس کریم خرید نے چلا گیا۔

اسی وجہ سے اس نے یہ نہیں دیکھا کہ لوگ اب بڑے میاں اور وولکا کو چاروں طرف

سے گھیر رہے تھے۔ بھیڑ چیر کر وہ بھی اندر پہنچا جہاں اس کا دوست سب کی نگاہوں کا مرکز بنا کھڑا تھا۔

’’کیا ہوا...کوئی حادثہ ہو گیا ہے؟ میں ٹیلی فون کر دوں؟ میرے ماموں یہاں کے مینجر ہیں۔‘‘

مگر کسی کو معلوم نہ تھا کہ اصل واقعہ کیا ہے۔ سب کے سب دھکا پیل کر کے مجمع کے اندر جھانکنا چاہتے تھے۔ ہر ایک اپنی ہانک رہا تھا۔ اس قدر غل مچا کہ باجے والوں کی آواز بھی اس میں ڈوب گئی۔ حالانکہ انھوں نے بھی زور سے اپنی دُھن بجانا شروع کر دی تھی۔

آخر کار زینیا کے ماموں جان نمودار ہوئے۔ ایک کرسی پر چڑھ کر انھوں نے چلّاتے ہوئے کہا، ’’بھائیو! اتنا ہلّا نہ کرو۔ اپنی اپنی جگہ پر جاؤ۔ کیا تم نے آج تک ڈاڑھی والا بچہ کبھی نہیں دیکھا؟‘‘

’’وولکا!‘‘ زینیا پوری طاقت سے دہاڑا۔ وہ بھیڑ میں اب تک نہ گھس سکا تھا۔ ’’مجھے کچھ نظر نہیں آتا۔ کیا وولکا نے ڈاڑھی اُگا لی ہے؟‘‘

’’افوہ...‘‘ وولکا نے وحشت زدہ ہو کر کہا۔

’’بے چارہ۔‘‘ تماشائیوں نے ہمدردی سے آہ بھری۔

’’پچ پچ! بڑا افسوس ہے۔‘‘

’’کیا سائنس اس طرح کے کیس میں بالکل ناکام رہی ہے؟‘‘

پہلے تو وہ حطابچ یہ سمجھے کہ لوگ مارے عقیدت کے وولکا کے چاروں طرف جمع ہو رہے ہیں، پھر بڑے میاں کو تاؤ آنے لگا۔

’’اپنا اپنا راستہ لیجیے مہربان۔ اے صاحبو! یہ بھیڑ کیوں لگا رکھی ہے؟‘‘ انھوں نے گرج کر کہا۔ ’’ہٹ جاؤ سامنے سے۔ ورنہ میں تم سب کو چھٹی کا دودھ یاد دلا دوں گا۔‘‘

ایک کمزور دل لڑکی سہم کر ایک طرف کو دبک گئی لیکن باقی سب لوگ ہنس پڑے۔ بے تکی گلابی سلیپر پہنے ہوئے اس مسخرے بڑے میاں سے کون ڈرتا! اگر کسی نے اُنگلی بھی لگائی تو چچا جان لڑکھیاں کھانے لگیں گے۔

لیکن حطانچ اس بات کے عادی تھے کہ لوگ ان کی قہرناک آواز سنتے ہی تھر تھر کانپنے لگیں۔ اب ان کو احساس ہوا کہ ان کی اور وولکا کی بڑی سخت بے عزّتی کی جا رہی ہے۔ ان کا پارہ چڑھتا جا رہا تھا اور اگر سنیما شروع ہونے کی گھنٹی نہ بج جاتی تو نہ جانے کیا سے کیا ہو جاتا۔ ہال کے دروازے کھل گئے اور تماشائی اندر جانے کے لیے لپکے۔ ژینیا نے سوچا کہ اس عجیب و غریب لڑکے پر ایک نظر ڈالنے کا یہ بہترین موقع ہے لیکن مجمع کے ریلے نے دھکے دے کر ژینیا کو ہال میں پہنچا دیا۔

’’افوہ!‘‘ ژینیا نے ایک لمبا سانس لیا۔ باہر نکلتے وقت تو ڈھیل لڑکا نظر آ ہی جائے گا۔ اس نے سوچا۔ مگر اپنی کرسی پر بے چینی سے پہلو بدلتا رہا کہ شاید اس عجیب الخلقت ہستی کی ایک جھلک وہیں سے دِکھائی دے جائے جو اس کے پیچھے ہی کہیں بیٹھا تھا۔

’’نچلے بیٹھو میاں صاحبزادے! دوسروں کو بھی سنیما دیکھنے دو۔‘‘ برابر بیٹھے ہوئے کسی شخص نے کہا مگر اس شخص کی حیرت کی انتہا نہ رہی جب اس نے دیکھا کہ وہ بے چینی سے پہلو بدلنے والا لڑکا ایک دم غائب ہو گیا۔

وولکا اور حطانچ سب سے آخر میں ہال کے اندر آئے۔ وولکا تو اتنا پریشان تھا کہ اس کا بس چلتا تو سنیما دیکھے بغیر ہی لوٹ جاتا۔

’’اگر تم اس ڈاڑھی کی وجہ سے اتنے پریشان ہو تو اطمینان رکھو۔ تم اِدھر کرسی پر بیٹھے اور اُدھر میں ڈاڑھی غائب کر دوں گا لیکن اب جلدی کرو کیونکہ میں دیکھنا چاہتا ہوں کہ سنیما کیا شے ہے۔ ضرور یہ کوئی بے حد عجیب و غریب چیز ہو گی جو اتنے بے شمار مردِ معقول اتنے گرم موسم میں اسے دیکھنے کے لیے بے حال ہوئے جا رہے ہیں۔‘‘

اپنی جگہ پر بیٹھ کر بڑے میاں نے چٹکی بجائی مگر وولکا کی ڈاڑھی جوں کی توں موجود رہی۔

’’دیر کیوں لگا رہے ہو؟ اتنی ڈینگ مار رہے تھے!‘‘

’’میں ڈینگ نہیں مار رہا تھا اے ہونہار نوجوان، لیکن میں نے اپنا ارادہ بدل دیا ہے کیونکہ اگر ڈاڑھی غائب ہوئی تو تم بھی فوراً یہاں سے نکال دیے جاؤ گے۔‘‘

لیکن یہ بڑے میاں کی چالاکی اور بہانہ بازی تھی اور وولکا کو ابھی حطابچ کی چالاکیوں کا اندازہ نہ تھا۔

"کوئی بات نہیں! اب مجھے یہاں سے کوئی نہ نکالے گا۔" وولکا نے جواب دیا۔

مگر جن نے سنی اَن سنی کردی۔ وولکا نے اپنے الفاظ دہرائے مگر بڑے میاں نے پھر گویا سنا ہی نہیں۔ آخر وولکا نے اونچی آواز میں کہا:"حسن عبدالرحمٰن!"

"ارشاد میرے آقا!" جن نے مؤدّبانہ انداز میں جواب دیا۔

"شی ،شی ..."قریب سے کسی نے خاموش رہنے کی التجا کی۔

وولکا نے اپنے دوست سے (جو اچانک بے حد اُداس ہوگئے تھے) کانا پھوسی جاری رکھی۔"کسی طرح اس کم بخت ڈاڑھی کو غائب کردو۔"

"کم بخت ڈاڑھی؟ انتہائی شان دار اور زبردست ڈاڑھی ہے یہ۔" حطابچ نے جواب دیا۔

"فوراً ... سنتے ہو ...ایک دم ...اسی وقت ۔"

"بہت اچھا حضورِ والا۔" بڑے میاں نے جواب دیا اور کچھ بڑبڑا کر چٹکیاں بجائیں مگر ڈاڑھی اسی طرح قائم رہی۔

"کیوں ...؟"

"ایک منٹ ، او وولکا ابن الوشا ...صرف ایک منٹ۔" بڑے میاں نے گھبرا کر بڑبڑانا اور چٹکیاں بجانا جاری رکھا۔

"ارے رے ، دیکھنا نویں قطار میں کون بیٹھا ہے۔" وولکا نے اپنی مصیبت ایک لمحے کے لیے بھول کر سرگوشی کی۔

لیکن بڑے میاں کو نویں قطار میں بیٹھے ہوئے دو آدمیوں میں کوئی خاص بات نہ نظر آئی۔

"یہ بے حد مشہور ایکٹر ہیں۔" وولکا نے بتایا۔ بڑے میاں پر اس خبر کا بھی کوئی خاص اثر نہ ہوا۔

”یعنی ...؟ مداری ہیں یہ دونوں؟ رسّے پر چلتے ہیں؟“ انھوں نے بزرگانہ انداز میں دریافت کیا۔

”نہیں ...یہ بہت بڑے فلم اسٹار ہیں ...فلم اسٹار۔“

”تو یہ دونوں چپ کیوں بیٹھے ہیں؟ تماشا کیوں نہیں دِکھاتے؟ ایسے کاہل اور ناکارہ نٹوں کی تعریف کرتے دیکھ کر تمھارے اوپر مجھے افسوس ہوتا ہے اے ابنِ الوشا!“

”فلم ایکٹر سینما ہال میں کچھ نہیں کرتے، اسٹوڈیو میں کام کرتے ہیں۔“

”اس کا مطلب ہے کہ ہم فلم ایکٹروں کے بجائے کسی اور کا تماشا دیکھنے والے ہیں۔“

”نہیں، ہم فلم ایکٹروں ہی کو دیکھیں گے۔ ارے بھئی، یہ تو بچے بھی جانتے ہیں کہ فلم ایکٹر اسٹوڈیو میں ایکٹنگ کرتے ہیں اور ان کی ایکٹنگ یہاں ہمیں نظر آتی ہے۔“

”معاف کرنا میرے آقا، لیکن آپ انتہائی بے معنی گفتگو فرما رہے ہیں۔ بہرحال میں آپ سے خفا نہیں ہوں کیونکہ میرا خیال ہے کہ آپ میرے ساتھ کوئی چال نہیں چل رہے ہیں بلکہ گرمی کا اثر آپ کے دماغ پر ہوگیا ہے۔“ جن فوراً آپ جناب پر اُتر آیا۔

وولکا نے سوچا کہ فلم ایکٹروں کے متعلق اپنے ساتھی کو کچھ سمجھانا بالکل بے کار ہے اور اچانک اسے اپنی مصیبت پھر یاد آئی۔

”خطابچ ...کیا تم اس ڈاڑھی کے سلسلے میں واقعی کچھ نہیں کر سکتے؟“ اس نے گڑگڑا کر کہا۔

جن نے ایک آہ بھری۔ اپنی ڈاڑھی کا ایک بال توڑا، پھر دوسرا، پھر تیسرا، پھر تاؤ میں آ کر مٹھی بھر بال کھینچ نکالے۔ وولکا کے چہرے پر نظریں گاڑ کے انتہائی غصّے سے وہ اپنی ڈاڑھی نوچنے میں مصروف رہا مگر وولکا کی ڈاڑھی کا ایک بال بھی کم نہ ہوا۔ اس کے بعد جن نے مختلف طریقوں سے چٹکیاں بجانا شروع کیں۔ پہلے دو اُنگلیوں سے، پھر دائیں ہاتھ کی پانچوں اُنگلیوں سے، پھر بائیں ہاتھ سے پھر اس کا اُلٹ ...مگر سب بے کار۔ آخر میں اس نے کپڑے پھاڑنا شروع کردیے۔

''پاگل تو نہیں ہوگئے ہو؟ کیا کررہے ہو...؟'' وولکانے کہا۔

''حیف صد حیف ... افسوس ... تف ہے مجھ پر۔'' بڑے میاں نے اپنا چہرہ نوچتے ہوئے آہستہ سے کہا۔ ''سیکڑوں برس تک اس منحوس صراحی میں بند رہنے کی وجہ سے مجھے اپنے فن میں مہارت نہیں رہی۔ مجھے معاف کرے میرے محسن کہ مَیں اب تیری داڑھی کے لیے کچھ نہیں کرسکتا۔ آہ اے بدنصیب حسن عبدالرحمٰن! صبر کر ...صبر کر ...''

''کیا بڑبڑا رہے ہو بڑے میاں، میری کچھ سمجھ میں نہیں آتا۔'' وولکانے پوچھا۔

حطابچ نے اپنے کپڑے تار تار کرتے ہوئے جواب دیا، ''اے سردارِ نوجوانانِ عالم! مجھ پر اپنے جائز غصّے کا اظہار نہ کر ... میں تجھے تیری داڑھی سے چھٹکارا نہیں دلا سکتا کیونکہ مجھے اسے غائب کرنے کا منتر یاد نہیں رہا۔''

''ارے بھائی! ہم پر رحم کرو ... گھر جاکر باتیں کرلینا۔ یہاں تو ہمیں سنیما دیکھ لینے دو۔ گیٹ کیپر کو بلائیں؟'' ایک شخص نے کہا۔

''اُف! میری ذِلت کی انتہا نہیں رہی۔ بڑھاپے میں یہ دن بھی دیکھنا تھا۔ اتنا آسان جادو ذہن سے اُتر گیا ... میں حسن عبدالرحمٰن جیسے سلیمانؑ بن داؤد بیس برس تک اپنے قابو میں نہ کرسکے ... میں دنیا کا سب سے طاقتور جن ... اور اتنا معمولی منتر بھول گیا۔'' بڑے میاں اسی طرح کانپتے اور بڑبڑاتے رہے۔

''یہ بڑبڑ بند کرو۔'' وولکا نے سختی سے کہا۔ سچ سچ بتاؤ مجھے یہ داڑھی کی مصیبت کب تک بھگتنا ہوگی۔''

''گھبراؤ مت میرے آقا ... میں ابھی صرف ایک چھوٹا سا جادو کرنا چاہتا تھا مگر دو دن کے اندر اندر تمھارا چہرہ صفا چٹ ہو سکے گا۔ دو دن تک شاید اس جادو کا اُتار مجھے یاد آجائے۔''

اتنے میں فلم کے ٹائٹل ختم ہوئے۔ پردے پر تصویریں بولنے اور چلنے پھرنے لگیں۔ بڑے میاں نے اطمینان سے کہا، ''یہ تو سمجھ میں آیا۔ یہ سب لوگ دیوار میں سے ظاہر ہو رہے ہیں۔ تم مجھے اس چیز سے حیرت میں نہیں ڈال سکتے۔ یہ تو میں خود کرسکتا ہوں۔''

”تم نہیں سمجھ سکتے۔“ وولکا نے مسکرا کر جواب دیا۔ ”لیکن اگر تم واقعی جانا چاہتے ہو ...تو فلم کا اُصول یہ ہے کہ ...“

”خاموش، خاموش۔“ چاروں طرف سے پھر شی شی کی آوازیں بلند ہوئیں اور وولکا کو چپ ہو جانا پڑا۔

اب بڑے میاں بالکل بھونچکے بنے پردے کو دیکھ رہے تھے مگر جب انھوں نے نویں قطار میں بیٹھے ہوئے دونوں آدمیوں کو پردے پر گھوڑے دوڑاتے ہوئے دیکھا تو بے حد گھبرا گئے۔

”ذرا پیچھے دیکھنا ...او ابنِ الوشا!“

”ہاں ۔ ہاں ۔ یہی تو وہ دونوں ایکٹر ہیں اور یہ دیکھنے کے لیے آئے ہیں کہ پبلک کو ان کا کام کیسا لگا۔“

”یہ بات ٹھیک نہیں ۔ مجھے انسان کا دو حصوں میں تقسیم ہو جانا پسند نہیں ۔ یہ تو میں بھی نہیں کر سکتا کہ اس کرسی پر بیٹھا رہوں اور سرپٹ گھوڑے پر بھی اُڑ جاؤں۔ اسی لیے مجھے ڈر لگ رہا ہے۔“

”ڈرنے کی کوئی بات نہیں ۔ ان سب لوگوں کو دیکھو، کوئی ڈر رہا ہے؟ میں تم کو فلم کے متعلق اور بھی بتاؤں گا۔“

اتنے میں ریل کا انجن گڑگڑاتا ہوا پردے پر آیا۔ جن نے سہم کر وولکا کا بازو پکڑ لیا۔

”او شہزادے وولکا ... یہ جنوں کے حاکم جرجیس کی آواز ہے۔ اسے میں خوب پہچانتا ہوں ۔ للہ! یہاں سے بھاگ چلو۔“

”ہشت ...“ وولکا نے لاپروائی سے جواب دیا۔ ”خاموش بیٹھے رہو۔“

”جو حکم میرے آقا۔“ جن نے تھر تھر کانپتے ہوئے کہا۔

لیکن اسی لمحے جب انجن گڑگڑاتا ہوا تماشائیوں کی طرف بڑھا تو ایک خوفناک چیخ نے سارا ہال سر پر اُٹھا لیا۔ جن چیختا ہوا دروازے کی طرف بھاگا۔ دروازے پر پہنچ کر اسے وولکا کا خیال آیا اور دو تین چھلانگوں میں وولکا تک واپس پہنچ کر اسے ساتھ گھسیٹتا ہوا

دروازے تک لے آیا۔ ''بھاگو... یہاں سے بھاگو۔''

''ٹھہرو!'' گیٹ کیپر لڑکی نے آگے بڑھ کر کہا لیکن فوراً وہ ایک زبردست چھلانگ لگا کر ہوا میں اُڑتی ہوئی اسٹیج پر پہنچ گئی۔

''کیوں ... دھاڑ کیوں رہے تھے ... کیا گھبراہٹ تھی؟'' سڑک پر آ کر ولکا نے خفگی سے پوچھا۔

''اتنی زبردست بلا تمھاری طرف بڑھ رہی تھی تو میں کیسے خاموش رہتا۔ ریحوس کا بیٹا اور اکراش کی خالہ کا پوتا جرجیس آگ اور قہر کا طوفان لیے تمھاری طرف بڑھتا آ رہا تھا ... میرے آقا۔''

''جرجیس ...! اکراش کی خالہ ...! یہ تو ایک معمولی ریلوے انجن تھا۔''

''کیا میرا نوجوان آقا اپنے غلام حسن عبدالرحمٰن کو یہ بتانا چاہتا ہے کہ شیطان کیا ہوتا ہے؟'' پھر اس نے ایک لمبی سانس بھر کر کہا۔ ''اب تمھاری کیا خواہش ہے میرے شہزادے؟''

''میری ڈاڑھی۔''

''افسوس کہ میں یہ خواہش ابھی پوری نہیں کر سکتا۔ اور کوئی فرمائش کرو۔''

''میں چاہتا ہوں کہ جلد از جلد یہ ڈاڑھی منڈ جائے۔''

وہ ایک حجام کی دکان میں داخل ہوئے۔ چند منٹ بعد حجام نے باہر کے کمرے میں جھانک کر کہا، ''آئیے۔''

اور کوٹ ٹانگنے کی کھونٹی کے پاس سے ایک لڑکا نمودار ہوا جس نے اپنا چہرہ ایک بے حد قیمتی رومال سے چھپا رکھا تھا۔ وہ جلدی سے کرسی پر جا کر بیٹھ گیا۔

''سر کے بال کٹوائیے گا؟''

''نہیں ... ڈاڑھی!'' لڑکے نے کھلی آواز میں جواب دیا اور رومال چہرے سے ہٹا دیا۔

❖ ❖ ❖

ایک اور مصیبت

یہ بھی خیریت ہوئی کہ وولکا کے بال سیاہ نہیں تھے۔ مثال کے طور پر اگر ژینیا نے ڈاڑھی منڈوائی ہوتی تو اس کے گالوں پر کالا کالا سایہ ضرور باقی رہ جاتا۔ لیکن وولکا جب حجام کی دکان سے نکلا تو اس کے چہرے میں اور دوسرے بچوں کے چہرے میں کوئی فرق نہ تھا۔

اب شام کے ساتھ سے نج چکے تھے مگر ابھی روشنی باقی تھی اور بے حد گرمی تھی۔

’’تمھارے اس مبارک شہر میں کہیں شربت وغیرہ پینے کو نہیں مل سکتا؟‘‘ حطابچ نے دریافت کیا۔

’’ضرور...! چلو کہیں ٹھنڈا ٹھنڈا لیمونیڈ پی لیا جائے۔‘‘ وولکا نے جواب دیا۔

ایک ریستوران میں داخل ہو کر وہ دونوں ایک میز پر جا بیٹھے۔

’’مہربانی کر کے لیمونیڈ کی دو بوتلیں لا دیجیے۔‘‘ وولکا نے ویٹرس سے کہا۔ ویٹرس نے سر کے اشارے سے ’’بہت اچھا‘‘ کہا اور کاؤنٹر کی طرف چلی گئی۔ حطابچ نے طیش میں آ کر اسے واپس بلایا۔

’’فوراً اِدھر آؤ دھر آؤ کنیزِ بدتمیز... میرے آقا کے ارشاد کی تعمیل کرنے کا یہ طریقہ ہے؟‘‘

’’حطابچ... خاموش رہو... سنتے ہو؟ خاموش رہو۔‘‘ وولکا نے چکرا کر کہا۔ جن نے اس کے منہ پر آہستہ سے ہاتھ رکھ دیا۔

’’تم اپنی نرم دلی کی وجہ سے اس کنیز کو کچھ نہیں کہہ رہے مگر اس نے تمھاری بے عزتی

کی ہے ... مجھے ڈانٹ لینے دو۔‘‘

’’لیکن تم سمجھتے نہیں۔‘‘ وولکا نے بے حد خوف زدہ ہوکر کہا۔ ’’کیا تم کو نظر نہیں آ رہا کہ یہ لڑکی کسی کی کنیز نہیں ہے۔‘‘

لیکن یکا یک جیسے وولکا کو سانپ سونگھ گیا۔ اسے محسوس ہوا کہ وہ بول نہیں سکتا۔ وہ بے چاری ویٹرس کو جِن کے قہر سے بچانا چاہتا تھا لیکن اسے ایسا معلوم ہوا کہ اس میں اپنی اُنگلی تک اُٹھانے کی طاقت نہیں رہی ہے۔

جِن نے سوچا تھا کہ وولکا اپنی بے عزتی کا بدلہ لینے سے اسے روک رہا ہے۔ لہٰذا اس کے کان کی لو کو اپنی اُنگلی سے چھوڑ کر اسے بات کرنے اور ہلنے جلنے سے معذور کر دیا تھا۔

’’میرے نوجوان آقا کا حکم بجالانے کے لیے تم نے ڈھائی من کا سر ہلا دیا، پھوٹے منہ سے کچھ بولیں کیوں نہیں؟‘‘ جِن نے دہرایا۔

’’میری سمجھ میں نہیں آیا، آیا آپ کہہ کیا رہے ہیں؟‘‘ ویٹرس نے اخلاق سے جواب دیا۔ ’’یہ حکم نہیں تھا، درخواست تھی اور میں اسے پورا کر رہی ہوں۔ دوسری بات یہ کہ اجنبیوں سے اخلاق کے ساتھ بات کرنا چاہیے۔ مجھے تعجب ہے کہ آپ کو اتنی بات بھی معلوم نہیں جو ہر مہذب انسان جانتا ہے۔‘‘

’’تم مجھے تمیز سکھانے چلی ہو؟‘‘ جِن گرجا۔ ’’زمین پر گھٹنے ٹیکو فوراً ورنہ میں تم کو خاک میں ملا دوں گا۔‘‘

’’بڑے افسوس کی بات ہے بڑے میاں۔‘‘ ریستوراں کا حساب کتاب رکھنے والی لڑکی نے کہا۔ اس وقت حطا بیچ اور وولکا کے علاوہ صرف وہی ریستوراں میں موجود تھی۔ ’’بزرگ آدمی ہو کے اتنی بدتمیزی۔‘‘

’’تم بھی گھٹنے ٹیکو ایک دم ... فوراً ... دونوں کی دونوں اور تم بھی۔‘‘ بڑے میاں نے دوسری ویٹرس کو بھی حکم دیا جو پہلی کو بچانے کے لیے دوڑی تھی۔ ’’تم تینوں زمین بوس ہوکر میرے آقا سے معافی چاہو۔‘‘ اتنا کہہ کر حطا بیچ نے اونچا ہونا شروع کیا یہاں تک کہ ان کا سر چھت سے جالگا۔ یہ بڑا خوف ناک منظر تھا۔ خزانچی لڑکی اور دوسری ویٹرس ڈر کے مارے

بے ہوش ہوگئیں۔ پہلی ویٹرس کا رنگ پیلا پڑ گیا مگر اس نے سکون سے کہا،''اگر تم نظر بندی کا تماشا دِکھانے والے مداری ہو تو اس کا یہ مطلب نہیں کہ بازار میں آ کر لوگوں کو ڈراتے پھرو۔''

(اس لڑکی نے سوچا کہ شاید یہ نظر بندی کا تماشا دِکھاتے ہیں)

''زمین پر جھکو ... گھٹنوں کے بل ... فوراً!'' جن پھر دھاڑا۔

تین ہزار سات سو بتیس سالہ عمر میں یہ پہلا موقع تھا کہ معمولی آدم زادوں نے ان کا حکم ماننے سے انکار کر دیا تھا۔ حطابچ کو خیال آیا کہ ان کی ایسی بے عزتی دیکھ کر وولکا کی نظروں میں بھی ان کی عزت کم ہو جائے گی۔ اس لیے وہ پھر چلّائے،''سجدے میں گرو۔ او نابکار نامعقول حقیر ناچیز کنیزو ... سنتی ہو یا نہیں؟''

''اس کا سوال ہی پیدا نہیں ہوتا۔'' بہادر ویٹرس نے لرزتی ہوئی آواز میں جواب دیا۔''اس قدر چیخنے کی ضرورت نہیں ہے بڑے میاں۔ اگر کوئی شکایت ہے تو ریستوراں کی شکایتوں اور تجویزوں کی کتاب میں لکھ دیجیے ... اور میں یہ بھی بتا دوں کہ ایک سے ایک بڑے اور مشہور بازی گر اور شعبدے باز ہمارے ریستوراں میں آتے ہیں مگر کسی نے اس قسم کی بے ہودہ حرکتیں نہیں کیں ... ٹھیک ہے نا کاتیا؟'' اس نے دوسری ویٹرس کی طرف مڑ کر کہا۔

''بالکل ... یہ ہم سے کہتے ہیں کہ گھٹنے ٹیکو، سجدے میں گرو۔ حد ہوگئی۔''

''یہ بات ہے؟ اتنی گستاخ ہو تم لوگ؟ اچھا! تو اب اس گستاخی کی سزا بھگتو!'' یہ کہہ کر انھوں نے عادت کے موافق ڈاڑھی میں سے تین بال کھینچے اور ان کو ٹکڑے کرنے کے لیے دوسرا ہاتھ وولکا کے کان پر سے ہٹایا۔ وولکا فوراً اپنی بولنے اور ہلنے جلنے کی طاقت واپس مل گئی۔ اس نے حطابچ کا ہاتھ پکڑا اور چیخ کر بولا،''کیا کر رہے ہو حطابچ!''

''میں ان کو مزہ چکھاؤں گا او ابنِ الوشا! مجھے یہ کہتے ہوئے شرم آ رہی ہے کہ میں ان پر بجلی گرانے والا تھا مگر ایسی عام سزا تو کوئی معمولی عفریت بھی دے سکتا ہے۔'' اتنے نازک وقت میں وولکا نے محسوس کیا کہ اسے سائنس کی طرفداری کرنا چاہیے۔

’’بجلی کی گرج سے کوئی نہیں مراکرتا۔‘‘ اس نے تیزی سے سوچنا شروع کیا کہ لڑکیوں کو آنے والے خطروں سے کس طرح بچائے۔ ’’بجلی گرنے سے البتہ لوگ مر جاتے ہیں۔ بجلی فضا کی الیکٹرک لہروں کے رگڑنے کا دوسرا نام ہے۔ اس کی گرج بالکل خطرناک نہیں۔ وہ تو محض آواز ہے۔‘‘

’’بہر حال ...‘‘ جن نے خشکی سے جواب دیا کیوں کہ وہ اس کل کے لونڈے کے ساتھ بھلا کیا بحث کرتے۔ ’’اب میں نے اپنا ارادہ تبدیل کردیا ہے۔ میں ان کنیزوں کو ابابیلیں بنا دوں گا۔‘‘

’’لیکن کیوں؟‘‘

’’ان کی یہی سزا ہے۔ بدی کو ہمیشہ سزا ملنا چاہیے۔‘‘ وہ اپنی ڈاڑھی کے بال توڑنے ہی والے تھے کہ وولکا نے ان کا ہاتھ پکڑ لیا مگر وہ بال جو وولکا نے ایک جھٹکے سے نیچے گرا دیے تھے پھر آپ سے آپ جن کی مٹھی میں واپس پہنچ گئے۔

’’اچھا ... ذرا کوشش تو کرو ...‘‘ وولکا نے چلّا کر کہا۔ کیونکہ جن نے بال توڑنے شروع کر دیے تھے۔ ’’تم مجھے بھی ابابیل بنا دو ... یا مینڈک ... یا کچھ اور ... تھاری اور میری دوستی ختم ... مجھے تھاری حرکتیں بالکل پسند نہیں ... چلو بناؤ ... مجھے ابابیل ... اور اس کے بعد کاش کوئی بلّی آ کر مجھے کھا جائے۔‘‘

بڑے میاں بہت پریشان ہوئے۔ ’’مگر تم دیکھتے نہیں، میں یہ اس لیے کر رہا ہوں کہ آئندہ کوئی تھاری بے عزتی نہ کر سکے۔‘‘

’’بند کرو اپنی یہ بکواس۔‘‘

’’بہت خوب ... جو حکم میرے آقا۔‘‘ جن کو اپنے محسن کی اس عجیب و غریب نرم دلی پر بے حد حیرت ہو رہی تھی۔ ’’بہت خوب! میں ان عورتوں کو ابابیلوں میں تبدیل نہیں کروں گا۔‘‘

’’کسی اور چیز میں بھی تبدیل نہیں کرو گے۔‘‘

’’بہت خوب۔‘‘ جن نے عاجزی سے جواب دیا لیکن بالوں کو ٹکڑے ٹکڑے کرنے

کے ارادے سے پھر مٹھی میں اُٹھالیا۔

''اب کیا کررہے ہو؟'' وولکا چلّایا۔

''شربت کی اس ذلیل دکان کا سارا فرنیچر مٹی کے ڈھیر میں تبدیل کررہا ہوں۔''

''پاگل تو نہیں ہوگئے؟'' وولکا نے سچ مچ بے انتہا خفا ہوکر کہا۔''سارا سامان قوم کا ہے ... چغد داس!''

''اے میرے نورِ نظر! اس انوکھے لفظ 'چغد داس' کے کیا معنی ہیں؟''

وولکا جھینپ کر سرخ ہوگیا۔

''ارے ... وہ ... میرا مطلب ہے ... خیر ... چغد داس دراصل بے عقل مند آدمی کو کہتے ہیں۔'' جن نے اس خطاب کو یاد کرلیا تاکہ آئندہ اپنی گفتگو میں اسے استعمال کرسکے۔

''لیکن ...''

''لیکن ویکن کچھ نہیں ... میں تین تک گنوں گا۔ اگر تین پر تم فوراً اس ریستوراں سے نہیں چلے گئے تو ہماری دوستی ختم۔ ایک ... دو ... ت ...''

جن نے اپنے پرانے قد پر واپس آ کر بڑی اُداسی کے ساتھ کندھے ہلائے۔ ''بہت اچھا۔ جو تمھاری مرضی ... میں تمھارے حکم کا بندہ ہوں۔''

''ٹھیک۔ اب ان لڑکیوں سے معافی مانگو۔''

''تم لوگ اپنے محسن کا ساری زندگی احسان نہ بھولنا۔ انھوں نے اس وقت تمھاری جان بچائی ہے۔'' جن نے سختی سے لڑکیوں کو مخاطب کیا۔ وولکا نے محسوس کیا کہ بڑے میاں کسی صورت میں معافی نہ چاہیں گے۔

''معاف کیجیے۔'' اس نے خود لڑکیوں سے کہا۔ ''ان بڑے میاں کی باتوں کا زیادہ بُرا نہ مانیے۔ یہ پردیسی ہیں اور ہمارے ملک کے طور طریقوں سے واقف نہیں ... آداب عرض!''

''آداب عرض۔'' لڑکیوں نے جواب دیا۔ وہ ابھی تک سہمی ہوئی تھیں لیکن یہ ان کے فرشتوں کو بھی خبر نہ تھی کہ ابھی ابھی کیسے خطرے سے بچی ہیں۔ وولکا اور حطاچ ریستوران سے باہر نکلے اور یہ دب تک بڑے میاں جو پرانی دھرانی ٹوپی پہنے تھے، گلی کے نکڑ

پر پہنچ کر لڑکیوں کی نظروں سے اوجھل ہو گئے۔

’’جانے یہ شریر بوڑھا کہاں سے آٹپکا تھا؟‘‘ کاتیا نے آنسو پونچھتے ہوئے کہا۔

’’میرے خیال میں یہ کوئی پرانے قسم کے مداری تھے یا شاید کوئی پنشن یافتہ فوجی ... بوڑھے لوگ دنیا میں بالکل اکیلے رہ جاتے ہیں اور اسی لیے عجیب عجیب حرکتیں کرتے ہیں۔‘‘ دوسری لڑکی نے کہا۔

’’بڑھاپا بری بلا ہے! لڑکیوں کام پر چلو...واپس۔‘‘

لیکن مصیبت ابھی ختم نہیں ہوئی تھی۔ جیسے ہی وولکا اور بڑے میاں گورکی اسٹریٹ پر پہنچے۔ ایک موٹر کی تیز روشنی سے ان کی آنکھیں چندھیا گئیں۔ ایک بڑی ہسپتال کی گاڑی جس کا سائرن تیزی سے چیخ رہا تھا، سیدھی ان کی طرف آ رہی تھی۔

طابچ سہم کر دہاڑے، ’’شیطانوں اور عفریتوں کا بے رحم بادشاہ جرجیس اب تک ہمارا پرانا جھگڑا انہیں بھولا۔ اپنا سب سے خوف ناک عفریت اس نے میرا پیچھا کرنے کے لیے بھیجا ہے۔‘‘ اتنا کہہ کر وہ سڑک پر سے بلند ہوئے، ہوا میں اڑتے ہوئے سیدھے ایک عمارت کی چوتھی منزل تک جا پہنچے۔ وہاں سے انھوں نے اپنی ہیٹ اتار کر وولکا کو خدا حافظ کہا اور یہ چلاتے ہوئے ہوا میں غائب ہو گئے، ’’او ابنِ الوشا! تیرے قدموں کے نیچے کی خاک آنکھوں سے لگا تا ہوا تا ہوا میں رخصت ہوتا ہوں۔ پھر ملوں گا۔‘‘

سچ تو یہ ہے کہ بڑے میاں کے غائب ہو جانے سے وولکا بے حد خوش ہوا۔ اس کے ذہن پر اور بہت سی چیزوں کا بوجھ تو تھا ہی لیکن اب گھر واپس جانے کے خیال ہی سے اسے بخار چڑھ رہا تھا۔

واقعی، تم ذرا اپنے آپ کو اس کی جگہ پر تصوّر کرو۔ وولکا صبح جغرافیہ کا امتحان دینے گھر سے نکلا تھا جس کے بعد اس کا ارادہ تھا کہ سینما دیکھے گا۔ ساڑھے چھے بجے، شام کے کھانے کے وقت گھر لوٹ آئے گا، اس کے بجائے وہ رات کے نو بجے واپس جا رہا تھا۔ امتحان میں بری طرح فیل ہوا تھا اور سب سے غضبناک بات یہ تھی کہ ڈاڑھی منڈوا کر آ رہا تھا اور جبکہ ابھی اس کی عمر صرف تیرہ برس کی تھی۔ اس کی سمجھ میں کسی طرح آیا ہی نہیں کہ ان گتھیوں کو

کیوں کر سلجھائے، بھاری بھاری قدم رکھتا وہ اپنی پرانی گلی میں پہنچا جہاں شام کے سائے لمبے ہو چکے تھے۔

حیرت زدہ چوکیدار کے قریب سے گزرتا زینے پر پہنچا۔ سیڑھیاں طے کرکے ایک ٹھنڈی آہ بھری اور گھنٹی بجائی۔ کسی کے قدموں کی چاپ سنائی دی اور ایک اجنبی آواز نے دروازے کے نزدیک آ کر پوچھا، ''کون ہے؟''

''میں!'' وولکا نے کہنا چاہا مگر اچانک اسے یاد آیا کہ آج صبح ہی تو وہ سب دوسرے مکان میں گئے ہیں۔ نئے کرایہ دار کو جواب دیے بغیر وہ پھر بے چارے چوکیدار کے پاس سے گزرتا بڑی سٹرک پر آیا اور بس میں سوار ہو گیا لیکن جانے کس کا منہ دیکھ کر اُٹھا تھا کہ مصیبت پیچھا ہی نہ چھوڑتی تھی۔ شاید سنیما میں وہ اپنا بٹوا کھو آیا تھا۔ لہٰذا فوراً بس سے اُترا اور پیدل گھر کی طرف چل دیا۔

مرے پہ سو دُرّے کہ اسی وقت گوگا ''کڑوی گولی'' سے مڈبھیڑ ہو گئی۔ قسمت نے وولکا کے ساتھ ایک اور ستم یہ کیا تھا کہ آج سے گوگا اس کا پڑوسی تھا۔ ابھی وہ اپنے مکان کے آنگن تک پہنچا ہی تھا کہ وہ ناقابلِ برداشت آواز سنائی دی۔

''کہو میاں پاگل وین! ان چقنّس بڑے میاں کو کہاں چھوڑ آئے؟'' یہ کہتے ہوئے گوگا طرح طرح کے منہ بناتا وولکا کی طرف بڑھا۔

''وہ چقنّس بالکل نہیں ہیں، بڑے اچھے بزرگ ہیں۔'' وولکا نے نرمی سے کہا کیونکہ وہ اس وقت جھگڑا مول لینا نہ چاہتا تھا۔ ''وہ...وہ ابّا کے ایک دوست ہیں، تاشقند سے آئے ہیں۔''

''میں جا کر تمھارے ابّا سے کہہ دوں کہ آج تم نے امتحان میں کیا حرکت کی؟''

''گوگا، تم بہت دنوں سے پٹے نہیں ہو۔'' وولکا نے تاؤ میں آ کر جواب دیا کیونکہ اسے معلوم تھا کہ گوگا کی چغلی سے اس کے امّاں ابّا پر کیا اثر ہو گا۔ ''چغل خور! ایک جھانپڑ لگاؤں گا۔''

''او ہو...اب تم سے کوئی مذاق بھی نہیں کر سکتا! بالکل بولا گئے ہو تم تو۔''

گوگا کو وولکا کے گھونسوں کا خوب تجربہ تھا۔ لہٰذا وہ سیامنے سے سٹک گیا اور سیدھا اپنے گھر کے دروازے میں جا گھسا۔ اب وہ اور وولکا خطرناک حد تک ایک دوسرے کے قریب تھے کیونکہ دونوں کے فلیٹ ایک ہی منزل پر تھے۔

گنجے لوگ! ... گنجے لوگوں کا دیس ...! دروازے میں سے سر نکال کر گوگا نے چڑایا۔ زبان دِکھائی اور پھر وولکا کے غصّے سے ڈر کے دو دو سیٹرھیاں ایک ساتھ پھلانگتا اپنے کمرے کی طرف چلا گیا۔ لیکن فلیٹ نمبر ۴۳ کے لحیم شحیم سائبیرین بلّے کی پُراسرار حرکتوں نے اس کی توجہ اپنی طرف کر لی۔ اس بلّے کا نام فٹ بال کے ایک مشہور کھلاڑی کے نام پر ہوج رکھا گیا تھا اور وہ اس وقت اپنا کو ہان لے خواہ مخواہ کھڑا اغرا رہا تھا۔ گوگا نے پہلے تو یہ خیال کیا کہ شاید بلّا بھی پاگل ہو گیا ہے لیکن پھر اسے یاد آیا کہ پاگل بلّیاں اپنی دُم اپنی ٹانگوں میں دبا لیتی ہیں اور ہوج کی دم سیدھی کھڑی تھی اور وہ کافی صحت مند بلّا معلوم ہو رہا تھا۔

گوگا نے اس کو ایک ٹھوکر لگائی اور بلّے کی دردبھری چیخ دسویں منزل تک گونج گئی۔ اس نے اتنی خوب صورتی سے، ایسی اونچی چھلانگ لگائی کہ فٹ بال کا ہیرو بھی اس پر ناز کرتا۔ پھر ایک بات ایسی ہوئی جس کی مطلق توقع نہ تھی۔ دیوار سے آدھ گز کے فاصلے پر ہوج پھر چنخا اور گوگا سے اس طرح جا ٹکرایا جیسے بڑی سخت ربر کی گیند سے ٹکرایا ہو۔ اسی وقت کسی نے ایسی سکاری بھری جیسے کسی کا پیر چِلا جائے۔ میاں گوگا بہادر تو خیر کبھی بھی نہ تھے مگر اب تو ڈر کے مارے ان کی جان ہی نکل گئی۔ بالکل ٹھنڈے پڑ گئے اور سر پہ پاؤں رکھ کر اپنے گھر کی طرف بھاگے۔ جیسے ہی ان کے گھر کا دروازہ بھڑ سے بند ہوا، ہطا بچ ظاہر ہو گئے۔ وہ درد سے کراہ رہے تھے۔ کیونکہ بلّے نے ان کے پاؤں خوب اچھی طرح نوچ ڈالے تھے۔ ''کم بخت لڑکا ...'' یہ اطمینان کر کے کہ وہاں کوئی نہیں ہے انھوں نے بڑبڑانا شروع کیا۔ ''کم بخت بے ہودہ، بدتمیز لونڈا!'' پھر انھوں نے قدموں کی چاپ پر کان لگا دیے کیونکہ ان کا محسن اور آقا وولکا ابنِ الوشا اپنے غمگین خیالوں میں ڈوبا اوپر آ رہا تھا۔ بڑے میاں اس کے سامنے ظاہر ہونا نہ چاہتے تھے اس لیے فوراً ہوا میں غائب ہو گئے۔

❋ ❋ ❋

اور یہ پچھلے باب کا باقی حصّہ ہے

بے انتہا دل چاہتا ہے کہ وولکا کو بے عیب ثابت کیا جائے مگر اس کتاب کے مصنف کی سچائی مشہور ہے اس لیے ایسا نہیں کیا جاسکتا۔ اگر جلن اور حسد بُرائیوں میں شامل ہیں تو ہمیں افسوس کے ساتھ کہنا پڑتا ہے کہ وولکا ان جذبوں کا تجربہ اکثر کیا کرتا تھا۔ پچھلے چند روز سے اس کو گوگا پر بے حد رشک آ رہا تھا کیونکہ گوگا اس کے سامنے شیخی بگھارتا رہا تھا کہ چھٹی کلاس پاس کر لینے پر اس کی اماں اسے ایک الیسیشین کتّے کا بچہ تحفے میں دیں گی۔

’’واہ...واہ...کیا بات ہے۔‘‘ وولکا نے جل بھن کر کہا لیکن دل میں اسے ماننا پڑا تھا کہ گوگا سچ بول رہا ہے۔ ساری کلاس کو معلوم تھا کہ گوگا کی ماں اس کا بے انتہا لاڈ کرتی تھی۔ خود روکھی سوکھی کھا کر گوگا کے لیے ایک سے ایک بڑھیا چیزیں خریدتی رہتی تھی۔

’’اماں کتّا ضرور لے کر دیں گی۔ پیسے نہ ہوئے تو قرض لے لیں گی۔ فیکٹری میں ان کی بڑی عزت کی جاتی ہے۔‘‘ گوگا نے کہا تھا۔

یہ بات سچ بھی تھی۔ گوگا کی والدہ فیکٹری میں نقشے بناتی تھیں۔ بڑی محنتی اور خوش مزاج بی بی تھیں۔ فیکٹری اور محلے میں ہر ایک ان کو پسند کرتا تھا۔ گوگا بھی ایک حد تک ان کا قائل تھا اور وہ تو گوگا پر جان چھڑکتی تھیں، بے چاری۔

جب کہ وولکا اپنے صدموں کے بوجھ میں دبا ہوا سیڑھیاں چڑھ رہا تھا، عین اسی وقت شاید گوگا کڑوی گولی، جو اتنی مسرت کا ساری کلاس، سارے اسکول، سارے ماسکو میں

ہرگز مستحق نہیں تھا، فلیٹ نمبر ۳۷ میں ایک شان دار، خوب صورت کتے کے بچے سے کھیلنے میں مصروف تھا۔

وولکا یہی سوچ رہا تھا مگر یہ خیال کرکے اسے ذرا صبر آیا، ضروری نہیں کہ گوگا کی والدہ نے کتا خرید ہی دیا ہو۔ گوگا کو آخری پرچہ کیے ہوئے صرف چند گھنٹے ہی ہوئے تھے اور کتا خریدنا اتنا آسان بات نہیں۔ آپ کسی دکان میں جاکر یہ نہیں کہہ سکتے کہ بھئی ذرا اس کتے کی پڑیا باندھ دینا۔ اچھا کتا کافی تلاش کے بعد ملتا ہے۔

جوں ہی وولکا کی دادی نے دروازہ کھولا، فلیٹ نمبر ۳۷ سے ایک پلّے کے بھونکنے کی آواز آنا شروع ہوگئی۔

’’خرید لیا کتا... السیشین ہوگا... یا شاید فوکسر۔‘‘

وولکا یہ بالکل برداشت نہ کرسکا۔ اس نے دروازہ زور سے بند کردیا تاکہ اس کتے کے بھونکنے کی آواز اس کے کانوں میں نہ آئے۔

وولکا کے ابّا ابھی واپس نہ آئے تھے اور امّاں بھی شاید اپنی شام کی کلاس کے بعد انھیں لینے فیکٹری چلی گئی تھیں جہاں کوئی جلسہ ہو رہا تھا۔ انتہائی کوشش کے باوجود وولکا اپنی اُداسی نہ چھپا سکا اور اس کو اتنا رنجیدہ دیکھ کر دادی امّاں نے طے کیا کہ اسے کھانا پہلے کھلا دیں، سوال بعد میں کریں گی۔

جب ان کا اکلوتا پوتا جلدی جلدی کھانا زہر مار کرچکا تو انھوں نے ذرا رُکتے ہوئے پوچھا، ’’کیا حال چال ہیں بیٹے؟‘‘

’’اوہ... وہ ایسا ہوا کہ...‘‘ اوپر کی قمیص اُتار کر اپنے کمرے کی طرف جاتے ہوئے وولکا نے ادھورا سا جواب دیا۔ اس کی دادی ہمدرد نگاہوں سے اسے دیکھتی اس کے پیچھے پیچھے آئیں۔ کچھ پوچھنے کی ضرورت ہی نہ تھی۔ وولکا نے ایک آہ بھر کے کپڑے بدلے اور پھر پلنگ کی ٹھنڈی سفید چادر پر گر گیا لیکن اس کی بے چینی اب بھی کم نہ ہوئی۔

برابر کی میز پر ایک بڑی سی کتاب دھری تھی جس کا گرد پوش رنگ برنگا تھا۔ وولکا کا دل دھڑکنے لگا۔ ستاروں کے علم کی اس کتاب کی وہ اتنے دنوں سے آرزو کر رہا تھا۔ پہلے

صفحے پر مائنس لکھائی سے لکھا تھا،''ساتویں جماعت کے انتہائی قابل طالب علم اور ماسکو (نظامِ سیارات کے نمونے) Planetarium کے Astronomy Club کے ممبر ولاوی مرکوٹسل کوف کے لیے ان کی دادی امّاں کی طرف سے بہت پیار کے ساتھ۔''

دادی ہمیشہ کوئی نہ کوئی اس قسم کی مزیدار بات لکھتی تھیں مگر اس وقت ولکا کا جی مسکرانے کو نہ چاہا۔اس کا دل تو غم کے مارے پھٹا جا رہا تھا۔

''دادی اماں۔''اس نے آواز دی۔''دادی امّاں، ذرا یہاں آئیے۔''

''کیوں مسٹر۔ کیا بات ہے؟''دادی جان خوش ہوگئیں کہ ان کو اس سے بات کرنے کا موقع مل گیا۔''کیوں میاں نجومی ...سوتے کیوں نہیں؟ اُلّو کی طرح آنکھیں جھپکا رہے ہو۔''

''دادی امّاں ... دروازہ بند کرکے یہاں آ جائیے۔ مجھے آپ سے ایک بے حد ضروری بات کہنا ہے۔''

''ضروری بات کل صبح بتانا۔'' دادی نے جواب دیا حالانکہ بات معلوم کرنے کے لیے ان کے پیٹ میں چوہے کودنے لگے۔

''نہیں ...نہیں ...ابھی فوراً ...دادی امّاں ... میں ساتویں جماعت کا طالب علم نہیں ہوں ...میں امتحان میں پاس نہیں ہوا۔''

''کیا...؟'' دادی امّاں ہکّابکّا رہ گئیں۔''تم فیل ہوگئے؟''

''فیل نہیں ہوا ... پاس نہیں ہوا مگر فیل بھی نہیں ہوا۔ پرانے زمانے کے لوگ جو ہندوستان کے متعلق انٹ سنٹ باتیں سوچتے تھے، میں نے وہ بتانا شروع کردیں اور سائنٹفک باتیں نہ بتا پایا۔ میری طبیعت خراب ہونے لگی تو استانی جی نے کہا کہ گھر جاکر آرام کروں۔''

لیکن اب بھی وہ اپنی پیاری دادی اماں کو حطابِج کے متعلق کچھ نہ بتا سکا۔اگر بتا تا بھی تو وہ بھلا کیوں یقین کرلیتیں اور یہی سوچتیں کہ واقعی اس کی طبیعت خراب ہے۔

''میں آپ کو ابھی یہ بتانا چاہتا تھا۔سوچ رہا تھا کہ دوبارہ امتحان دینے کے بعد

ساری بات بتاؤں گا لیکن مجھے اتنی شرم آرہی ہے...‘‘

’’شرم کی کیا بات ہے؟ انسان کا ضمیر بہت بڑی چیز ہے۔ اپنے ضمیر کے خلاف کبھی کوئی کام نہ کرنا۔ اچھا، اب سو جاؤ...میاں نجومی!‘‘

’’آپ فی الحال یہ کتاب واپس لے جائیے۔‘‘ ولکا نے لرزتی ہوئی آواز میں کہا۔

’’بکومت۔ میں اسے رکھوں گی کہاں؟ یہ فرض کرلو کہ اسے میں نے تمھیں امانت کے طور پر دیا ہے...اچھا، اب پڑھ کر سوؤ۔‘‘

’’بہت اچھا۔‘‘ ولکا کے سر سے بوجھ سا اُتر گیا۔ ’’میں وعدہ کرتا ہوں دادی کہ جغرافیہ میں سب سے زیادہ نمبر لاؤں گا۔ آپ کو میرا یقین ہے؟‘‘

’’بالکل... اب سو جاؤ... ہاں، ابّا امّاں سے کیا کہوں؟ میں بتا دوں یا تم خود بتا دو گے؟‘‘

’’آپ ہی بتا دیجیے۔‘‘

’’اچھا...شب بخیر!‘‘ دادی نے اسے پیار کیا۔ بتّی بجھائی اور کمرے سے چلی گئیں۔

کچھ دیر تک ولکا سانس روکے منتظر رہا کہ دادی امّاں ابّا اور امّاں کو یہ افسوس ناک خبر سنائیں گی مگر پھر اسے نیند آ گئی۔

رات کی بے چینی

ابھی ایک گھنٹہ ہی گزرا تھا کہ ہال میں رکھے ہوئے ٹیلیفون کی گھنٹی سے اس کی آنکھ کھل گئی۔ ابّا نے فون اُٹھایا۔

''ہلو ....جی ...کون؟ آداب سرجن درِوارا اسٹیپا نوونا ...میں بالکل ٹھیک ہوں، شکریہ۔ اور آپ ...؟ وولکا؟ جی ہاں خوب ڈٹ کر کھانا کھایا۔ جی ہاں۔ مجھے معلوم ہے۔ اس نے ہمیں بتا دیا ہے۔ مجھے خود بے انتہا تعجب ہے ...جی ہاں یہی ایک وجہ ہو سکتی ہے ...جی ہاں اگر آپ کی اجازت ہو تو اسے یقیناً آرام کرنا چاہیے، شکریہ۔''

''درِوارا اسٹیپا نوونا تمھیں سلام کہہ رہی ہیں۔'' ابّا نے امّاں کو مخاطب کیا۔''پوچھ رہی تھیں کہ وولکا کی طبیعت کیسی ہے۔ کہہ رہی تھیں کہ فکر کی کوئی بات نہیں۔ وولکا بہت اچھا طالب علم ہے۔ بس اسے آرام کی ضرورت ہے اور کچھ نہیں۔''

وولکا نے بہت کوشش کر کے سننا چاہا کہ امّاں ابّا کیا کہہ رہے ہیں مگر کچھ پلّے نہ پڑا۔

وہ پھر سو گیا مگر اب کے سے فون کی گھنٹی نے اسے پندرہ منٹ بعد ہی جگا دیا۔

''جی فرمائیے ...جی ...آداب عرض ...کیا؟ جی نہیں وہ یہاں تو نہیں آیا۔ جی ہاں ... وولکا گھر پہ ہے ...جی ہاں بالکل گھر پہ ہے ...کوئی بات نہیں ...شب بخیر۔''

''کون تھا ...؟'' امّاں نے باورچی خانے میں سے پوچھا۔

''ژینیا کے والد صاحب ...بے حد پریشان معلوم ہوتے تھے۔ ژینیا گھر نہیں لوٹا اب

تک۔وہ پوچھ رہے تھے کہ یہاں تو نہیں ہے اور یہ بھی کہ وولکا تو گھر پر موجود ہے؟‘‘

’’ہمارے وقتوں میں صرف گھڑ سوار فوجی اتنی رات گئے گھر لوٹتے تھے مگر آج کل کے بچے ...توبہ‘‘ دادی نے کہا۔ آدھ گھنٹے بعد فون کی گھنٹی نے تیسری بار وولکا کو جگایا۔ ژینیا کی والدہ کہہ رہی تھیں کہ ان کا بچہ اب تک نہیں آیا۔ ذرا وولکا سے پوچھیے، شاید اسے پتا ہو۔‘‘

’’وولکا!‘‘ ابّا نے دروازہ کھول کر آواز دی۔

’’ژینیا کی امّی پوچھ رہی ہیں، ژینیا سے کب ملاقات ہوئی تھی؟‘‘

’’سنیما میں ...‘‘

’’اور اس کے بعد؟‘‘

’’اس کے بعد نہیں۔‘‘

’’اس نے کچھ بتایا تھا کہ وہاں سے کہاں جا رہا ہے؟‘‘

’’نہیں۔‘‘

اس کے بعد دیر تک ابّا، امّاں اور دادی کی گفتگو سنتا رہا جو ژینیا کی گمشدگی سے متعلق تھی مگر وہ خود بالکل فکر مند نہ تھا، کیونکہ اسے یقین تھا کہ ژینیا سرکس دیکھنے چلا گیا ہے۔ اس کے بعد اسے نیند آ گئی۔

کچھ دیر بعد ایک کونے میں پانی کے چھینٹے سے اُڑے اور گیلے قدموں کی چاپ سنائی دی۔ پاؤں کے نشان فرش پر بنے اور فوراً خشک ہو گئے۔ کوئی شخص جو نظر نہیں آ سکتا تھا، ایک اُداس سا مشرقی گیت گنگناتے ہوئے فرش پر ٹہل رہا تھا۔ قدموں کے نشان میز تک گئے جہاں گھڑی ٹک ٹک کر رہی تھی۔ پھر خوشی سے ہونٹ چاٹنے کی آواز آئی۔ پھر الارم کلاک ہوا میں اُڑا۔ کچھ دیر تک چھت اور فرش کے درمیان ہوا میں اٹکا رہا۔ پھر میز پر واپس آ گیا، قدموں کے نشان مچھلیوں کے مرتبان کی طرف بڑھے، پھر چھینٹے اُڑنے کی آواز آئی اور خاموشی چھائی۔

پچھلے پہر کو بارش شروع ہو گئی۔ بارش کی بوندیں کھڑکی پر ٹپکیں، درختوں کے پتّے

سرسرائے اور پرانے چلنے لگے ۔ جب کچھ دیر کے لیے مینہہ تھم جاتا تو نیچے رکھے ہوئے ڈھول میں پانی کے بڑے بڑے قطرے گرتے اور اس کے بعد پھر موسلا دھار بارش ہونے لگتی ۔ صبح ہوتے بادل چھٹ گئے اور کسی نے وولکا کے کندھے کو ہلکے سے تھپتھپایا مگر وہ گہری نیند سوتا رہا ۔ تب وہ جو کوئی بھی ہو جس نے اسے جگانے کی کوشش کی تھی، ایک سرد آہ بھری اور بڑبڑاتا ہوا مچھلیوں کے مرتبان کی طرف گیا۔ پانی کے چھینٹے اڑے اور ایک بار پھر کمرے میں سناٹا چھا گیا۔

فلیٹ نمبر ۳۷ کی داستان

گوگا کی امّاں نے اس کے لیے کتّا واقعی نہیں خریدا تھا۔ ان کو فرصت نہیں ملی تھی اور اس شام کے حیرت انگیز اور عجیب و غریب واقعات کے بعد جو دونوں ماں بیٹوں کو پیش آئے، ان دونوں کو انسان کے اس سب سے پرانے اور سب سے وفادار دوست سے کوئی دلچسپی نہ رہی۔

لیکن وولکا نے کتّے کے بھونکنے کی آواز سنی تھی۔ کیا اس کے کان بجے تھے؟

بالکل نہیں! اس شام فلیٹ نمبر ۳۷ میں یقیناً ایک کتّا موجود تھا۔ حالانکہ اس روز کتا کیا کتّے کی دُم تک اس گھر میں داخل نہیں ہوئی تھی۔ وولکا کو گوگا سے جلنے کی قطعی ضرورت نہ تھی کیونکہ کتّے کے بجائے خود میاں گوگا بھونک رہے تھے!

ہوا یہ کہ گوگا رات کا کھانا کھا کر برتن دھو رہا تھا اور اپنی امّاں کو بے حد تفصیل سے اپنے ہم جماعت اور نئے پڑوسی وولکا کے جغرافیہ کے امتحان کا قصہ سنانے ہی والا تھا کہ بجائے بات کرنے کے اس نے بھونکنا شروع کر دیا۔ گوگا سارے وقت نہیں بھونکا، کچھ الفاظ اس کے منہ سے صحیح نکلے مگر زیادہ تر وہ خالص کتّے کی طرح بھونکتا رہا۔ وہ کہنا یہ چاہتا تھا کہ جب وولکا نے یہ بکواس شروع کی تو استانی جی نے مُکّا زور سے میز پر مارا اور چلّائیں کہ

بدمعاش یہ کیا بک بک کر رہا ہے۔ گدھے میں تم کو دو جماعت نیچے اُتار دوں گی مگر گوگا کے منہ سے نکلا یہ:

’’جب وولکا نے ....بھوں، بھوں، بھوں تو اِستانی جی نے بھوں، بھوں، بھوں۔‘‘

گوگا کو حیرت اور ڈر کے مارے سکتہ سا ہوگیا۔ دو منٹ بعد اس نے پھر بات شروع کرنا چاہی مگر پھر وہی بھونکنا بھونکنے لگا۔

’’امی ...امی جان ...‘‘ اس نے فریاد کی۔

’’کیا ہوا میرے بچے ...خیر تو ہے؟‘‘

’’میں کہہ رہا تھا کہ بھوں ...بھوں ...بھوں۔ امّی یہ کیا ہوگیا؟‘‘ گوگا ڈر کے مارے سفید پڑ چکا تھا۔

’’بھونکو مت۔ میرے بیٹے ...یہ کیا مذاق ہے؟‘‘

’’میں جان کر تھوڑی بھونک رہا ہوں۔ میں تو یہ کہہ رہا تھا ...بھوں، بھوں، بھوں۔‘‘

’’مجھے ڈراؤ مت بیٹے۔‘‘ بے چاری کی آنکھوں میں آنسو آ گئے۔ ’’اس طرح مت بھونکو۔‘‘

گوگا کو ماں پر غصہ آ گیا اور اس نے اتنے زور سے بھونکنا شروع کر دیا کہ برابر کی بالکنی پر سے ایک پڑوسی نے آواز دی، ’’اپنے بیٹے سے کہیے کہ کتے کو نہ ستائے۔ آپ نے بھی پیٹ بھر کے اپنے بیٹے کو بگاڑا ہے۔‘‘

دھاروں دھاروں روتی ہوئی گوگا کی امّاں نے جلدی جلدی کھڑکیاں بند کر دیں۔ پھر انھوں نے گوگا کے ماتھے پر ہاتھ رکھا جس پر وہ اور زیادہ بھونکا۔ بڑی مشکل سے انھوں نے بے حد سہمے ہوئے گوگا کو پلنگ پر لٹایا اور اتنی گرمی کے باوجود اسے لحاف میں لپٹا کر، ہسپتال کی گاڑی منگوانے ٹیلیفون کی طرف بھاگیں۔ فون پر وہ سچی بات نہ بتا سکیں اور اتنا ہی کہہ پائیں کہ ان کے لڑکے کو سرسام ہو گیا ہے۔

ڈاکٹر صاحب تشریف لائے۔ انھوں نے نبض دیکھ کر کہا کہ لڑکے کو بخار بالکل نہیں ہے اور ان کو غصہ آیا کہ خواہ مخواہ پریشان کیا لیکن ماں کی پریشانی دیکھ کر وہ غصہ پی

گئے۔ پھر انھوں نے پوچھا کہ اپنے ڈاکٹر کو بلانے کے بجائے انھوں نے ہسپتال کی گاڑی کیوں منگوائی۔

تب ماں نے اصل بات بتا دی۔ ڈاکٹر صاحب نے سوچا کہ اگر یہ بات تھی تو ان کو کسی ماہرِ نفسیات کو بلوانا چاہیے تھا۔ انھوں نے بڑی بے نیازی سے گوگا سے دریافت کیا، ''کیوں بھئی، کیا تم اپنے آپ کو کتا سمجھنے لگے ہو؟''

گوگا نے سر ہلایا۔

''اچھا، تو مریض کم از کم خود کو کتا نہیں سمجھتا۔'' ڈاکٹر صاحب نے گوگا اور اس کی ماں پر یہ ظاہر نہیں کیا مگر واقعہ یہ تھا کہ ڈاکٹر صاحب بے حد خوش تھے۔

''زبان نکالو۔''

گوگا نے زبان نکالی۔

''زبان بالکل ٹھیک ہے۔ دل کی رفتار دیکھوں ... وہ بھی ٹھیک ہے ... پچھپڑے صاف ہیں اور پیٹ کیسا ہے؟''

''پیٹ بھی ٹھیک ہے۔'' ماں نے جواب دیا۔

''اور یہ ... میرا مطلب کہ ... ار ... بھونک کب سے رہے ہیں؟''

''پورے دو گھنٹے ہو گئے ... سمجھ میں نہیں آتا کیا کروں!''

''گھبرائیے مت ... اتنی فکر کی بات نہیں ہے ... اب میاں صاحب زادے ... ماجرا کیا ہے؟ سناؤ۔''

''کچھ بھی نہیں ...'' گوگا نے نیچی آواز میں کہنا شروع کیا۔ ''میں امی کو بتا رہا تھا کہ وولکا کوسٹل کوف ... بھوں، بھوں، بھوں۔''

''دیکھا ڈاکٹر صاحب!'' ماں نے سسکیاں بھر کر روتے ہوئے کہا۔ ''کوئی دوا دیجیے ... کوئی دوا ... کچھ کیجیے۔''

''جلاب دے دوں؟''

''مجھے سوچنے دیجیے۔ مجھے اپنی کتابیں دیکھنا پڑیں گی۔ ایسا مریض بہت ہی کم دیکھا

گیا ہے۔ اب ان کو آرام کرنے دیجیے۔ ہلکی غذا، سبزیاں، دودھ، چائے، کافی کو سب بند اور پلنگ سے ہرگز نیچے نہ اُترے ...گھر سے باہر جانا قطعی بند۔‘‘

’’میں اگر کہوں گی بھی تو یہ شرم کے مارے گھر سے نہیں نکلے گا۔ ایک دوست ملنے آگیا تھا اور بے چارا گوگا اس پر اتنی زور سے بھونکا کہ مجھے بہت بہت دیر تک اس لڑکے کی خوشامد کرنا پڑی کہ کسی سے نہ کہے۔‘‘

’’جلاب دے دیجیے۔‘‘

’’اور رائی کی پلٹس بھی باندھ دوں؟‘‘

’’ہاں، ہاں۔ وہ بھی فائدہ کرے گی۔‘‘

ڈاکٹر گوگا کو تھپتھپانے والا ہی تھا کہ گوگا کڑوی دواؤں کا نام سن کر غصّے میں اتنے زور سے بھونکا کہ ڈاکٹر نے گھبرا کر ہاتھ ہٹا لیا کہ یہ لڑکے نما کتا کہیں اسے کاٹ ہی نہ لے۔

’’کھڑکیاں کیوں بند کر رکھی ہیں آپ نے؟ اتنی گرمی ... بچے کو تازہ ہوا چاہیے۔‘‘ نسخہ لکھ کر انھوں نے کل آنے کا وعدہ کیا اور چلتے بنے۔

گلو نے سلَوَر جوبلی سیریز – حصہ اوّل

<h1 style="text-align:center">دوسری صبح نئی مصیبت</h1>

صبح بہت خوشگوار اور روشن تھی۔ دادی اماں نے آہستہ سے دروازہ کھولا۔ کھڑکی تک جا کر اس کے پٹ بھی کھول دیے۔ ٹھنڈی ہوا کمرے میں آئی۔ ماسکو کا ایک اور بشاش، پُر شور، پُر رونق اور مصروف دِن شروع ہو چکا تھا لیکن اگر وولکا کا کمبل سرک کر نیچے نہ گرتا تو وہ ابھی ہرگز نہ جاگتا۔ سب سے پہلے اس نے اپنے گالوں پر ہاتھ پھیرا جہاں بالوں کی کھونٹیاں اُگ آئی تھیں۔ اس حالت میں وہ اپنے ماں باپ کے سامنے کس طرح جاتا۔ لہٰذا پھر کمبل میں گھس کر سوچنے لگا کہ اب کیا کرے۔

”وولکا، وولکا!“ ابّا نے کھانے کے کمرے میں سے پکارا۔ وہ سوتا بن گیا۔

”ایسی سہانی صبح ہے اور پڑا سنّا رہا ہے۔“

”امتحان کا پرچہ کرنے کے بعد ذرا کوئی تمہیں منہ اندھیرے اُٹھا دیتا تو جانتی۔“ اماں نے کہا۔

”اچھا تو سونے دو... بھوک لگے گی تو آپ ہی اُٹھے گا۔“ ابّا نے جواب دیا۔

وولکا کو واقعی سخت بھوک لگی تھی لیکن جب تک اماں ابّا کام پر نہ چلے گئے، وہ پلنگ سے نہیں اُٹھا۔

دادی اماں کو ساری بات بتا دوں گا۔ ہم دونوں مل کر کوئی ترکیب سوچیں گے۔ انگڑائی لے کر وہ دروازے کی طرف بڑھا۔ راستے میں اس کی نظر مچھلیوں کے مرتبان پر جا پڑی اور

وہ وہیں ٹھٹک کر رہ گیا۔ رات بھر میں اس مرتبان کو بھی کچھ ہو گیا تھا۔ رات تک اس میں صرف تین مچھلیاں تھیں، اس وقت چار نظر آ رہی تھیں۔ ایک بڑی موٹی سنہری مچھلی بڑی سنجیدگی سے اپنی سرخ دُم ہلاتی ہوئی تیر رہی تھی۔ جب وولکا نے اسے غور سے دیکھا تو اسے محسوس ہوا کہ مچھلی نے اسے آنکھ ماری ہے۔

وولکا اس وقت حیرت کے مارے اپنی ڈاڑھی کا غم بھول گیا۔ اس نے مچھلی کو پکڑنے کے لیے پانی میں ہاتھ ڈالا۔ وہ شاید اسی کی منتظر تھی۔ فوراً اُچھل کر باہر آ گئی اور حطابچ میں تبدیل ہو گئی۔

''افوہ...'' بوڑھے جن نے پانی جھٹک کر ایک کا رچوبی والے تولیے سے (جو ایک دم ہوا میں سے نمودار ہو گیا تھا) ڈاڑھی پونچھتے ہوئے کہا۔ ''میں صبح سے آپ کی خدمت میں حاضر ہو کر کورنش بجا لانا چاہتا تھا میرے بشاش آقا، مگر آپ سو رہے تھے۔''

''میرا مذاق اُڑاتے شرم نہیں آتی۔ ڈاڑھی دار بچے کو بشاش کہنا سب سے اچھا لطیفہ نہیں ہے۔'' وولکا نے غصّے سے جواب دیا۔

ایس۔ایس۔ پیوراکی اتنے باتونی کیوں نہ رہے

اس صبح ایس۔ایس۔ پیوراکی نے طے کیا کہ ڈاڑھی منڈتے جائیں گے اور کھڑکی سے ماسکو دریا کی سیر بھی کرتے رہیں گے۔ گنگناتے ہوئے انھوں نے میز کھڑکی کے قریب کھینچی اور شیو کرنا شروع کیا۔

اب ان صاحب کا قصہ بھی سن لیجیے۔ یہ حضرت بلا کے باتونی تھے۔ بہت پڑھے لکھے اور معقول آدمی تھے مگر بولتے اتنا تھے کہ دوستوں کو بور کرنا ان کا سب سے بڑا فن تھا۔

ویسے ان کا اپنا کاروبار نمونہ سازی کا تھا۔ گالوں پر صابن لگا کر بھائی پیوراکی نے استرا اٹھایا اور اسے اپنی ہتھیلی پر پھیر کر آرام سے حجامت بنانا شروع کردی۔ اس کے بعد چہرے پر تھوڑا خوشبودار پانی چھڑکا۔ اتنے میں ایک بزرگ سفید سوٹ اور گلابی سلیم شاہی پہنے برابر میں آ کھڑے ہوئے۔

’’کیوں جی حجام ہونا؟‘‘ انھوں نے پیوراکی سے پوچھا جو بھونچکا رہ گیا۔

’’نہیں...میں ایک پیشہ ور حجام نہیں ہوں لیکن ایک لحاظ سے یوں بھی سمجھا جا سکتا ہے کہ میں حجام یعنی نائی بار بر ہوں بھی اور نہیں بھی ہوں۔ میں بڑے بڑے زبردست نائیوں یعنی حجاموں یعنی بار بروں کو مات کر سکتا ہوں۔ کوئی حجام یعنی نائی بار بر میرے سامنے نہیں ٹھہر سکتا اور آپ کو اس کی وجہ معلوم ہے؟ اس کی وجہ یہ ہے کہ ایک پیشہ ور حجام...‘‘

جن نے سختی سے اس کی بات کاٹی۔ ’’اے باتونی حجام...کیا تو ایک نوجوان کی عمدہ

حجامت بنا سکتا ہے؟ حالانکہ تو اس لائق بھی نہیں ہے کہ اس نوجوان کے قدموں کی خاک بھی چومے مگر ...‘‘

’’آپ کے سوال کو دراصل یوں بھی ...‘‘

لیکن ابھی پیوراکی کی بات ختم نہیں ہوئی تھی کہ بڑے میاں نے اس کا استرا وغیرہ اُٹھایا، اس کا بازو پکڑا اور اسے ساتھ لے کر کھڑکی کے راستے باہر اُڑ گئے۔

اُڑتے ہوئے وہ بہت جلد وولکا کے کمرے کی کھڑکی میں داخل ہوئے۔

’’اے میرے نوجوان آقا! خدا آپ کو ہمیشہ مسرت اور کامیابی سے دوچار رکھے۔‘‘ بڑے میاں نے پیوراکی کو پکڑے پکڑے ارشاد کیا۔ (پیوراکی ان کو برابر لاتیں مارے جارہا تھا)

پیوراکی نے لاتیں مارنا چھوڑ کر فوراً استرا نکالا اور جھٹ پٹ وولکا کی ڈاڑھی بنا دی۔

’’کل صبح میں تمھیں یہاں پھر لاؤں گا تا کہ تم اس نوجوان کی حجامت بناؤ۔‘‘ جن نے کہا۔

’’میں کل نہیں آ سکتا۔‘‘ پیوراکی نے تھکی ہوئی آواز میں جواب دیا۔ ’’میں کل صبح کی شفٹ پر ہوں۔‘‘

’’مجھے اس سے کوئی مطلب نہیں۔‘‘ جن نے خشکی سے جواب دیا۔ کمرے میں گہری خاموشی چھا گئی۔ اچانک پیوراکی کو ایک خیال سوجھا۔ ’’آپ طبّی نسخہ کیوں نہیں لے آتے؟‘‘

’’کیا یہ کسی قسم کا سفوف ہے؟‘‘ وولکا نے سوال کیا۔ ’’بھورے بھورے رنگ کا سفوف؟ میں نے اس کے متعلق کہیں پڑھا تو ہے۔‘‘

’’بالکل، بالکل۔ یہ سفوف جارجیا میں تیار کیا جاتا ہے۔ میں تو جارجیا پر عاشق ہوں۔ میں چھٹیوں کے زمانے میں کئی بار سرِک سرِک وہاں گیا ہوں۔ کیا ملک ہے صاحب! ہر وقت دھوپ نکلی رہتی ہے۔ سخنی، طبلسی، کیتیسئی آرام اور تفریح کے لیے بہترین جگہیں ہیں۔ میں آپ سے بھی اصرار کروں گا کہ وہاں تشریف لے جائیں۔ ایک دفعہ آزمائش شرط ہے۔ معاف فرمائیے گا میں اصل موضوع سے بھٹک گیا۔ بہرحال اب میں اس زیرِ غور سفوف کی

طرف واپس آتا ہوں۔ آپ کو صرف اتنا کرنا ہوگا کہ اسے اپنے چہرے پر مَل لیں اور گھنی سے گھنی ڈاڑھی پل کی پل میں غائب ہوجائے گی۔ لیکن ظاہر ہے کہ کچھ عرصے بعد پھر اُگ آئے گی۔''

حطائچ نے اس کی بات کاٹی۔ ''مگر اس نوجوان کے چہرے پر نہیں اُگے گی۔''

''آپ کو یقین ہے؟'' پیوراکی نے پوچھا۔

بڑے میاں ناک بھوں چڑھا کر خاموش ہوگئے۔ وہ بھلا ایک معمولی حجام کے منہ کیا لگتے۔

ایک منٹ بعد ایک بڑے میاں جو سفید سوٹ اور گلابی سلیپر پہنے تھے، طبلسی کے ایک مشہور گندھک کے حمام میں نظر آئے۔ کپڑے بدلے بغیر وہ بھاپ سے بھرے ہوئے کمرے میں گھس گئے۔

لوگوں نے ان کو حیرت سے دیکھنا شروع کیا۔ وہ ایک مددگار کے پاس پہنچے اور اپنا کوٹ اُتارنا شروع کیا۔ مددگار کا نام وانو تھا۔ اس نے کہا، ''مہربان، آپ برابر والے کمرے میں جا کر کپڑے بدل لیے۔ پھر نہانے کے لیے یہاں آئیے۔''

بڑے میاں نے منہ بنایا۔ ان کا نہانے کا مطلق ارادہ نہ تھا۔ کوٹ وہ اس لیے اُتار رہے تھے کہ حمام میں بہت گرمی تھی۔

''اِدھر آؤ۔'' انھوں نے اپنی ہیٹ سے پنکھا جھلتے ہوئے وانو کو حکم دیا۔ ''اگر جان کی خیر چاہتے ہو تو فوراً اِدھر آؤ۔''

وانو مسکرایا۔ ''ایسی خوش گوار صبح... کسے اپنی جان پیاری نہ ہوگی؟ آپ کو کیا چاہیے بڑے میاں؟''

''اے حمال! مجھے سچ سچ بتا کہ یہی وہ مشہور و معروف طبلسی حمام ہیں جن کی میں نے اتنی تعریف سنی ہے؟'' جن نے سختی سے پوچھا۔

''جی ہاں۔'' وانو نے فخر کے ساتھ جواب دیا۔ ''آپ کو ساری دنیا میں ایسے حمام اور کہیں نہ ملیں گے۔ غالباً آپ یہاں کہیں باہر سے تشریف لائے ہیں؟''

بڑے میاں خاموش رہے۔ پھر کہا،''اگر یہ وہی حمام ہیں تو مجھے وہ جادو کا سفوف کیوں نہیں دِکھائی دیتا جس کے متعلق میں نے بہت معتبر لوگوں سے سنا ہے کہ پل کی پل میں ڈاڑھی مونچھیں صاف کر دیتا ہے؟''

''اچھا...تو یہ کہیے کہ آپ کو 'تارو' چاہیے۔آپ نے پہلے کیوں نہ بتایا؟''

''بہت خوب...فوراً تارو لے کر حاضر ہو۔''

''اچھا...اچھا...ابھی لیجیے۔''وہ ایک مٹی کا پیالہ لے آیا جس میں راکھ کی قسم کی کوئی چیز بھری ہوئی تھی۔''لیجیے۔دنیا کا لاثانی سفوف۔آزمائش شرط ہے۔''

بڑے میاں غصّے سے لال پیلے ہو گئے۔''میرا مذاق اُڑاتا ہے او نابکار حمّال! وہ جادو کا سفوف لانے کے بجائے کسی بے ایمان بازاری دوافروش کی طرح لا کر میرے ہاتھ میں یہ بیمار چوہے کے رنگت کی راکھ تھما دی۔''انھوں نے غصّے میں اتنے زور سے پھنکار بھری کہ ساری راکھ اُڑ کر ان کے سر کے بالوں اور ڈاڑھی اور مونچھوں پر جا پڑی مگر مارے غصّے کے انھوں نے اس طرف توجہ نہ دی۔

''اس راکھ میں تھوڑا سا پانی ملانے سے وہ جادو کا عرق تیار ہو جاتا ہے۔''وانو نے مسکرا کر کہا۔

بڑے میاں کو احساس ہوا کہ وہ خواہ مخواہ چلّا رہے تھے۔ ذرا جھینپ کر انھوں نے کہا،''افوہ...کس قدر شدید گرمی ہے یہاں۔خدا کرے یہ گرمی ختم ہو جائے۔''اور پھر آہستہ سے کہا،''اور جب تک میری ڈاڑھی گیلی ہے جادو کی طاقت میری اُنگلیوں میں رہے...خدا کرے یہ گرمی جلد ختم ہو جائے۔''

''گرمی کم کرنا میرے بس میں نہیں ہے!''وانو نے کہا۔

''میرے بس میں تو ہے۔''یہ کہہ کر بڑے میاں دانت بھینچ کر کچھ بڑبڑائے اور چٹکی بجائی اور وانو ایک دم سردی کے مارے تھر تھر کانپنے لگا۔حمام کی گیلی زمین پر برف جم گئی اور ساری بھاپ اُڑ اُڑ کر برف کی اس سلاخ کی طرف آ گئی جو بڑے میاں کے سر پر آن موجود ہوئی تھی۔اس سے ٹکرا کر بادلوں کی طرح رِم جھم ان کے اوپر برسنے لگی۔

"سبحان اللہ ...!" انھوں نے خوش ہو کر کہا۔ "گرمی کے موسم میں ٹھنڈی ٹھنڈی بارش کیا مزہ دیتی ہے! واہ واہ!"

اس کے بعد انھوں نے دائیں ہاتھ کی اُنگلیوں سے چٹکی بجائی اور سرد ہوا کی لہر ایک دم غائب ہو گئی۔ برف پگھلنے لگی اور کمرہ پھر گرم بھاپ سے بھر گیا۔ "اچھا بھئی۔" ان کے اس کارنامے کا اثر حمام میں آئے ہوئے لوگوں پر جو ہوا تھا اسے دیکھ کر وہ بے حد خوش تھے کہ سب پر اچھا رعب ڈالا۔ "اب ذرا اپنا تارو دِکھانا ... میرے پاس وقت نہیں ہے۔ ذرا ایک پیپے بھر تارو مجھے اور لا دو۔"

"ایک پورا پیپا؟"

"دو ...،"

"افوہ ... مگر گھنی سے گھنی ڈاڑھی کے لیے اس کا صرف ایک پیالہ ہی کافی ہوگا۔"

"اچھا تو پانچ پیالے لے آؤ۔"

"لیجیے۔" وانو ایک بوتل لے آیا۔

"یاد رکھنا، اگر تم نے میرے ساتھ کچھ دھوکا دھڑی کی ہے تو تمھارے حق میں اچھا نہ ہوگا۔"

"آپ بھی کیسی بات کرتے ہیں۔ میں آپ جیسے بزرگ کے ساتھ دھوکا دھڑی کیوں کرنے لگا۔" مگر وانو ابھی بات ختم کرنے نہ پایا تھا کہ بڑے میاں ہوا میں غائب ہو گئے۔

ٹھیک ایک منٹ بعد سفید سوٹ، ہیٹ اور گلابی سلیپر میں ملبوس ایک گنجے بڑے میاں نے جن کی بھووں کے بال بھی غائب تھے اور ڈاڑھی مونچھیں بھی صفا چٹ تھیں، وولکا کے کندھوں پر ہاتھ رکھ دیا۔ وولکا اس وقت بے حد اُداسی سے مٹھائی کھانے میں مشغول تھا۔ اس نے مڑ کر بڑے میاں کو دیکھا اور حیرت کے مارے اس کے اُچھو لگ گیا۔

"طابچ! یہ تمھیں کیا ہو گیا؟"

بڑے میاں نے اپنے آپ کو آئینے میں دیکھا اور زبردستی مسکرائے۔ "غالباً یہ کہنا

مبالغہ نہ ہوگا کہ میں اب بہت خوب صورت معلوم ہورہا ہوں۔ اس مشہورِ عالم حمام میں جب مجھے تارو پیش کیا گیا تو میں نے مارے نرم دلی کے ایک لمبی سانس لی جس کی وجہ سے سارا سفوف اُڑ کر میرے بالوں پر جم گیا۔ پھر جب میں نے بارش برسائی تو وہ سفوف گیلا ہوگیا۔ ماسکو لوٹنے میں بارش ہور ہی تھی جس نے اسے دھو ڈالا اور ساتھ ہی میری ڈارھی اور بال بھی رُخصت ہو گئے۔

انھوں نے سفوف ایک پلیٹ میں گھولا اور وولکا کو اس کی ڈارھی سے نجات دلائی۔ اس کے بعد چٹکی بجا کر وہ خود اپنی پرانی شکل میں واپس آ گئے۔ آئینہ دیکھا اور اطمینان سے اپنی مونچھوں پر تاؤ دینے لگے۔

’’شکر۔الحمدللہ کہ اب ہم دونوں اپنی اپنی اصلی حالت پر واپس آ گئے۔‘‘

جہاں تک ایس.ایس.پیوراکی کا تعلق ہے وہ ہماری اس انتہائی سچی داستان میں اب دوبارہ داخل نہ ہوں گے لیکن یہ واقعہ سب کو معلوم ہے کہ وہ اب ایک مختلف انسان ہیں۔ کہاں تو یہ عالم تھا کہ ان کی مستقل بک بک سے عاجز تھے یا اب ایسا لگتا ہے جیسے ان کی زبان کو تالا لگ گیا ہے۔ کبھی بھولے بھٹکے بہت سوچ سمجھ کر، تول تول کر کوئی بات کر لیتے ہیں تو لوگوں کو حیرت ہوتی ہے کہ یہ کچھ تو بولے!!

غوطہ خور سے ملاقات

ژینیا بوگورو کے ماں باپ نے رات آنکھوں میں کاٹ دی۔ سارے دوستوں کو فون کیا۔ٹیکسی لے کر شہر کے سارے تھانوں اور پولیس چوکیوں پر گئے۔ عدالت تک جھانک کر آئے مگر سب بے کار، ژینیا کا کہیں پتا نہ تھا۔

دوسری صبح اسکول کے پرنسپل نے وولکا سمیت کلاس کے سارے لڑکوں کو بلا کر باری باری پوچھا۔ وولکا نے بتایا کہ وہ ژینیا سے شام سنیما ہاؤس میں ملا تھا مگر اپنی ڈاڑھی کا قصہ گول کر گیا۔ ایک اور لڑکے نے کہا کہ اس نے ژینیا کو پشکن اسٹریٹ کی طرف سے سنیما جاتے دیکھا تھا مگر اس کے علاوہ اور کوئی بات معلوم نہ ہو سکی۔

اتنے میں ایک لڑکے نے کہا کہ اس نے ژینیا کو تیرنے کے لیے دریا کی طرف جاتے دیکھا تھا۔

آدھ گھنٹے کے اندر اندر شہر کے سارے لائف گارڈ دریا میں ژینیا کی لاش ڈھونڈنے کی کوشش میں مصروف ہو چکے تھے۔ دریا کو کھینچ کر شہر کے قریب لے آیا گیا مگر کوئی نتیجہ نہ نکلا۔ غوطہ خوروں نے تہہ تک پہنچ کر سارا دریا چھان ڈالا مگر انھیں کچھ نہ ملا۔ سورج پانی میں ڈوب گیا۔ بچوں کے ایک پارک میں جہاں تھیٹر دکھایا جا رہا تھا، دوسرا ایکٹ شروع ہوا لیکن تلاش کرنے والوں کی کشتیاں دریا پر موجود رہیں۔

اس خوش گوار اور خاموش شام وولکا کو گھر پر بیٹھنا بہت کھل رہا تھا۔ ژینیا کے انجام

کے متعلق اسے طرح طرح کے خوف ناک خیالات ہولاتے رہے۔ اس نے سوچا کہ اسکول واپس جا کر معلوم کرے شاید وہاں ژینیا کے متعلق کوئی اطلاع آئی ہو۔ جیسے وہ اسکول کے احاطے میں داخل ہوا، پھاٹک پر بڑے میاں کہیں سے آن موجود ہوئے۔ انھوں نے دیکھا کہ وولکا بے حد پریشان ہے اس لیے خاموش رہے اور ساتھ ساتھ چلنے لگے۔ وولکا ماسکو دریا کی طرف مڑا۔

''ان نازک نازک کشتیوں میں کون لوگ کھڑے ہیں جن کے سر عجیب و غریب ہیں؟'' بڑے میاں نے پوچھا۔

''غوطہ خور۔'' وولکا نے اُداسی سے جواب دیا۔

''السلام علیکم یا غوطہ خور۔'' ایک غوطہ خور سے جو کنارے پر آ رہا تھا، بڑے میاں نے دریافت کیا۔ ''اس حسین دریا کے کنارے آپ کیا تلاش فرما رہے ہیں؟''

''ایک لڑکا ڈوب گیا ہے۔'' اس نے جواب دیا اور تیزی سے فرسٹ ایڈ کے دفتر کی سیڑھیاں چڑھنے لگا۔

''اے عظیم غوطہ خور! اب مجھے آپ سے کچھ سوال نہیں کرنا۔'' بڑے میاں نے غوطہ خور کی پیٹھ کو مخاطب کرتے ہوئے کہا اور پھر وولکا کے سامنے کورنش بجا لا کر بولے، ''اے سیکنڈری اسکول نمبر ۲۴۵ کے قابل ترین طالب علم! کیا یہ ٹھیک ہے کہ یہ لوگ اس لڑکے کو تلاش کر رہے ہیں جسے تمھارے ہم جماعت ہونے کی عزت حاصل تھی؟''

وولکا نے آہ بھر کر سر ہلایا۔

''اس کا چہرہ گول، جسم مضبوط، ناک پھڈی اور بال لڑکیوں کے ایسے ہیں؟''

''ہاں...ژینیا بال بہت بے ہودہ کٹواتا تھا۔'' وولکا نے اُداسی سے جواب دیا۔

''وہ سنیما گھر میں موجود تھا نا اور تمھاری ڈاڑھی کے متعلق اس نے کچھ نازیبا الفاظ کہے تھے اور تم کو افسوس ہوا تھا کہ خواب یہ سارے میں پھونک دے گا کہ تمھارے ڈاڑھی اُگ آئی ہے؟''

''تمھیں کیا معلوم کہ میں اس وقت کیا سوچ رہا تھا؟''

''کیونکہ تم نے گھبرا کر اپنا چہرہ اپنے ہاتھوں میں چھپا لیا تھا مگر فکر نہ کر، وہ اب کسی سے کچھ نہیں کہے گا۔''

''مجھے اس کی فکر نہیں ہے۔ مجھے یہ غم ہے کہ بے چارہ زینیا ڈوب گیا۔''

''نہیں ... وہ ڈوبا بالکل نہیں ۔''

''کیا مطلب؟ تمھیں کیسے معلوم؟''

''مجھے نہیں تو اور کسے معلوم ہوگا؟ کیونکہ میں نے اسے اس اندھیرے سنیما ہال سے اُٹھا کر مشرق میں ٹھیک اس جگہ پر پھینک دیا جہاں زمین کا کنارہ آسمان کے کنارے سے ملتا ہے۔ اور جہاں وہ اب تک غلام کی حیثیت سے بیچ بھی دیا گیا ہوگا۔ اب وہ وہاں چاہے جس سے تمھاری ڈاڑھی کے متعلق بنکارتا پھرے پروا نہیں ۔''

ہوائی سفر کا فیصلہ

’’غلام کی حیثیت سے بیچ دیا گیا ہوگا؟ ...کیا مطلب ہے تمھارا؟‘‘

بڑے میاں نے دیکھا کہ پھر کچھ گڑبڑ ہوگئی۔ انھوں نے گھبرا کر جواب دیا۔’’بڑی آسان بات ہے ...لوگ غلام بنا کر کس طرح بیچے جاتے ہیں آخر...؟ پیارے چغد داس!‘‘

بڑے میاں نے کل رات جو لفظ سیکھا تھا اسے استعمال کر کے بہت خوش ہوئے لیکن وولکا اس وقت اس قدر حیران و پریشان تھا کہ اس نے سنا بھی نہیں۔

’’غضب ہو گیا ہٹا پیچ ...تم کو پتا ہے تم نے کیا کر دیا؟ معلوم ہے تمھیں؟‘‘

’’حسن عبدالرحمٰن کو ہمیشہ معلوم رہتا ہے۔‘‘

’’بکواس! بات بات پر تم لوگوں کو ابابیلیں بنانے پر تلے رہتے ہو یا غلام بنا کر بیچ دیتے ہو۔ ژینیا کو فوراً واپس لاؤ‘‘

’’یہ ناممکن ہے۔‘‘

’’مگر اسے غلام بنا کر بیچ دینا تمھارے لیے ممکن تھا؟ اگر تم ژینیا کو واپس نہ لائے تو تم سوچ بھی نہیں سکتے کہ میں کیا کروں گا!‘‘

خود بے چارے وولکا کو پتا نہ تھا کہ وہ ژینیا کو غلامی سے بچانے کے لیے کیا کرے گا مگر کوئی نہ کوئی ترکیب ضرور سوچتا۔ شاید کسی وزارت کو خط لکھتا لیکن کون سی وزارت کو؟ اور کیا لکھتا؟

یہ تو ہمارے پڑھنے والوں کو معلوم ہی ہوگیا ہوگا کہ وولکا بہت بہادر لڑکا تھا مگر اس وقت اس کی بھی ہمت ٹوٹ گئی اور وہ ایک پتھر پر بیٹھ کر پھوٹ پھوٹ کر رونے لگا۔

’’کیوں رو رہے ہو، اے ابنِ الوشا؟‘‘

وولکا نے نفرت سے بوڑھے جن کو دیکھا اور کوئی جواب نہ دیا۔

’’میں جو کچھ بھی تمھارے لیے کروں تم اس سے خوش نہیں ہوتے۔ مشرق اور مغرب کے بڑے سے بڑے بادشاہ مجھ سے مدد مانگا کرتے تھے اور میرے احسان مند رہتے تھے۔ لیکن اب کیا حالت ہے کہ میں سمجھنے کی کوشش کر رہا ہوں کہ کیا گڑبڑ ہوگئی مگر پلّے نہیں پڑتا۔ میں بھی بالکل سٹھیا گیا ہوں ... بوڑھا پھونس ... قبر میں پاؤں لٹکائے بیٹھا ہوں۔‘‘

’’نہیں نہیں حطابچ ... تم تو خاصے جوان معلوم ہوتے ہو۔‘‘ وولکا نے روتے روتے کہا۔

واقعی یہ صحیح بھی تھا کہ بڑے میاں کی عمر چار ہزار برس کسی طرح معلوم نہ ہوتی تھی۔ حد سے حد ستّر یا پچھتّر سال کے لگتے تھے۔

’’شکریہ ...! مگر ژینیا کو واپس لانا میرے قابو سے باہر ہے۔‘‘

وولکا کا رنگ سفید پڑ گیا۔

’’لیکن اگر تم کو اتنی فکر ہے تو چلو، اُڑ کر چلے چلتے ہیں اور اسے اپنے ہمراہ واپس لے آئیں گے۔‘‘

’’اُڑ کر ...؟‘‘

’’ہاں ... رُخ کے پروں پر تو نہیں مگر طلسمی قالین ہمیں مشرق تک لے جائے گا۔ اے پیارے چغد داس!‘‘

’’تم نے چغد داس کسے کہا؟‘‘ وولکا نے غصّے سے پوچھا۔

’’تمھیں اے ابنِ الوشا کہ تم اپنی عمر سے کہیں زیادہ سمجھ دار ہو۔‘‘

دفعتاً وولکا کو یاد آ گیا کہ اس نے یہ لفظ بڑے میاں کے لیے استعمال کیا تھا۔ یہ سوچ کر بڑی شرم آئی کہ اس نے بوڑھے جن کے بھولے پن کا فائدہ اُٹھا کر اسے اس لفظ کے

غلط معنی بتا دیے تھے۔

’’کس وقت روانہ ہوں...؟‘‘

’’ابھی ابھی...اگر تم چاہو۔‘‘

’’چلو۔لیکن میں ابّا امّاں سے کیا کہوں؟‘‘

’’اگر میں ان کو بتائے بغیر چلا گیا تو وہ پریشان ہوں گے اور اگر بتا دیا تو جانے نہ دیں گے۔‘‘

’’میں ان پر ایک ایسا جادو کر دوں گا کہ تمھاری واپسی تک وہ تمھارے متعلق سوچیں گے بھی نہیں۔‘‘

’’تم میرے ابّا امّاں کو نہیں جانتے۔‘‘

’’اور تم حسن عبدالرحمٰن حطا پچ کو نہیں جانتے۔‘‘

اُڑان

طلسمی قالین کا ایک کونا شاید کیڑے چاٹ گئے تھے۔ پھر بھی ابھی تک یہ بہت اچھی حالت میں تھا۔ وولکا کو خیال آیا کہ وہ ایسا قالین پہلے بھی کہیں دیکھ چکا تھا۔ ژینیا کے گھر میں یا شاید اسکول میں استانیوں کے کمرے میں۔

دریا کے کنارے سے جہاں وہ اُڑے کسی نے ان کو نہیں دیکھا۔ جن نے وولکا کا ہاتھ پکڑ کر اسے قالین کے بیچ میں کھڑا کر دیا اور ڈاڑھی کے تین بال توڑے اور آنکھیں گھما کر آسمان کو دیکھا۔ قالین ہلنے لگا۔ باری باری اس کے چاروں کونے اُٹھے، کنارے اونچے ہوئے مگر دونوں مسافروں کے بوجھ کی وجہ سے زمین سے نہ اُٹھ پایا۔

’’معاف کرنا وولکا، کچھ غلطی ہوگئی ہے۔ میں ابھی ٹھیک کرتا ہوں۔‘‘ یہ کہہ کر بڑے میاں نے اُنگلیوں پر کچھ پیچیدہ حساب لگایا، پھر چھے بال اور ڈاڑھی میں سے نکالے۔ ایک بال آدھا توڑ کر پھینک دیا، منتر پڑھا اور آسمان کو دیکھا۔ اب قالین کی ساری شکنیں نکل گئیں اور اس نے ہوا میں اُٹھنا شروع کر دیا اور درختوں، مکانوں، کارخانوں کی چمنیوں سے اونچا ہوتا ہوا آسمان کی طرف پرواز کرنے لگا۔ نیچے شہر کی لاکھوں روشنیاں جھلملا رہی تھیں، کاروں کے ہارن بج رہے تھے۔ ندی پر لوگ کشتیوں میں بیٹھے ہوئے گا رہے تھے اور دور کہیں ایک بینڈ بج رہا تھا۔

’’اب ہم لوگ کتنی اونچائی پر ہوں گے؟‘‘

''چھے سو سات ہاتھ اونچے ہیں۔'' بڑے میاں نے اُنگلیوں پر حساب لگا کر بتایا۔

قالین اونچا اُٹھتا رہا۔ بڑے میاں آلتی پالتی مار کر شان سے بیٹھ گئے لیکن وولکا سے اس طرح نہ بیٹھا گیا۔ اس کو بڑا سخت چکر آ رہا تھا۔ وہ قالین کے کنارے پر پاؤں نیچے لٹکا کر آرام سے بیٹھ گیا اور آنکھیں بند کر لیں۔ لیکن ہوا اتنی تیز تھی کہ اس کی ٹانگوں کے پرنچے اُڑ گئے۔ آخر وولکا نے قالین ہی پر ٹانگیں پھیلا لیں۔ اب اسے بڑی سخت سردی لگنے لگی لیکن اس کا گرم کوٹ سیکڑوں میل دور اس کے کمرے کی الماری میں رکھا تھا۔

آخر اس نے اپنے آپ کو گرمی پہنچانے کا وہ طریقہ استعمال کرنا شروع کیا جو اس کے اتا نے بتایا تھا کہ اس کی پیدائش سے بہت پہلے غریب کو چوان استعمال کرتے تھے۔ یعنی اس نے اپنے کندھوں کو زور زور سے تھپتھپانا شروع کیا اور یکایک قالین پر سے پھسل گیا۔

اگر اس نے پھسلتے ہی قالین کے کنارے کو مضبوطی سے نہ پکڑ لیا ہوتا تو ہماری یہ کہانی اس غیر معمولی ہوائی حادثے کے ساتھ ہی ختم ہو جاتی لیکن حطابچ کو اس کا پتا بھی نہ چلا کیونکہ وہ دوسری طرف منہ کیے یہ سوچنے میں مصروف تھے کہ جتنے جادو انھوں نے اب تک کیے اب ان کا اُتارنا کس طرح کیا جائے۔

''حطابچ، حطابچ!'' وولکا قالین کے جھالر سے لٹکے لٹکے چلّایا۔

''ارے رے رے ... یہ کیا غضب ہو گیا۔'' جن وولکا کو ہوا میں لٹکا دیکھ کر چلّایا۔ ''اگر تمھارے دشمنوں کو کچھ ہو جاتا تو کیا ہوتا۔'' اپنے آپ کو ہزار گالی کو سنے دیتے ہوئے جن نے وولکا کو اوپر کھینچا اور اسے پکڑ کر اپنے قریب بٹھا لیا۔

''بڑی سردی ہے۔'' وولکا نے دانت کٹکٹاتے ہوئے کہا۔

اور فوراً ایک شاندار اونی لبادہ اس کے کندھوں پر آ گیا۔

رات ہوئی۔ اندھیرے میں طلسمی قالین پر اُڑنا بہت کھل کھل رہا تھا۔ وولکا نے تجویز کیا کہ اگر کوئی پانچ سو ہاتھ اور اوپر اُٹھ جائیں تو سورج نظر آئے گا۔ حطابچ کو اس میں شک تھا کہ صبح ہونے سے پہلے سورج کو کس طرح دیکھا جا سکتا ہے مگر انھوں نے بحث نہیں کی۔ تم خود سوچ سکتے ہو کہ ان کو کتنی حیرت ہوئی اور وولکا کی عزت ان کی نظروں

میں کتنی بڑھ گئی ہوگی جب اور بلندی پر پہنچتے ہی ان کو سورج دوبارہ نظر آ گیا۔ اب دوسری مرتبہ شفق کی سرخی سارے میں پھیلی تھی!

"اگر میں نے تم سے وعدہ نہ کرلیا ہوتا کہ تم کو چغد داس نہ کہوں گا تو اس وقت میں آپ کو دنیا کا سب سے بڑا چغد داس کہتا کیونکہ تم اپنی عمر کے لحاظ سے بے حد ذہین اور عقلمند ہو۔"

"اب کسی اور کو بھی اس نام سے نہ پکارنا۔"

"جو حکم ..."

"قسم کھاؤ۔"

"بہت خوب۔"

"ٹھیک ہے،" وولکا نے اطمینان سے کہا۔ گاؤں، جنگل، کھیت، جھیلیں، دریا اور بجلی کی روشنی سے جگمگاتے شہر نیچے سے تیرتے ہوئے نکل گئے۔ بادلوں کا سمندر سامنے آ گیا۔ پھر وہ بھی گزر گیا اور قالین جنوب سے مشرق کی طرف اُڑتا رہا۔ جہاں بے چارہ ژینیا شاید غلام فروشوں کے ہاتھوں کوڑے کھا رہا تھا۔

"بے چارہ اس وقت کتنی کڑی محنت کرتا ہوگا۔" وولکا نے کہا، "نہ کوئی سنگی نہ ساتھی۔ اجنبی ملک۔" حطابچ غریب بھی خاموش رہے۔

ان مسافروں کو کیا معلوم کہ عین اس وقت ژینیا پر مشرق میں کیا گزر رہی تھی کیونکہ مشرق میں ژینیا اس وقت واقعی کراہ رہا تھا۔

"نہیں ... نہیں ... اور زیادہ نہیں ... بس کرو۔"

یہ بتلانے کے لیے کہ ژینیا نے یہ درد بھرے الفاظ کیوں ادا کیے، ہم ان دونوں فضائی مسافروں کو یہیں چھوڑتے ہیں۔ اب ماسکو سیکنڈری اسکول ۲۴۵ کے چھٹی کلاس کے پانیر گروپ کے لیڈر ژینیا بوگورو کا حال سنو۔

✤ ✤ ✤

مشرق میں کیا بیتی؟

جیسے ہی ژینیا سنیما ہال میں ڈاڑھی والے لڑکے کی طرف مڑا، اچانک اندھیرا چھا گیا۔ ایک بہت تیز سیٹی کی آواز سنائی دی اور اسے ایسا لگا کہ اس کے پیروں کے نیچے پختہ فرش کے بجائے اونچی گھاس ہے۔

جب اس کی آنکھیں اندھیرے کی عادی ہوگئیں تو اس نے دیکھا کہ وہ خوشبو دار پھولوں سے بھرے ہوئے ایک گھنے جنگل میں موجود ہے اور بڑی سخت گرمی پڑ رہی ہے۔ ہاتھ آگے پھیلا کر ٹٹول ٹٹول کر اس نے چلنا شروع کیا۔ ایک سانپ اس کے پیر کے نیچے آتے آتے رہ گیا۔ سانپ، سائیکل میں ہوا بھرنے والے ٹوٹے ہوئے پمپ کی طرح پھنکارا۔ اپنی چھوٹی چھوٹی ہری آنکھیں چمکائیں اور جھاڑیوں میں غائب ہوگیا۔

''میں کہاں ہوں...!'' ژینیا نے وہاں سے ہلنے جلنے کی ہمت کیے بغیر حیرت سے سوچا۔ ''شاید خواب دیکھ رہا ہوں...واقعی ...میں سو رہا ہوں اور یہ خواب ہے؟''

اکثر سوتے میں ہم ایسا خواب دیکھتے ہیں جس میں ہمیں خود معلوم ہوتا ہے کہ یہ خواب ہے۔ ایسا خواب بہت مزے دار ہوتا ہے۔ اس میں خطروں سے ڈر نہیں لگتا اور ایک سے ایک معر کے سر کر لیے جاتے ہیں اور سب سے زیادہ عمدہ بات یہ ہوتی ہے کہ ہمیں معلوم رہتا ہے کہ بہت جلد ہم بالکل خیریت سے اپنے ہی پلنگ پر موجود ہوں گے۔

لیکن جب ژینیا نے جھاڑیوں سے نکلنا چاہا تو اس کے کانٹے چبھ گئے اور چاہا ہے

خواب ہی میں کیوں نہ ہو، تکلیف تو بہر حال تکلیف ہی ہے اس لیے ژینیا نے طے کیا کہ صبح تک اونگھتا رہے گا۔

صبح جب اس کی آنکھ کھلی تو سورج بہت تیزی سے چمک رہا تھا اور درختوں کے پتے جگمگا رہے تھے۔ ژینیا بے حد خوش ہوا کہ اس کا خواب ابھی تک ختم نہیں ہوا۔

اتنے میں اسے چار ہاتھی نظر آئے جو اپنی سونڈوں میں لکڑی کے گٹھے اُٹھائے جنگل کے کنارے کنارے آ رہے تھے۔ ایک دُبلا پتلا مہاوت سفید دھوتی باندھے سب سے آگے والے ہاتھی پر سوار تھا۔ دور گاؤں کے جھونپڑوں سے دھواں اُٹھ رہا تھا۔

اب ژینیا کو پتا چل گیا کہ یہ کیا خواب تھا ... وہ ہندوستان کے متعلق خواب دیکھ رہا تھا۔

’’تم کون ہو؟‘‘ مہاوت نے ذرا خشکی سے سوال کیا۔ ’’انگریز؟ ... پرتگالی ؟ ... امریکن...؟‘‘

’’نہیں !‘‘ ژینیا نے ٹوٹی پھوٹی انگریزی میں جواب دیا۔ ’’روسی۔‘‘ اور مزید یہ سمجھانے کے لیے کہا، ’’ہندی روسی بھائی بھائی۔‘‘

یہ سن کر مہاوت بہت خوش ہوا اور اس نے اس زور سے اس کی سر ہلایا کہ تعجب تھا اس کی پگڑی سر پر سے کیوں نہ گری۔ پھر اس نے ہاتھی کو گھٹنوں کے بل بٹھا کر ژینیا کو اپنے ساتھ سوار کرا لیا۔ اور یہ جلوس جھومتا جھامتا گاؤں کی طرف چلا۔

راستے میں بہت سے بچے ملے۔ مہاوت نے ان سے کچھ کہا۔ بچوں نے بڑی حیرت سے اس سچ مچ کے جیتے جاگتے سوویت لڑکے کو دیکھا۔ پھر وہ اُچھلتے کودتے گاؤں کی سمت بھاگے اور جس وقت ماسکو سیکنڈری اسکول ۲۴۵ کا طالب علم ژینیا بوگورو ہاتھی پر سوار گاؤں میں پہنچا اس وقت وہاں کی ساری آبادی گاؤں کی اکلوتی پتلی سی گلی میں اس کے خیر مقدم کے لیے جمع ہو چکی تھی۔

ژینیا کو بے حد ادب سے نیچے اُتارا گیا۔ اسے لوگ ایک کمرے میں لے گئے جہاں اسے کھانا پیش کیا گیا جو اس نے خوب ڈٹ کر کھایا۔ کیونکہ بھوک تو اسے خواب ہی میں لگ

آئی تھی۔ پھر سب نے آگے بڑھ بڑھ کر اس سے ہاتھ ملایا اور اس کے بعد سب کے سب مل کر ایک ہندوستانی گیت گانے لگے۔ ژینیا نے بھی ان کے ساتھ آواز ملانے کی کوشش کی جس سے وہ بے حد خوش ہوئے۔ اس کے بعد ژینیا نے ان کو ایک گانا سکھایا جو اس کے اسکول کے لڑکے گاتے تھے۔ گاؤں کے لڑکے لڑکیوں نے اس کے ساتھ گانا شروع کر دیا اور باقی لوگ بھی شامل ہو گئے۔ پھر سب نے مل کر ایک ہندی لڑکے سے اصرار کیا کہ فلاں گیت سناؤ۔ اس لڑکے نے ایک گیت شروع کیا جو ژینیا نے پہچان لیا کہ ایک روسی گیت تھا۔ وہ جوش و خروش سے اس گیت میں شریک ہو گیا۔ سب نے دوبارہ اس سے ہاتھ ملایا اور سب مل کر چلّائے، ''ہندی روسی بھائی بھائی۔''

جب ذرا جوش کم ہوا تو سارے گاؤں نے اپنے ساتھ مل کر ژینیا سے باتیں کرنے کی کوشش شروع کی۔ لیکن ژینیا کو زیادہ انگریزی آتی تھی نہ گاؤں والوں کو۔ اس لیے گاؤں والوں کو یہ پوچھنے میں بہت دیر لگی کہ کیا ژینیا کو دہلی پہنچ کر روسی سفارت خانے جانے کی بہت جلدی ہے؟

لیکن ژینیا کو کوئی خاص جلدی نہیں تھی۔ جو انسان اتنا عمدہ خواب دیکھ رہا ہو اسے بھلا کیا جلدی ہو سکتی ہے!

اتنے میں پڑوسی گاؤں سے بہت سے لوگ آ گئے تا کہ معزز مہمان کو اپنے ہاں لے جائیں۔ اس دوسرے گاؤں میں اور اس کے بعد اگلے تین گاؤں میں وہی سب دہرایا گیا جو پہلے گاؤں میں ہوا تھا۔

رات اس نے چوتھے گاؤں میں گزاری۔ صبح سویرے پانچویں گاؤں سے لوگ آ کر اصرار کرنے لگے کہ وہ ان کے ہاں چلے۔ اس پر ژینیا ذرا ذرا گھبرانے اور کرانے لگا۔ ذرا آپ خود ہی سوچیں کہ سیکڑوں دوستانہ بانہیں آپ کو گھیرے میں جکڑ کر ہندی روسی بھائی بھائی چلّا رہی ہوں اور دوستی کے جذبات سے بے قابو ہو کر آپ کو بادلوں تک اونچا اُچھالا جائے تو آپ گھبرا جائیں گے یا نہیں!

خوش قسمتی سے قریب سے ایک ٹرک گزرا جو قریب کے ریلوے اسٹیشن کی طرف

جا رہا تھا اور جہاں سے ژینیا کو دہلی جانا تھا۔ گاؤں والوں نے لڑکے کو پھر گھیر لیا۔ اب وہ پسینے پسینے ہو رہا تھا۔ اسے گلے لگایا گیا۔ لڑکیوں نے اسے ہار پہنائے۔ اسکول کے لڑکوں نے اپنے استاد کے ساتھ آ کر اسے کئی درجن کیلے تحفے میں دیے۔ گاؤں والوں کی طرف سے اسکول ٹیچر نے ژینیا کے لیے الوداعی تقریر کی۔ بچوں نے اس سے کہا کہ ماسکو کے بچوں کو ان کا سلام کہیں۔ چند ایک نے اس سے دستخط بھی مانگے۔ گویا وہ بڑا مشہور آدمی تھا، ظاہر ہے وہ انکار نہ کر سکا۔

کیلوں کا گٹھا دونوں ہاتھوں میں سنبھال کر وہ چلتے ہوئے ٹرک پر چڑھا ہی تھا کہ ... اے لو ... یہ کیا ہوا ... وہ اچانک غائب ہو چکا تھا۔

یہ ایک بے حد عجیب و غریب واقعہ تھا مگر اس سے زیادہ عجیب و غریب بات یہ تھی کہ کسی گاؤں والے کو اس کے اس طرح ہوا میں غائب ہو جانے پر ذرا بھی تعجب نہ ہوا کیونکہ وہ فوراً ژینیا کو بالکل بھول گئے۔

لیکن ہم کو اس بات پر تعجب نہ کرنا چاہیے کہ وہ لوگ ژینیا کو اتنی جلدی کیسے بھول گئے۔

اے ہے وا ...! اے ابنِ الوشا

پہلے سے حفاظتی تدبیریں اختیار کیے بغیر طلسمی قالین پر سو جانے سے زیادہ خطرناک چیز اور کوئی نہیں ہے۔

اپنے ادنیٰ لبادوں میں لپٹے ہوئے، حطابچ اور وولکا تھکے ہوئے تو تھے، اُڑتے ہوئے قالین پر پڑ کر بے خبر سو گئے۔ وولکا تو آرام سے پڑا سوتا تھا مگر حطابچ کو اکڑوں بیٹھے بیٹھے بڑی بے چینی کی نیند آئی اور انھوں نے ایک بے حد خوف ناک خواب دیکھا۔ انھوں نے دیکھا کہ سلیمانؑ ابن داؤدؑ کے وزیر آصف بن جرجیس کے حکم سے سلیمانؑ کے غلاموں نے انھیں پھر ایک مٹی کی صراحی میں آدھا بند کر دیا ہے اور وہ اس میں سے باہر نکلنے کی کوشش کر رہے ہیں۔ ان کے محسن وولکا ایک اور صراحی میں بند کر دیا گیا ہے اور ژینیا کو اب ساری عمر غلامی کی زندگی گزارنا پڑے گی۔ اس کے علاوہ کسی نے حطابچ کے بازوؤں کو اس مضبوطی سے پکڑ رکھا ہے کہ اب وہ اپنی ڈاڑھی کا بال تو ڑ کر جادو کے ذریعے اپنے آپ اور وولکا کو بچا بھی نہیں سکتے۔ حطابچ نے ہڑبڑا کر اپنا پورا زور لگایا تا کہ صراحی سے باہر نکل آئیں لیکن اسی زور میں وہ ایک جھونکے کے ساتھ قالین سے پھسل کر نیچے سرد اور سیاہ فضا میں گر گئے۔

ان کی چیخ کی آواز سے وولکا کی آنکھ کھل گئی۔ اس نے جلدی سے ان کا ہاتھ پکڑا اور اب حطابچ کی باری تھی کہ وہ قالین کے نیچے لٹکے لٹکے اُڑیں لیکن وولکا حطابچ کا وزن نہ سہار سکا اور بہت ممکن تھا کہ وہ نیچے زمین کی طرف لڑھک جائے مگر انھوں نے فوراً ڈاڑھی کا بال کھینچ کر منتر پھونکا اور وولکا نے ان کو اوپر کھینچ لیا۔

لیکن اس وقت بڑے میاں نے اس قدر خوش ہو کر قہقہہ لگانا اور گانا شروع کر دیا کہ وولکا کو فکر ہوئی کہ اس خطرناک اُڑان کی دہشت نے کہیں ان کے دماغ پر تو اثر نہیں کر دیا۔

قالین پر واپس پہنچ کر بڑے میاں نے گانا تو بند کر دیا لیکن اب ناچنے لگے۔ آدھی رات کو ایک پرانے گھسے پٹے قالین پر ناچنے کی کیا تُک تھی واقعی!

''اہے وا ... ابن الوشا۔ اہے وا ...اجی ہاں ... ہاں ... اہے وا ...ابن الوشا!'' ٹانگیں اُچھال اُچھال کر بڑے میاں نے اس زور سے قوالی شروع کی کہ وولکا کو فکر ہوئی کہ کہیں پھر قالین سے پھسل نہ پڑیں۔ وولکا نے کہا کہ یہ ناچ گانا صبح پر اُٹھا رکھیں مگر وہ بھلا کہاں سنتے تھے۔ انھوں نے طرح طرح کی قوالیاں، غزلیں اور جانے کیا کیا گانا شروع کر دیا۔ اس کے ساتھ ہی ساتھ وہ ڈاڑھی کے بال نکالتے گئے۔ وولکا کو اس کا اندازہ اس لیے ہوا کہ شیشے کھنکنے جیسی آواز آتی رہی۔

اس کا مطلب یہ ہوا کہ اگر آپ کوئی بے حد اہم بات بھول گئے ہوں تو اسے یاد کرنے کا بہترین نسخہ یہ ہے کہ اڑتے ہوئے طلسمی قالین پر سے گر جائیے (چاہے ایک سیکنڈ ہی کے لیے گریے) اسی طرح حطاچچ کو اپنے پرانے جادو منتر یاد آ گئے۔ اب ژینیا کو بچانے کے لیے اتنی دور جانے کی ضرورت نہیں تھی۔ ابھی بلّور کھنکنے کی آواز آ ہی رہی تھی کہ ژینیا کیلوں کے گچھوں سمیت فضا میں سے نمودار ہو کر قالین پر آن گرا۔

''ژینیا...'' وولکا خوشی سے چلّایا۔

قالین تیسرے مسافر کا بوجھ نہ سہار سکا اور سیٹی کی آواز کے ساتھ نیچے گرنا شروع ہوا۔ اچانک فضا میں نمی اور سردی بڑھ گئی۔ وہ لوگ بادلوں میں سے گزر رہے تھے۔

''حطاچچ!'' وولکا چلّایا۔ ''اوپر نکلو۔ بادلوں سے اوپر نکلو۔''

لیکن گہری دھند میں وہ بڑے میاں کو دیکھ ہی نہ سکا جو جلدی جلدی ڈاڑھی کے بال نوچنے میں مصروف تھے۔ ان میں سے ستار کے تاروں جیسی آواز نکل رہی تھی۔ وہ بال نوچ نوچ کر پھینکتے جا رہے تھے۔

''وولکا ...یہ کیا چیز ہے؟ ...طلسمی قالین؟'' ژینیا نے پوچھا۔

''ہاں، ہاں۔ حطاچچ! اتنی دیر کیوں لگ رہی ہے؟''

''بکواس ...طلسمی قالین کی قسم کی کوئی چیز دنیا میں نہیں ہوتی۔'' ژینیا نے کہا۔ ''مدد!''

قالین ایک دم نیچے کو گیا۔ وولکا کے پاس ژینیا سے بحث کرنے کا وقت نہ تھا۔

’’ہٹاپچ! کیا بات ہے؟‘‘ اس نے جن کے کوٹ کی بھیگی ہوئی آستین کھینچ کر سوال کیا۔

’’میں بھیگ گیا ہوں، سارا کا سارا‘‘ جن نے جواب دیا۔

قالین نیچے گرتا چلا گیا۔

’’بھیگ تو ہم سب ہی گئے ہیں۔‘‘ وولکا غصّے سے چلّایا۔ ’’تمھاری خودغرضی کی بھی حد ہے واقعی۔‘‘

’’میری ڈاڑھی... میری ڈاڑھی بھیگ گئی۔‘‘

’’افوہ! اتنی سی بات کا ٹنٹنگٹر!‘‘ ژینیا نے کہا۔

’’میری ڈاڑھی بھیگ گئی۔‘‘ ہٹاپچ نے انتہائی افسوس کے ساتھ دہرایا۔ ’’اب میں بالکل لاچار ہوں۔ جادو کرنے کے لیے خشک ڈاڑھی کی ضرورت ہے۔‘‘

’’ہم لوگ دھڑام سے زمین پر جا گریں گے اور ختم ہو جائیں گے۔‘‘ وولکا نے پتھریلی آواز میں کہا۔

’’ٹھہرو...‘‘ ژینیا نے ہانپتے ہوئے جواب دیا۔ ’’اس وقت ہمیں ہمت نہیں ہارنا چاہیے۔ ایسے موقعوں پر غبارے میں سوار لوگ کیا کرتے ہیں؟ ایسے موقعوں پر غبارے کا فالتو بوجھ نیچے پھینک دیا جاتا ہے۔ لہٰذا الوداع اے کیلوں کے گچھے...!‘‘

یہ کہہ کر اس نے کیلے نیچے تاریکی میں پھینک دیے۔ اب ان کے نیچے ہونے کی رفتار کم پڑ گئی اور اس کے بعد بالکل ٹھہر گئی۔ قالین اوپر کو اُٹھا اور ہوا کے ایک ریلے پر پہنچ کر پھر اپنی پہلی اونچائی پر واپس آ گیا۔

ژینیا یہ جاننے کی خواہش میں مرا جا رہا تھا کہ آخر یہ سب چکر ہے کیا۔

’’وولکا! یہ بڑے میاں کون ہیں؟‘‘ اس نے آہستہ سے پوچھا۔

’’پھر بتاؤں گا... زمین پر پہنچ جانے دو۔‘‘ وولکا نے جواب دیا۔ اس وقت اپنا لبادہ ژینیا کو اُڑھا دیا اور تھوڑی دیر میں وہ تینوں سو گئے۔

❈ ❈ ❈

<h1 style="text-align:center">میرے دوست سے ملو</h1>

کسی فانوس کی بلّوریں جھالر کے ٹن ٹنانے کی خوش گوار آواز سے وولکا کی آنکھ کھل گئی۔ اس نے اونگھتے ہوئے سوچا کہ خطابچ اپنے جادو منتر میں مصروف ہیں۔ لیکن بڑے میاں تو مزے سے سنّا رہے تھے اور ٹن ٹن ان کی آواز ان کی ڈاڑھی اور قالین کے کناروں پر جمے ہوئے برف کے قطروں کے آپس میں ٹکرانے سے آرہی تھی۔

مشرق میں نہایت گرم سورج نکل رہا تھا۔ گرمی بڑھتی گئی اور قالین پر جمی ہوئی برف پگھلنے لگی۔ خطابچ نے کروٹ بدل کر اس طرح خرّاٹے لینا شروع کیے گویا ان کی ناک میں بانسری ٹھنسی ہوئی ہے۔

گرمی اور نمی کی وجہ سے ژینیا بھی جاگ گیا اور وولکا کے سر دکان میں کھسر پھسر کرنے لگا، ''بتاؤ تو یہ بڑے میاں کون ہیں؟''

''تم لڑکوں سے میرے متعلق کوئی ذکر تو نہیں کرو گے؟''

''کیوں؟''

''بڑے میاں کو یہ بات مطلق پسند نہیں۔''

''کیا بات پسند نہیں؟''

''وہ لوگ میرے بارے میں بک بک کرتے پھریں۔''

''ہونہہ''

''ہونہہ! تم نے زبان کھولی اور پھر کسی ریگستان میں پھینک دیے جاؤ گے''۔

ژینا کو یقین نہیں آیا۔

وولکا نے ایک نظر جن پر ڈالی اور پھر ژینا کے قریب کھسک کر چپکے سے کہا،''تمہارا خیال ہے میں سٹری ہو گیا ہوں؟''

''کیا بے وقوفی کا سوال ہے!''

''بالکل ذرا سا بھی خبطی نہیں ہوں؟''

''بالکل نہیں۔''

''اچھا تو مانو نہ مانو، یہ بڑے میاں جن ہیں۔ اصلی الف لیلہ والے سچ مچ کے جن!''

''ہا ہا ہا!''

''اور انھوں نے ہی امتحان میں میرا اسپڑا کروا دیا۔ خود بولتے گئے اور میں کے بے تکے جواب طوطے کی طرح دہراتا رہا لیکن میرے فیل ہونے کا بالکل ذکر نہ کرنا۔ انھوں نے قسم کھائی تھی اگر میرے استادوں نے مجھے فیل کر دیا تو وہ سب کو جان سے مار ڈالیں گے اور اب میں وردارا اسٹپا نو ونا کو مصیبت سے بچانے کی فکر میں ہوں۔ سارے وقت ان کا دھیان لگا رہتا ہے۔ سمجھے؟''

''بالکل نہیں سمجھا۔''

''اچھا تو چپکے بیٹھے رہو...کم از کم...''

''اچھا! تو انھوں نے ہی مجھے ہندوستان پھنکوا دیا تھا؟''

''ہاں اور یہی تم کو ہندوستان سے واپس لائے ہیں۔ اگر سچی بات جاننا چاہتے ہو تو تم کو وہاں اس لیے بھیجا تھا کہ وہاں غلام بنا کر بیچ دیے جاؤ''۔

ژینا کھلکھلا کر ہنس پڑا۔

''چپ...کہیں ان کی آنکھ نہ کھل جائے''۔

لیکن بڑے میاں جاگ پڑے اور ایک جماہی لی۔''صبح بخیر اے ابنِ الوشا! کیا یہی تمہارا دوست ژینا ہے؟''

''جی ہاں۔ان سے ملیے ....'' وولکانے ایسے کہا کہ گویا بے حد معمولی تعارف تھا اور وہ لوگ زمین سے بہت اوپر ایک طلسمی قالین پر اُڑتے ہوئے نہیں جا رہے تھے۔

''بہت خوشی ہوئی آپ سے مل کر۔'' جن نے سنجیدگی سے کہا۔ پھر چند سیکنڈ نئے لڑکے کو غور سے دیکھا گویا وہ اس قابل ہے یا نہیں کہ ان سے اخلاق سے بات کی جائے۔ پھر مسکرائے کہ وولکا نے اپنے دوست کے انتخاب میں غلطی نہیں کی تھی۔

''میری خوشی کی کوئی انتہا نہیں! جو میرے آقا کا دوست وہ میرا بھی دوست ہے۔''

''آقا؟'' ژینیا نے پوچھا۔

''آقا اور محسن!''

''محسن....؟'' ژینیا پھر ہنسا۔

''ہنسنے کی کوئی ضرورت نہیں ہے۔'' وولکا نے ڈانٹ بتائی اور بہت مختصر طور پر وولکا نے ژینیا کو وہ پورا صراحی کا قصہ سنا دیا جو ہمارے پڑھنے والوں کو پہلے ہی معلوم ہو چکا ہے۔

<h1 style="text-align:center">ہم پر رحم کیجیے جہاں پناہ</h1>

دو مرتبہ قالین بادلوں میں سے گزری اور جن کی ڈاڑھی بھیگی اور وہ اپنا جادو کرنے سے قاصر رہے۔ اس وجہ سے کھانے پینے کے لیے بھی کچھ نہ حاضر کر سکے اور اب ہمارے دونوں دوستوں کو بھوک لگ رہی تھی اور اُڑان تھی کہ ختم ہونے کو نہ آتی تھی۔

وہ بے حد اُکتا چکے تھے اور تکان کے مارے الگ حالت خراب تھی۔ قالین بہت آہستہ آہستہ جا رہا تھا اور اب وہ لوگ گھاس کے وسیع میدانوں کے اوپر سے گزر رہے تھے۔ کبھی کبھار ایک آدھ شہر یا دریا نظر آجاتا ورنہ دور دور تک صرف گھاس کے میدان اور گیہوں کے کھیت پھیلے ہوئے تھے۔ یہ روس کا جنوبی حصہ تھا۔ اتنے میں اچانک ان کی آنکھوں کے سامنے نیلا پانی جھلملانے لگا۔ دوسری طرف پہاڑوں کا سلسلہ نظر آرہا تھا۔

’’بحیرۂ اسود۔‘‘ لڑکوں نے ایک ساتھ کہا۔

’’غضب ہو گیا۔ ہم لوگ سیدھے سمندر کی طرف جا رہے ہیں۔‘‘ بڑے میاں چلّائے۔ لیکن خوش قسمتی سے ہوا کے ایک ریلے نے قالین کا رُخ کوہ قاف کے ساحل کی طرف موڑ دیا اور وہ لوگ پھر بادلوں میں گھر گئے۔

بادلوں کے ایک سوراخ میں سے جھانک کر زینیا نے دیکھا کہ نیچے ’توآپسے‘ کا شہر اور بندرگاہ نظر آرہے تھے۔

پھر کہرا گہرا ہو گیا۔ مسافروں کے کپڑے پھر بھیگ گئے اور قالین بھیگ کر پھر نیچے اُترنے لگا۔ اتنے میں نیچے سوچی کا مشہور شہر ڈوبتے سورج کی تیز کرنوں میں جگمگایا اور قالین

اور نیچے اُترتے ہوئے سوچی مات سیتا کی شاہراہ پر سے گزرا جس کے دونوں طرف بنے ہوئے پرانے زمانے کے محل اب عام لوگوں کی تفریح اور آرام کرنے کے مکانوں میں تبدیل کر دیے گئے تھے۔ تینوں مسافر یہ سوچ کر لرز گئے کہ چند سیکنڈ میں وہ لوگ زمین سے جا ٹکرائیں گے اور بہت بُری طرح مریں گے۔ ایک لمحے کے لیے انھیں ایک وادی پر بنا ہوا ایک خوب صورت پُل نظر آیا۔ درختوں کی پھنگنیں اب ان کے بہت قریب آ گئی تھیں۔ ایک صحت گاہ کی برقی سیڑھی ان کے نیچے سے گزر گئی جو ساحل پر نہانے والوں کو ایک چھوٹی سی گاڑی میں بٹھا کر پہاڑی کے اوپر پہنچا دیتی تھی۔

چند منٹ بعد قالین ایک صحت گاہ کے نہانے کے تالاب میں جا گرا۔ عمارت سنسان پڑی تھی کیونکہ چھٹی منانے والے سب لوگ دوپہر کا کھانا کھانے کے لیے ڈائننگ ہال میں جا چکے تھے۔ پانی میں پھچ پھچ کرتے تینوں مسافر تالاب سے باہر نکلے۔

”ہمارا حشر اس سے زیادہ خراب ہو سکتا تھا۔“ وِلکا نے چاروں طرف دیکھتے ہوئے کہا۔

”ہاں، ہم لوگ کسی عمارت یا پہاڑ سے آ ٹکراتے تو تینوں کا بھرتا بن جاتا۔“ ژینیا نے جواب دیا۔

وہ تینوں تالاب کے کنارے کرسیوں پر ٹک گئے اور کپڑے اُتار کر نچوڑے۔

”کاش میری ڈاڑھی سوکھ جاتی۔“ بڑے میاں نے کہا۔

”چلو، باورچی خانہ تلاش کریں۔ وہاں چولھے کے پاس آپ ڈاڑھی سکھا لیجیے۔ افوہ! بھوک کے مارے میری حالت تباہ ہے۔“

”میری بھی۔“ وِلکا نے کہا۔

”یہ سب میرا قصور ہے۔ ہائے، ہائے، ہائے۔“ جِن نے کہا۔

”نہیں، نہیں۔ مگر چلو باورچی خانہ ڈھونڈا جائے۔“

سنسان ٹینس کورٹ سے گزر کر وہ لوگ کوئلے کی کانوں کے مزدوروں کے آرام اور تفریح کی شاندار مرمریں عمارت کے سامنے پہنچے۔ ایک بہت بڑے فوارے سے پانی اُچھل اُچھل کر تیسری منزل تک پہنچ رہا تھا۔ ساری کھڑکیوں میں روشنی ہو رہی ہی تھی۔

’’اب ہمارا خاتمہ یقینی ہے،‘‘ بڑے میاں نے گھبرا کر کہا۔ ’’ہم کسی زبردست بادشاہ کے محل میں آن پہنچے ہیں۔ اس کے حبشی غلام ابھی آ کر ہمارے سر کاٹ ڈالیں گے۔ سارا قصور میرا ہے ... سارا قصور میرا ہے ... ہائے ، ہائے ... یا اللہ ... یا اللہ ... یا اللہ!‘‘

ژینیا پھر ہنس پڑا۔ وولکا نے اس کو کہنی مار کر ہنسنے سے منع کیا۔

’’کیسے حبشی غلام اور سرکس کے کاٹے جائیں گے بڑے میاں؟ یہ تو ایک معمولی صحت گاہ ہے۔ میرا مطلب معمولی سے معمولی، نہیں بلکہ اچھی ہے اور اس طرح کی صحت گاہیں سوچی میں بے شمار ہیں۔‘‘

’’او ابنِ الوشا! تمھارے لکڑ سکڑ دادا بھی پیدا نہیں ہوئے تھے اس وقت اس محلوں سے واقف تھا اور ... ارے رے ... وہ دیکھو شاہی پہرے دار آ رہے ہیں۔‘‘

لڑکوں کو بھی زینے پر قدموں کی آہٹ سنائی دی۔

’’جعفر ... ہم لوگ کھانے کے بعد انھیں ڈھونڈیں گے۔ اتنی رات گئے تو وہ غائب ہونے سے رہے۔ جعفرا۔‘‘

’’سنا تم نے،‘‘ بڑے میاں نے دونوں لڑکوں کو کھینچ کر تیزی سے ایک جھاڑی میں چھپا دیا۔ ’’یہ پہرے کا افسر تھا۔ کھانے کے بعد ہمیں پکڑ لے گا اور میری ڈاڑھی جو کی توں بھیگی ہوئی ہے۔‘‘ اس وقت ان کو ایک بنچ پر دو تولیا پڑی ہوئی نظر آئیں۔

’’شکر الحمد للہ! اب میں ڈاڑھی خشک کرتا ہوں۔‘‘ مگر تولیا اٹھانے کے بعد وہ چلّائے، ’’لاحول و لا قوۃ! یہ کم بخت بھی گیلی ہیں۔‘‘ پھر بھی انھوں نے ڈاڑھی پونچھنا شروع کر دی۔

عین اسی وقت سرخ ڈریسنگ گاؤن میں ملبوس ایک لمبے قد کا آذر بائیجانی جھاڑیوں کے پیچھے سے نمودار ہوا۔

’’آہا ... یہ رہے ... بڑے میاں یہ تولیا آپ کے تو نہیں؟‘‘ اس نے پوچھا۔

’’رحم کیجیے ... اے عالم پناہ!‘‘ حطانچ سجدے میں گر کر چلّائے۔ ’’میرا سر قلم کر دیجیے مگر یہ دونوں بچے معصوم ہیں، ان پر رحم کیجیے۔‘‘

”حطانچ! یہ کیا حماقت ہے؟“ وولکا نے جھینپتے ہوئے کہا۔ ”کھڑے ہو جاؤ سیدھی طرح ... عالم پناہ بادشاہ سلامت کون ہے؟ یہ صاحب تو یہاں سیر و تفریح کے لیے آئے ہوئے ہیں۔“

”جب تک یہ سلطان عالم تمھاری جان بخشی نہ فرمائیں گے میں یوں ہی پڑا رہوں گا۔“

”بھئی، تم میری بے عزتی کیوں کر رہے ہو ... میں سلطان ولطان نہیں ہوں۔ عام سوویت شہری ہوں ... میرا نام جعفر علی محمدوف ہے اور میں زمین کھودنے والوں کا فورمین ہوں۔ تم جانتے ہو باکو کہاں ہے۔“

حطانچ نے سر ہلا دیا۔

”اور بی بی ائبات؟“

جن نے پھر سر ہلا دیا۔

”اخبار نہیں پڑھتے کیا؟ اور تم گھٹنے کیوں ٹیکے ہوئے ہو؟ یہ بڑی افسوس ناک اور نامعقول بات ہے۔ ہمیں شرم آتی ہے ... اُٹھو۔“ محمدوف نے بڑے میاں کو ہاتھ سے کھینچ کر کھڑا کر دیا۔

”سنیے۔“ وولکا نے محمدوف کے کان میں کہا۔ ”بڑے میاں ذرا سنکی ہیں۔ ان کی باتوں کی پروا نہ کیجیے مگر مصیبت ہماری ہے کہ ہم لوگ پانی میں شرابور ہو چکے ہیں۔“

”کیا تم بھی پہاڑ پر بارش میں بھیگ گئے؟ میں بھی وہیں پھنس گیا تھا۔ ہائے ہائے بڑے میاں کو کہیں زکام نہ ہو جائے۔ بڑے میاں ... تمھاری شکل بہت مانوس سی معلوم ہوتی ہے۔ تم گانجی کے رہنے والے تو نہیں ہو؟ تم میرے اتا جان کے ایسے معلوم ہوتے ہو بالکل، حالانکہ وہ تم سے زیادہ بوڑھے ہیں۔ ان کی عمر اب تراسی سال کی ہے۔“ محمدوف نے کہا۔

”بادشاہ سلامت۔“ جن نے تن دہی سے جواب دیا۔ ”آپ کو معلوم ہونا چاہیے کہ میری عمر تین ہزار سات سو سینتیس برس کی ہے۔“

محمدوف نے یہ سن کر پلک بھی نہ جھپکائی بلکہ وولکا کو دیکھ کر ذرا سا اشارہ کر دیا۔ وولکا

بے چارہ اس وقت زور زور سے محمد روف کو آنکھ مارنے میں مصروف تھا۔

’’یقیناً... یقیناً... چچا جان... لیکن تمھاری تندرستی بہت اچھی ہے۔ آؤ ذرا گرم ہو لیں۔ پھر کچھ کھا پی بھی لو۔‘‘

’’جو حکم جہاں پناہ۔‘‘ بڑے میاں نے ڈاڑھی چھوتے ہوئے کہا جو اب تک خشک نہ ہوئی تھی مگر وہ بے حد اُداس تھے۔ ان کا ہزاروں سال کا تجربہ بتاتا تھا کہ اگر کوئی خلیفہ وقت یا سلطان تین اجنبیوں کو اپنے ساتھ کھانا کھانے کی دعوت دے تو اس کا مطلب ہے کہ یہ دعوت خطرے سے خالی نہیں۔ غالباً یہ جعفر علی ابن محمد انھیں محل کے اندر بلا کر دھوکے سے ان کے سر قلم کروا دے گا یا شیروں کے پنجرے میں چھوڑ دے گا۔ اس وقت بے حد احتیاط کی ضرورت تھی۔

وہ سب زینے پر چڑھنے لگے۔ ہال خالی پڑا تھا جس کی وجہ سے حطا بچ کا شبہ یقین میں تبدیل ہوگیا۔ اپنے کمرے میں لے جا کر محمد روف نے حطا بچ کو پاجامہ بدلنے کے لیے دیا اور کہا، ’’میں چند حکم دے کر ابھی آتا ہوں... اتنے میں آپ لوگ آرام کیجیے۔‘‘

’’او مکار سلطان! مجھے معلوم ہے تو کیا حکم دینے والا ہے۔ او ظالم سفاک بادشاہ! ایسے بھولے بھالے بچوں کو قتل کرواتے تجھے ذرا شرم نہیں آ رہی۔‘‘

بھولے بچے اس وقت کمرے پر نظر دوڑا رہے تھے۔ وولکا نے میز کا برقی پنکھا اُٹھا لیا اور خوشی سے چلایا، ’’یہ دیکھا؟‘‘ حطا بچ نے یہ شے پہلے کبھی نہ دیکھی تھی۔

’’اب تمھاری ڈاڑھی فوراً سوکھ جائے گی۔‘‘ اور واقعی پنکھے نے ڈاڑھی کو فوراً خشک کر دیا۔

’’ذرا میں دیکھ لوں کہ ڈاڑھی ٹھیک کام کرے گی یا نہیں۔‘‘ جن نے کہا اور بال توڑ۔ فوراً دونوں لڑکے اس کمرے کے بجائے تین میل دور ساحل کی گرم گرم ریت پر موجود تھے۔ حطا بچ نے تین بال اور توڑے اور گرما گرم بھنے گوشت، پھل پھلاری اور بسکٹوں سے بھری ہوئی ایک سینی وہیں ریت پر آ موجود ہوئی۔ حطا بچ نے چٹکی بجائی اور شربت سے بھری تانبے کی صراحیاں بھی حاضر ہو گئیں۔

"واہ بھئی ...مگر ہمارے کپڑے؟" ژیبنا نے کہا۔

"میں بھی بالکل بھلکڑ ہوتا جا رہا ہوں۔" خطابچہ نے کہا اور ایک بال اور توڑا ، لڑکوں کے کپڑے اور جوتے فوراً خشک ہو گئے۔ کپڑوں پر استری بھی ہوئی تھی اور جوتوں پر نیا پالش چمک رہا تھا۔

"اب یہ سلطان جعفر علی ابن محمد جتنے چاہے پہرے دار بلا لے، پروا نہیں۔" بڑے میاں نے شربت اُنڈیلتے ہوئے اطمینان سے کہا۔

"وہ سلطان بالکل نہیں ہیں اور بے چارے ہمارے لیے کھانے کا انتظام کرنے گئے ہیں۔"

"تم کل کے بچے یہ سب مکّاروں کی باتیں کیا جانو۔ لیکن مجھے معلوم ہے سلطانوں سے زیادہ مکّار اور دھوکے باز کوئی نہیں ہوتا۔"

"لیکن وہ سلطان نہیں، فورمین ہے۔ سمجھے کہ نہیں؟"

"اچھا بحث مت کرو ...کھانا کھاؤ۔"

"اچھا اور تم پاجامہ تو اسی بے چارے کا اُڑا لائے۔" ژیبنا نے کہا۔

"لا حول ولا قوۃ۔ میں کبھی چوری نہیں کرتا۔" خطابچہ نے جواب دیا۔

اگر صحت گاہ کے سارے آدمی اس وقت اس ڈائننگ ہال میں نہ ہوتے تو ان کو نظر آتا کہ ایک پاجامہ ساحل کی طرف سے اُڑتا ہوا آیا اور تیسری منزل کی ایک کھڑکی میں سے محمدوف کے کمرے میں داخل ہو گیا اور جا کر اسی کرسی پر رکھا گیا جس پر سے اُٹھا کر محمدوف نے اس اجنبی بوڑھے کو دیا تھا۔

اور محمدوف کھانے کے کمرے تک پہنچتے پہنچتے بوڑھے اور لڑکوں کے متعلق بالکل بھول چکا تھا۔

"تو لیا مل گئیں۔" اس نے اپنے کمرے کے ساتھی سے کہا۔ "ہم انھیں ساحل پر چھوڑ آئے تھے۔" اس کے بعد اس نے کھانا شروع کر دیا۔

✤ ✤ ✤

اَن پڑھ ِجن ہونا بڑی کوفت کی بات ہے

ابھی محمدوف نے کھانا شروع ہی کیا تھا کہ وہ بادل جو ہم راستے میں چھوڑ آئے تھے، اس مقام پر آن پہنچے اور زور زور کی بارش ہونے لگی اور اس جگہ بھی جل تھل ہو گیا جہاں حطابچ کی بدولت بے چارے لڑکوں کو سمندری ساحل پر رات بسر کرنی تھی۔ خوش قسمتی سے انھوں نے بارش اور آندھی آتی دور سے دیکھ لی تھی۔ سب سے زیادہ ضرورت یہ تھی کہ حطابچ کی ڈاڑھی نہ بھیگے۔ آسان بات یہ تھی کہ جنوب کی طرف اُڑا جائے مگر اتنی اندھیری رات میں کسی پہاڑ سے جا ٹکرانے کا بھی خطرہ تھا۔

اس وقت تو وہ لوگ جھاڑی میں چھپ گئے اور سوچنے لگے کہ کیا کریں۔

’’آ گئی ترکیب...‘‘ ژینیا چلّایا۔ ’’بڑے میاں کی ڈاڑھی میں تیل لگا دیں۔‘‘

’’تو پھر...؟‘‘ بڑے میاں نے پوچھا۔

’’وہ پانی سے نہیں بھیگے گی۔‘‘

’’بالکل ٹھیک۔‘‘ وولکا نے کہا۔ حالانکہ اسے ذرا جلن محسوس ہوئی کہ اتنا عمدہ سائنٹفک خیال ژینیا کے بجائے اسے کیوں نہ آیا۔

حطابچ نے دو بال توڑے اور ڈاڑھی میں بہترین ناریل کا تیل لگ گیا۔ دو بال اور توڑے اور ایک بہترین مرمریں غار ساحل پر نمودار ہو گیا اور جبکہ باہر کوہ قاف کے کنارے پر جون کے مہینے کی جھڑی لگی۔ اس غار کے اندر تینوں مرغ مسلّم کھانے کے بعد ایرانی

قالینوں پر پڑے سنّا رہے تھے۔

سمندر کی موجوں کی آواز سے صبح ان کی آنکھ کھلی، سنسان ساحل پر جا کر تینوں نہائے۔ غار پل کے پل میں غائب ہو گیا۔

لڑکے سمندر میں نہانے میں مصروف تھے کہ اوپر سے ایک ہوائی جہاز اُڑتا ہوا ایئرپورٹ کی سمت جاتا نظر آیا۔

''کاش ہم لوگ اس ہوائی جہاز میں ماسکو جا سکتے۔'' ژینیا نے کہا۔

بڑے میاں نے جیب سے چاندی کے تار ایسی کوئی چیز نکالی اور اس کے کئی ٹکڑے کیے اور وہ اب تینوں مزے سے ہوائی جہاز میں بیٹھے ہوئے تھے۔ سب سے زیادہ عجیب بات یہ تھی کہ دوسرے مسافروں نے ان تینوں کی طرف مطلق توجہ نہیں دی گویا یہ لوگ شروع سے ہی باقی سب مسافروں کے ساتھ سوار ہوئے تھے۔

''حطابچ، وہ چاندی کا تار کیسا تھا؟'' وولکا نے پوچھا۔

''میری ڈاڑھی کا بال تھا۔'' جن نے ذرا جھینپ کر جواب دیا۔

''مگر تم نے اسے اپنی جیب میں سے نکالا تھا۔''

''میں نے ڈاڑھی میں تیل لگانے سے پہلے ایک بال توڑ کر جیب میں رکھ لیا تھا کیونکہ مجھے پورا یقین نہیں تھا کہ تیل کی وجہ سے ڈاڑھی گیلی نہیں ہو گی۔''

''تم کو سائنس کا یقین نہیں ہے؟'' ژینیا نے کہا۔

''مجھے سارے علوم آتے ہیں مگر یہ علم کیسا ہے جس کے ذریعے تمہیں معلوم ہو جاتا ہے کہ تیل لگانے سے ڈاڑھی نہیں بھیگے گی؟'' پھر بات بدلنے کے لیے انھوں نے کہا، ''یہ اُڑن کھٹولا کتنا آرام دہ اور تیز رفتار ہے۔ پہلے جب مجھے خیال ہوا کہ میں ایک بہت بڑی لوہے کی چڑیا میں بیٹھا ہوں تو مجھے بہت حیرت ہوئی۔''

اسی وقت بڑے میاں کو ذرا سا چکر آ گیا۔ وہ بہت تھکے ہوئے بھی تھے، ماسکو تک وہ مزے سے اونگھتے گئے۔ نیچے ماسکو کا سمندر لہریں مار رہا تھا۔

وولکا نے بڑے فخر سے حطابچ کو بتایا، ''یہ سمندر میرے ماموں نے بنایا ہے۔''

”یہ سمندر؟“

”ہاں۔“

”تمھارے ماموں نے؟“

”ہاں۔“

تمھارا مطلب ہے کہ تم اللہ تعالیٰ کے بھانجے ہو؟“

”میرے ماموں انجینئر ہیں۔ ان کا نام ولادیمیر نکیر اساف ہے۔ وہ زمین کھودنے کی مشین کے انچارج ہیں اور ان دنوں وہ کوئی بی شیف سمندر کھودنے میں مصروف ہیں۔“

”یا اللہ!“ جن نے غصّے سے سرخ ہوکر کہا۔ ”میں تمھاری عزّت کرتا تھا۔ تمھاری باتوں کا یقین کرتا تھا اور اب تم ایسے سفید شرمناک جھوٹ بول رہے ہو!“

”ولادیمیر نکیر اساف تمھارے ماموں ہیں؟ واقعی؟“ پچھلی سیٹ پر بیٹھے ہوئے ایک مسافر نے سوال کیا۔

”جی ہاں۔ وہ میری والدہ کے چچازاد بھائی ہیں۔“

”تم نے پہلے کیوں نہ بتایا۔ اس لڑکے کا ماموں اتنا زبردست قابلِ سائنس داں ہے اور یہ لڑکا خاموش بیٹھا ہوا ہے۔ حد ہوگئی! میں بھی ابھی کوئی بی شیف سمندر سے ہی آرہا ہوں۔ میں بھی اسی حصے پر کام میں مصروف ہوں۔“

”لیکن یہ میرا یقین نہیں کرتے کہ ماموں جان نے ماسکو سمندر بنایا ہے۔“ ولکا نے اُداسی سے بڑے میاں کی طرف اشارہ کرکے جواب دیا۔

”ارے رے ... بھائی شہری! ... یہ کیا بات ہوئی۔ ولادیمیر نکیر اساف نے یہ سمندر کھودا تھا اور اب ایک اور سمندر کھود رہے ہیں اور اگر ایک اور سمندر کھودنے کی ضرورت ہوئی تو وہ تیسرا سمندر بھی کھود ڈالیں گے ... کیا بات ہے، آپ اخبار نہیں پڑھتے؟ یہ دیکھیے۔“ مسافر نے اپنے بستے سے ایک اخبار نکال کر اس میں ایک تصویر دِکھائی۔

”یہ رہے ماموں جان۔“ ولکا چلّایا۔ ”میں یہ اخبار لے سکتا ہوں؟ اماّں کو دِکھاؤں گا۔“

”ضرور ... اب بھی آپ کو یقین نہیں؟‘‘ مسافر نے جن سے کہا۔ ”یہ مضمون پڑھیے!‘‘

”ہمارے سمندروں کے معمار ... یہ مضمون نیکر اساف کے متعلق ہے۔‘‘

”آپ کا بھی اس میں ذکر ہے؟‘‘ ژینیا نے پوچھا۔

”زیادہ تر یہ مضمون نیکر اساف کے بارے میں ہے۔ میں اتنا مشہور نہیں ہوں۔‘‘

حطابچ نے اخبار لے کر یہ ظاہر کیا کہ یہ اسے پڑھ رہے ہیں۔ انھیں پڑھنا تو آتا نہیں تھا لیکن وہ اس بات کا اقرار بھلا کیسے کرتے؟

چنانچہ ایئرپورٹ سے گھر جاتے ہوئے انھوں نے لڑکوں سے کہا کہ انھیں لکھنا پڑھنا سکھا دیں کیونکہ جب راستے میں اس آدمی نے ان کو وہ مضمون پڑھنے کو دیا تھا تو انھیں بے حد شرم آئی تھی۔

لڑکوں نے وعدہ کیا کہ وہ ان کو جلد از جلد اخبار پڑھنا سکھا دیں گے کیونکہ بڑے میاں اخبار کے ذریعے اپنی تعلیم شروع کرنا چاہتے تھے۔

”تاکہ مجھے پتا رہے کہ کون سا سمندر کہاں بنایا جا رہا ہے۔‘‘ انھوں نے شرماتے ہوئے کہا۔

سب سے زیادہ امیر کون ہے

’’آؤ سیر کے لیے چلیں۔‘‘ اگلے روز انھوں نے وولکا سے کہا۔

’’اس شرط پر کہ تم بس کو دیکھ کر دیہاتی گھوڑے کی طرح بِدک نہ جاؤ لیکن تو مدتوں سے دیہاتی گھوڑوں کو بھی بسوں کی عادت پڑ چکی ہے اور اب یہ وہم چھوڑ دو کہ یہ سیدھی سادی روسی موٹریں اور انجن جرجیس کے عفریت ہیں۔‘‘

’’جو حکم او ابنِ الوشا!‘‘

’’اچھا تو میرے ساتھ دہراؤ۔‘‘

’’میں ان چیزوں سے کبھی نہیں ڈروں گا۔‘‘

’’بسیں، ٹرالی بسیں، ٹرالی موٹریں، ٹرک، ہیلی کاپٹر۔‘‘

’’بسیں، ٹرالی بسیں، ٹرالی موٹریں، ٹرک، ہیلی کاپٹر۔‘‘

’’موٹریں، سرچ لائٹ، زمین کھودنے کی مشین، ٹائپ رائٹر۔‘‘

’’موٹریں، سرچ لائٹ، زمین کھودنے کی مشین، ٹائپ رائٹر۔‘‘

’’گرامو فون، لاؤڈ اسپیکر، بجلی کی جھاڑو۔‘‘

’’گرامو فون، لاؤڈ اسپیکر، بجلی کی جھاڑو۔‘‘

’’بجلی کے پلگ، ٹیلی ویژن سیٹ، چوں چوں بولنے والے ربر کے کھلونے۔‘‘

’’بجلی کے پلگ، ٹیلی ویژن سیٹ، چوں چوں بولنے والے ربر کے کھلونے۔‘‘

”میرے خیال میں اتنا کافی ہے۔‘‘ وولکا نے کہا۔

”میرے خیال میں اتنا کافی ہے۔‘‘ جن نے دہرایا۔

وولکا کو ہنسی آ گئی۔ بڑے میاں بھی ہنس پڑے۔ بڑے میاں کا دل مضبوط کرنے کے لیے وولکا نے ان کو ٹریفک سے بھری ہوئی سڑک بیس بیس بار پار کرائی۔ بہت دیر تک ایک ٹرالی بس میں سواری کی اور اس کے بعد ایک بس میں چڑھے۔ وولکا نے اپنی سیٹ پر بیٹھ کر بچوں کا ایک اخبار پڑھنا شروع کر دیا۔ بڑے میاں کچھ سوچ کر مسکرانے لگے۔ گھر پہنچ کر وولکا کے کمرے میں داخل ہوتے ہی بڑے میاں نے کہا، ”تمھاری عمارت میں رہنے والے بچوں کو تمھاری عزت کرنی چاہیے۔ لوگ وولکا، وولکا کہہ کر تمھیں پکارتے ہیں تو مجھے بڑا رنج ہوتا ہے۔ تم نے ان سب کو ڈھیل دے رکھی ہے۔ تم دنیا کی امیر ترین ہستی ہو۔ وہ لوگ تمھاری برابری کس طرح کر سکتے ہیں؟‘‘

”اس لیے کہ وہ سب میرے برابر کے ہیں۔ ایک لڑکا تو مجھ سے ایک درجہ آگے ہے اور روپے کے لحاظ سے ہم سب برابر ہیں۔ امیر غریب کوئی نہیں۔‘‘

”تم غلطی پر ہو ابن الوشا... یہ دیکھو!‘‘ بڑے میاں اسے کھڑکی کے پاس لے گئے۔ اور باہر وولکا نے ایک انوکھا نظارہ دیکھا۔ چند لمحے پہلے صحن میں ایک والی بال گراؤنڈ، ننھے بچوں کے کھیلنے کے لیے بالو کا ڈھیر، جھولے، سیڑھیاں اور پھولوں کی کیاریاں بنی تھیں۔

ان کی بجائے اب اس جگہ پر پرانی ایشیائی وضع کے تین بے حد شاندار سنگِ مرمر کے محل کھڑے جگمگا رہے تھے۔ بڑے بڑے ستون، سایہ دار چمن، رنگ برنگے انوکھے پھول، چمکیلے فوارے، ہر محل کے دروازے پر دو دو دیوزاد تلواریں سونتے پہرے دے رہے تھے۔ وولکا اور حطاچ صحن میں اُترے۔ وولکا کو دیکھتے ہی دیوزاد سجدے میں گر گئے اور گرجدار آواز میں اسے سلام کیا۔ ان کے منہ سے شعلے نکل رہے تھے۔ وولکا ڈر کے مارے تھر تھر کانپنے لگا۔

”ڈرو مت میرے آقا۔ یہ عفریت بالکل بے ضرر ہیں۔‘‘ حطاچ نے کہا۔

”حکم دو آ قا سلامت...‘‘ دیوزادوں نے پھر سجدہ کر کے کہا۔

''اُٹھ کھڑے ہوبھئی ۔ یہ بار بار تم لوگ زمین پر کیوں گر جاتے ہو؟ یہ پرانے جاگیر
داروں کے زمانے کی رسم ہے ۔ آئندہ اس طرح زمین پر مت رینگنا۔تم کوشرم آنا چاہیے ۔''
وولکانے ڈانٹ بتائی۔دونوں عفریت ایک دوسرے کو دیکھ کر چپ چاپ اُٹھ کھڑے ہوئے ۔

''آؤ،اب تمھارے محل دیکھیں۔''وولکا نے سیڑھیاں چڑھتے ہوئے کہا۔

''یہ میرے نہیں تمھارے محل ہیں،نوجوان آقا۔''جن نے جواب دیا مگر وولکا نے سُنی
اَن سنی کردی۔

پہلامحل سارا کا سارا گلابی سنگِ مرمر سے بنا تھا،اس کے دروازے صندل کے تھے
جس میں چاندی کی کیلیں اور یاقوت جَڑے تھے ۔

دوسرامحل ہلکے نیلے سنگِ مرمر کا تھا۔اس کے دروازے آبنوس کے تھے اور ان میں
سونے کی کیلیں اور ہیرے اور زمرد جَڑے تھے ۔ اس محل کے آنگن میں بہت بڑی سرخ
مچھلیاں تیر رہی تھیں ۔

تیسرامحل اتنے زوروں سے جگمگا رہا تھا کہ وولکا کو ماسکو کی زمین کے نیچے چلنے والی
ریلوے کا سب سے بڑا اسٹیشن یاد آ گیا۔

تینوں محلوں کے دروازوں پر سونے کی تختیوں پر یہ الفاظ لکھے تھے : ''اس شہر کے
نوجوانوں کے سردار، عقل مند ترین، حسین ترین، جغرافیہ اور دوسرے علوم کے قابل ترین
طالب علم، تیرا کی اور والی بال کے ماہر، بلیئرڈز، ٹیبل ٹینس کے چمپیَن، شاہی نوجوان پانیر
نورِچشمی وولکا ابن الوشا سلّمہٗ اِن محلوں کے مالک ہیں ۔''

''اجازت دو کہ جب تم مع اپنے والدین کے یہاں آ کر رہو تو ایک کوٹھری میں،میَں
بھی پڑ رہوں۔''حطابچ نے کہا۔

''پہلی بات تو یہ کہ یہ عبارت بہت زیادہ شاعرانہ ہے ۔ ہم کو نئی تختیاں لگانا
ہوں گی ۔''وولکا نے کہا۔

''میری نظر کمزور ہوگئی ہے ۔''بڑے میاں نے ندامت کے ساتھ کہا۔''ظاہر ہے کہ
یہ تختیاں ہیرے جواہرات کی ہونا چاہیے تھیں ۔''

’’نہیں، نہیں۔ تم سمجھے نہیں۔ ان تختیوں پر یہ لکھنا چاہیے کہ یہ عمارتیں محکمۂ تعلیم سے تعلق رکھتی ہیں ...اس ملک کے سارے محل محکمۂ تعلیم کے حصے میں آتے ہیں ...یا صحت گاہوں کے محکمے سے تعلق رکھتے ہیں۔‘‘

’’کون سا محکمۂ تعلیم؟‘‘

’’میں سمجھتا ہوں کہ ہمارے ضلع کے محکمۂ تعلیم کو ان کا مالک ہونا چاہیے کیونکہ اس ضلع میں پیدا ہوا اور یہیں میں نے لکھنا پڑھنا سیکھا۔‘‘

’’مجھے اس سے کوئی مطلب نہیں کہ جناب محکمۂ تعلیم کون صاحب ہیں۔ ضرور کوئی اچھے آدمی ہوں گے لیکن کیا ان بزرگوار نے مجھے ہزاروں برس کی قید سے نجات دلائی ہے؟ نہیں ...میرے محسن تو تم ہو۔ لہٰذا تم ان محلوں کے مالک ہو۔‘‘

’’لیکن ...‘‘

وولکا نے بڑے میاں کو اتنے غصّے میں کبھی نہیں دیکھا تھا۔ ان کا چہرہ سرخ ہو گیا تھا اور آنکھوں سے آگ برس رہی تھی اور وہ بہت کوشش سے اپنا غصہ پینے میں مصروف تھے۔

’’چنانچہ تم کو میری رائے سے اتفاق نہیں اے نورِ نظر؟‘‘

’’میں ان محلوں کا کیا کروں گا؟ تم مجھے کیا سمجھتے ہو؟ میں کوئی کلب ہوں یا دفتر یا بچوں کا اسکول؟‘‘

’’پھر مجھے کوئی اور چیز تیار کرنی پڑے گی۔‘‘

محل دھندلے ہو کر غائب ہو گئے۔ اس کے بعد دیوزاد بھی زور سے چیخے اور آسمان کی طرف اُڑ گئے۔

❖ ❖ ❖

باؤلے گاؤں میں اونٹ

محلوں کے بجائے اب صحن میں ہاتھیوں، اونٹوں اور خچروں کی ریل پیل ہوگئی۔ کاروان آ کر اُترنے لگے۔ سانولی رنگت کے مہاوتوں اور ساربانوں کی آوازیں، ہاتھیوں کی چنگھاڑ اور اونٹوں کے بلبلانے اور خچروں کے ہنہنانے اور گھنٹیوں کے سریلے شور میں مل گئیں۔ ایک چھوٹے قد کا آدمی ایک ہاتھی پر سے کودا اور زمین پر تین دفعہ اس نے اپنی ہاتھی دانت کی چھڑی ٹیکی۔ فوراً چمڑے کی بالٹیاں اُٹھائے خادم نمودار ہو گئے اور پیاسے جانوروں کی ڈکرانے کی آوازوں سے اور زیادہ غل مچا۔

’’یہ سب تمھارا ہے۔‘‘ خطابچ نے کہا۔ ’’یہ حقیر تحفہ قبول کرو۔‘‘

اب حالات قابو سے باہر ہوتے جا رہے تھے۔ ابھی تک وولکا محلوں کا مالک تھا۔ اب ہیرے جواہرات سے لدے کاروانوں، ہاتھیوں اور غلاموں کا مالک بن گیا۔

پہلے اس نے سوچا کہ خطابچ سے کہے کہ وہ ان بے کار تحفوں کو غائب کر دیں، پھر اسے خیال آیا کہ اگر اس نے ہوشیاری سے کام لیا ہوتا تو محل ماسکو شہر کے حصے میں آ جاتے۔ اس نے ایک ترکیب سوچی اور کہا، ’’آؤ ذرا ہم اونٹ پر سواری کریں۔ اتنی دیر تک یہ لوگ کاروانوں کی دیکھ بھال کرتے رہیں گے۔‘‘

’’ضرور، ضرور۔‘‘

اب سٹرک پر ایک اونٹ چلا جا رہا تھا جس پر وولکا اور بڑے میاں سوار تھے۔ بڑے

میاں بڑے اطمینان سے کوہان پر بیٹھے پنکھا جھل رہے تھے۔

’’اونٹ!...اونٹ!!‘‘ سڑک پر بچوں نے خوشی سے شور مچایا اور چاروں طرف سے اونٹ کو گھیر لیا۔

جیسے ہی اونٹ چوراہے پر پہنچا، ٹریفک کی بتی سرخ ہو چکی تھی لیکن اس نے عین اطمینان سے سڑک کی سفید لکیر کو پار کر لیا۔ وولکا نے اسے روکنے کی بہت کوشش کی مگر وہ کہاں ماننے والا تھا۔ وہ سیدھا چوراہے کے سپاہی کی طرف چلا جس نے جلدی سے جرمانے کی کتاب جیب سے نکال لی تھی۔

اتنے میں زور سے ہارن بجا اور ایک کار اونٹ کے سامنے آ کر رُک گئی۔ ڈرائیور نیچے اُتر کر اونٹ پر سوار وولکا کو ڈانٹنے لگا کیونکہ ابھی ایک زبردست حادثہ ہوتے ہوتے رہ گیا تھا۔

’’سڑک کے کنارے آ جاؤ‘‘ سپاہی نے نرمی سے کہا۔ وولکا نے بڑی مشکل سے اونٹ کو ایک طرف کرنے کی کوشش کی اور سڑک پر لگی ہوئی بھیڑ فوراً اپنی اپنی رائے پیش کرنے لگے۔

’’پہلی مرتبہ آج ماسکو کی سڑک پر لوگوں کو اونٹ کی سواری کرتے دیکھا۔‘‘

’’کتنا بڑا حادثہ ہو جاتا ابھی۔‘‘

’’کیوں صاحب، اگر بچہ اونٹ کی سواری کرنا چاہ رہا ہے تو اس میں کیا ہرج ہے؟‘‘

’’لیکن ٹریفک کے قاعدے قانون تو کسی کو نہیں توڑنے چاہئیں۔‘‘

’’اونٹ موٹر تو نہیں ہے کہ جب چاہو بریک لگا لو۔‘‘

’’پتا نہیں لوگ ماسکو میں اونٹ کہاں سے حاصل کر لیتے ہیں۔‘‘

’’چڑیا خانے سے پکڑ لائے ہوں گے۔‘‘

’’افوہ...کتنا بڑا حادثہ ہو جاتا مگر صاحب بچہ بھی کمال کا ساربان نکلا۔‘‘

’’سپاہی بالکل ٹھیک کہتا ہے۔‘‘

وولکا نے اونٹ پر سے جھک کر معافی مانگنا شروع کی۔ ’’اب ایسا نہیں ہوگا۔ جانے

دیکھیے۔ یہ اونٹ کے ناشتے کا وقت ہے۔ پہلی دفعہ ایسا ہوا ہے۔ معاف کیجیے۔''

''جی نہیں ... بڑا افسوس ہے ... مگر جرمانہ آپ کو دینا ہوگا۔'' سپاہی نے کہا۔

حطابچ نے وولکا کی آستین کھینچی ...''یہ لوگ تمھاری قدموں کی خاک بھی چومنے کے لائق نہیں ۔ان کے سامنے اپنی بے عزّتی نہ کراؤ۔''

وولکا نے بے صبری سے حطابچ کا ہاتھ جھٹک دیا پھر ایک بار وہی جغرافیہ کے امتحان والا واقعہ ہوگیا۔ اب پھر اپنے الفاظ اس کے بس میں نہ تھے۔

کہنا یہ چاہتا تھا ،''مہربانی سے اب مجھے جانے دیجیے۔ آئندہ یہ غلطی نہ کروں گا۔''مگر اس کے بجائے وہ زور سے گرجا،''او نامعقول بر تندِ از ... مجھے ہوا خوری کرنے سے روکتا ہے؟ تیری یہ ہمت؟ ذرا زمین پر گھٹنے ٹیک ورنہ تیری جان کی خیر نہیں ۔ اپنی ڈاڑھی کی قسم! میرا مطلب ان کی ڈاڑھی کی قسم ...''

اس پر حطابچ نے اطمینان سے اپنی ڈاڑھی پر ہاتھ پھیرا۔ سپاہی لڑکے کے یہ الفاظ سن کر سنّاٹے میں آ گیا۔

''میں اس شہر کا سب سے ہونہار اور قابل لڑکا ہوں ...تم تو میرے پاؤں چومنے کے لائق بھی نہیں ...میں حسین ہوں، عقل مند ہوں، قابل ہوں ...'' وولکا گرجتا رہا۔

''اچھا!'' سپاہی نے کہا۔''تھانے چلو، وہاں تمھاری قابلیت دیکھ لی جائے گی۔''

''میں یہ کیا بک رہا ہوں ۔ یہ تو بالکل غنڈہ گردی ہے۔'' وولکا نے دل میں سوچا مگر زبان پر پھر یہ الفاظ آ گئے،''خاموش ،اے گستاخ غلام ...اپنی جان کی خیر چاہتا ہے تو فوراً خاموش ہو جا۔''

اسی وقت حطابچ کا دھیان کسی اور طرف ہٹا اور وولکا کی زبان پھر اس کے قابو میں آ گئی۔ اونٹ پر سے ایک طرف کو لٹکے لٹکے اس نے مجمع سے بے حد عاجزی سے کہا،''شہر یو ...ساتھیو ...میری بات سنو ...کیا تمھارا خیال ہے، یہ میں بول رہا ہوں؟ یہ بوڑھا مجھ سے یہ باتیں کہلوا رہا ہے۔''

لیکن فوراً حطابچ نے پھر اس کی طرف توجہ کی اور وولکا نے دوبارہ چیخنا شروع کر دیا۔

”میرے غصّے سے ڈرو...میرا غصہ قہرناک ہے...میں تم سب کو بھسم کردوں گا۔“

اسے معلوم تھا کہ اس کی اس دھمکی سے کوئی بھی نہیں ڈرا۔ چند ایک کو غصہ آیا۔ باقی سب لوگ ہنس پڑے۔ پھر لوگوں کو وولکا کے متعلق فکر ہوگئی۔ ظاہر تھا کہ کوئی اسکول کا لڑکا اگر اس کا دماغ ٹھیک ہے تو اس طرح کی بکواس نہیں کرے گا۔

ایک عورت چلّائی، ”بے چارے بچے کو سرسام ہوگیا ہے۔ دیکھو پسینہ پسینہ ہو رہا ہے غریب۔ارے اس کے منہ سے تو دھواں نکل رہا ہے۔“

”خاموش او حقیر لونڈی!“ وولکا نے چیخ کر کہا مگر یہ دیکھ کر وہ لرز گیا کہ واقعی اس کے منہ سے دھواں نکل رہا ہے۔

لوگوں نے دوڑ کر ہسپتال کی گاڑی منگوائی۔ مجمع میں کھلبلی مچ گئی۔ اس ہنگامے سے فائدہ اُٹھا کر وولکا نے جن سے کہا، ”حسن عبدالرحمٰن! فوراً سے پیشتر اس اونٹ کو شہر سے باہر نکال لے جاؤ۔ سنا؟ فوراً...ایک دم...اسی منٹ۔“

”جو حکم میرے آقا...“

اسی وقت اونٹ مع اپنی سواریوں کے سڑک سے بلند ہو کر ہوا میں غائب ہوگیا اور مجمع کی سٹّی گم ہوگئی۔

ایک سیکنڈ بعد اونٹ شہر سے باہر جا اُترا جہاں وہ اپنی سواریوں سے ہمیشہ کے لیے رخصت ہوگیا۔

شاید وہ ابھی تک اس جگہ پر گھاس چر رہا ہے۔ تم اسے دیکھو تو فوراً پہچان لوگے کیونکہ اس کی نکیل، مہار اور کجاوے میں ہیرے جڑے ہیں۔

بینک میں کیا ہوا؟

ان سارے پریشان کن واقعات کے باوجود وولکا جب حطابیچ کے ہمراہ گھر لوٹا تو بہت خوش تھا کیونکہ اسے خزانوں سے لدے کاروانوں سے چھٹکارا حاصل کرنے کی ترکیب سوجھ گئی تھی۔

’’ان سب ہاتھی گھوڑوں کو رات بھر کے لیے نظروں سے اوجھل کردو ... ہمیں کل سویرے ہی اُٹھنا ہے۔‘‘

’’جو حکم میرے آقا ...‘‘

چنانچہ اس کاروان کو دیکھنے کے لیے صحن میں جو بھیڑ لگ گئی تھی، اچانک ان کے سامنے صحن بالکل خالی ہوگیا۔ لوگ حیران، پریشان اپنے اپنے گھر لوٹ گئے۔

وولکا نے جلدی سے کھانا کھایا اور سونے چلا گیا۔ گرمی بہت تھی اس لیے اس نے صرف ایک چادر اوڑھ لی۔

حطابیچ، جنات کے پرانے قاعدے کے مطابق اپنے آقا کی حفاظت کے لیے دروازے کی چوکھٹ میں لیٹ گئے مگر وہ کسی کو نظر نہ آ سکتے تھے۔

اتنے میں وولکا کی دادی امّاں اسے شب بخیر کہنے کے لیے اندر آئیں۔ جن سے ٹھوکر لگی اور گرتے گرتے بچیں۔

’’کوئی چوکھٹ پر لیٹا ہے۔‘‘ انھوں نے وولکا کے ابّا سے کہا جو اسی وقت دوڑے

دوڑے آئے۔

”کون لیٹا ہے؟ کیا چیز ہے؟“

”پتا نہیں کیا چیز ہے الوشائے...نظر نہیں آئی۔“

”امّاں تمھارا مطلب ہے کہ تم خالی جگہ سے ٹکرا گئیں؟“ وہ ہنس پڑے۔

”ہاں۔شاید...“ وہ بھی ہنسیں اور دونوں واپس چلے گئے۔

حطابچ رینگ کر وولکا کے پلنگ کے نیچے سرک گئے اور خاموش رہے۔ وولکا کی بھی سمجھ میں نہ آیا کہ وہ بے ڈھب بات کس طرح شروع کرے۔

”شب بخیر۔“ بڑے میاں نے آواز دی۔

”حطابچ...تم سے ایک بات کہنی ہے۔“

”میرے تحفوں کے متعلق؟“

”ہاں...کیا میں ان تحفوں کے ساتھ جو چاہوں کر سکتا ہوں؟“

”بالکل!“

”تم خفا تو نہیں ہوگے؟“

”ہرگز نہیں۔“

”قسم کھاؤ۔“

”قسم کھاتا ہوں۔“ حطابچ نے ذرا کھوکھلی آواز میں کہا۔

”اچھا، تو تم خفا نہیں ہوگے۔“

”کیا تمھیں یہ تحفے بھی پسند نہیں آئے؟ یہ تو محل نہیں ہیں مگر سچی بات کیوں نہیں کہتے کہ اپنے حقیر غلام کی دی ہوئی ہر چیز تمھیں بری لگتی ہے۔

”تم سوچو حطابچ کہ میں ان خزانوں کا کیا کروں گا۔“

”تم دنیا کے، اپنے ملک کے سب سے امیر انسان بن جاؤگے۔ دولت کا مطلب طاقت ہے۔ طاقت کا مطلب شان و شوکت ہے۔ عزت، خوشامدی درباری، عیش و آرام...دولت کا یہ مطلب ہے۔“

''دولت کے ذریعے خریدے ہوئے دوست اور شان کس کام کی؟ اپنے ملک کی خدمت سے جو عزت ملے وہ اصل چیز ہے۔''

''دولت دوسرے انسانوں کو اپنے قبضے میں لانے کی قدرت رکھتی ہے۔''

''ہمارے ملک میں ایسا نہیں ہوتا۔''

''اب تم یہ کہو گے کہ تمھارے ملک کے لوگ امیر ہونا نہیں چاہتے ... ہا ہا ہا ...''

''نہیں ... ضروری اور کارآمد کام کر کے لوگ روپیا کماتے ہیں، ایمانداری اور محنت کی کمائی۔''

''میں کب چاہتا ہوں کہ تم بے ایمانی سے روپیا کماؤ ... اگر یہ خزانے پسند نہیں تو ان کو نیچ روپے میں تبدیل کر لو اور یہ روپیا سود پر چلاؤ۔ ضرورت مندوں کو روپیا قرض دینا تو بہت اچھی بات ہے۔''

''کیا کہہ رہے ہو ... ایک سوویت انسان سود خور کیسے ہو سکتا ہے؟ اگر خون چوسنے والا کوئی ایسا شخص پیدا بھی ہو گیا تو لوگ اس کے پاس جائیں گے ہی کیوں؟ اگر کسی کو روپے کی ضرورت ہو تو وہ امداد باہمی کے محکمے سے یا کسی دوست سے قرض لے سکتا ہے۔''

''اچھا ... تو سارے شہر میں دکانیں کھول لو ... مشہورِ عالم سوداگر بن جاؤ گے۔''

''ہمارے ہاں حکومت اور کوآپریٹیو سوسائٹی ساری تجارت کے ذمے دار ہیں۔ اپنی ذاتی دکان میں سامان بیچ کر نفع خوری کرنا ... ہونہہ ...!''

''اچھا ... تو چیزیں تیار کرنا تو برا نہیں؟''

''ہاں ... چلو، اب تمھاری سمجھ میں آیا تو سہی۔''

''شکر ہے۔'' جن نے تلخی سے کہا۔ ''مجھے یاد پڑتا ہے کہ تمھارے والد محترم ایک فیکٹری میں فورمین ہیں۔''

''ہاں۔''

''اپنی فیکٹری کے سب سے اہم آدمی ہیں؟''

''نہیں ... ان کے اوپر انجینئر اور ڈاکٹر ہیں۔''

''اچھا تو اس دولت سے اپنے والد کو یہ کارخانہ خرید دو اور بہت سے کارخانے بھی وہ خرید سکتے ہیں۔''

''لیکن یہ کارخانہ تو پہلے ہی سے ان کا ہے۔''

''لیکن تم نے ابھی کہا...''

''وہ اس کارخانے کے، جس میں کام کرتے ہیں اور ملک کے سارے کارخانوں اور کانوں اور ٹرینوں اور زمینوں اور دریاؤں اور پہاڑوں اور اسکولوں اور دکانوں اور یونیورسٹیوں اور گلیوں اور محلوں اور تھیٹروں اور باغوں اور سنیما گھروں کے مالک ہیں۔ میں بھی ان سب چیزوں کا مالک ہوں اور ژنینا بھی اور اس کے اماں ابّا بھی۔''

''یعنی تمھارے والد کے اور بھی حصے دار ہیں؟''

''ہاں ...بیس کروڑ حصے دار ہیں ...اس ملک کے سارے باشندے ہمارے ساجھی ہیں۔''

''عجیب ملک ہے۔'' حطابچ نے بڑ بڑا کر کہا اور چپ ہو گئے۔

اگلی صبح اسٹیٹ بینک کی مقامی برانچ منیجر کو ٹیلیفون کی گھنٹی نے جگا دیا۔ اسے فوراً دفتر بلایا گیا تھا۔ وہ بھاگا بھاگا دفتر پہنچا تو کیا دیکھتا ہے کہ بینک کے صحن میں سامان سے لدا ہوا ہاتھیوں، اونٹوں اور خچروں کا کاروان کھڑا ہے۔

رات کے چوکیدار نے پریشانی سے کہا، ''ایک صاحب کچھ مال داخل کرنا چاہتے ہیں۔''

''اتنے سویرے...!''

چوکیدار نے ایک کاغذ منیجر کو تھما دیا۔ اسکول کی کاپی بک سے پھاڑے ہوئے ایک کاغذ پر بچکانہ لکھائی میں صاف صاف اور روشن حروف میں کچھ لکھا ہوا تھا۔ منیجر نے چوکیدار سے اس کے چٹکی کاٹنے کو کہا۔ چوکیدار اور زیادہ چکرایا پھر منیجر نے آنکھیں ملیں اور پرچہ پڑھا۔ ''ناممکن ... بالکل نا قابلِ یقین ... یہ شخص جو گمنام رہنا چاہتا تھا، سونے، چاندی اور جواہرات کی دو سو چھیالیس بوریاں جن کی قیمت ایک ارب پندرہ کروڑ چوبیس لاکھ سات

ہزار تین سو بارہ روبل دس کوپک تھی، اسٹیٹ بینک میں داخل کرنا چاہتا تھا۔''

پھر ایک اور کمال ہوا۔ پہلے ہاتھی، اونٹ، خچر جو خزانہ لائے تھے پھر ان کے مہاوت، ساربان اور ان کے بعد خود خزانے کی بوریاں پہلے تو ہلنے لگیں۔ پھر بھاپ بن کر اُڑ گئیں۔ ہوا کے جھونکے نے مینجر کے ہاتھ سے وہ پرچہ اُڑا دیا اور اسے جا کر وولکا کے کمرے میں پہنچا دیا جو گہری نیند سو رہا تھا۔ کاغذ جا کر اسی کاپی بک میں لگ گیا جس میں سے نکالا گیا تھا اور اس پر لکھے ہوئے الفاظ غائب ہو گئے۔

سب سے بڑا کمال یہ ہوا کہ بینک کے لوگ، مینجر، وولکا کے پڑوسی، خود وولکا... کسی کو بھی یہ واقعہ یاد نہ رہا۔

جِن حَسن عبدُالرّحمٰن

《 حصہ دوم 》

مترجم

قرۃ العین حیدر

تمہید

بچوں کی اس دلچسپ کہانی کو اکثر 'روسی الف لیلہٰ' کہا جاتا ہے۔ بوڑھے جن حطا بچ کے متعلق کتاب کے مصنف کا کہنا ہے :

''شہرزاد کی داستانوں میں سے ایک میں، مَیں نے اس ماہی گیر کا قصہ پڑھا جس کے جال میں ایک تانبے کی صراحی پھنس گئی تھی اور اس صراحی میں ایک زبردست جن ہزاروں برس سے قید تھا۔ اس جن نے قسم کھا رکھی تھی کہ جو کوئی اسے آزاد کرے گا وہ اسے انتہائی دولت مند اور طاقت ور بنا دے گا۔''

میں نے سوچا کہ اگر ایسا ہی کوئی جن سوویٹ یونین میں، ماسکو میں کسی کو مل جائے تو کیا ہو؟ پھر میں نے تصور کرنے کی کوشش کی کہ اگر ایک عام سوویٹ بچے نے اس جن کو آزاد کیا ہوتا تو کیا ہوتا۔

اور تب اچانک مجھے معلوم ہوا کہ وولکا کوسٹل کوف نامی ایک اسکول کا لڑکا ...وہی لڑکا جو اگلی سڑک کے نکڑ پر رہتا ہے جو تیرا کی کا ماہر ہے ...اس لڑکے نے ... مگر بہتر یہ ہوگا کہ آپ پوری داستان شروع ہی سے سنیں ...

حطابچ اور سی دوریلی

بڑے میاں کی حالت بہت قابلِ رحم تھی۔ سارا دن انھوں نے یہ کہہ کر مچھلیوں کے مرتبان میں گزار دیا کہ ان پر گٹھیا کا حملہ ہوا ہے۔ یہ انتہائی حماقت کا بہانہ تھا کیوں کہ گٹھیا کے مریض کے لیے ٹھنڈے پانی سے زیادہ نقصان دہ اور کیا چیز ہوسکتی ہے! حطابچ تہہ میں لیٹے اپنے پر ہلاتے اور پانی پیتے رہے۔ جب ژینیا یا وولکا ان کی طرف آتے تو فوراً ان کی طرف سے پلٹ کر غصّے کے ساتھ دوسری طرف تیر جاتے۔ جیسے ہی وولکا کمرے سے باہر جاتا وہ مرتبان سے نکل کر اپنی ٹانگیں سیدھی کرتے مگر کسی کی آہٹ سنتے ہی پھر غڑاپ سے پانی میں پہنچ جاتے۔

وولکا ان سے برابر کہتا رہا کہ اب غصہ تھوؤ کیں اور مرتبان سے باہر آئیں۔ بڑے میاں اپنی دُم وولکا کی طرف موڑ دیتے مگر جوں ہی وہ جغرافیہ پڑھنا شروع کرتا وہ مرتبان سے باہر آ کر اس کی بے رحمی اور سخت دلی کی شکایت شروع کر دیتے۔ جب وولکا ان کی طرف دیکھتا تو پھر مرتبان میں آ گھستے۔ یہ سلسلہ شام تک چلتا رہا۔ سات بجے کے بعد وہ اپنی دُم جھاڑ کر فرش پر آن کوُد دے۔ بجلی کے پنکھے کے سامنے اپنی ڈاڑھی مونچھیں سُکھائیں اور کہا،''تم نے میرے تحفے قبول نہ کرکے میرا دل توڑا ہے۔ میں نے وعدہ کیا تھا کہ میں خفا نہ ہوں گا اس لیے میں خفا نہیں ہوں مگر اب میری سمجھ میں آ گیا ہے کہ تمھارے اس انکار کی ذمے دار تمھاری استانیاں ہیں۔ وہی سارے جھگڑے کی جڑ ہیں اور اب دراوارا اسٹپا نوونا ...'' یہ کہہ کر انھوں نے ڈاڑھی کے تین بال توڑے۔

’’نہیں، نہیں ... حطا چچ ... حطا چچ ...‘‘ وولکا چلّایا۔ ’’دراوارا بالکل بے قصور ہیں۔‘‘

’’ہرگز نہیں ... سارا قصور اسی کا ہے۔‘‘

وولکا نے لرز کر جن کا دھیان بٹانے کی کوشش کی۔ ’’سنو، چلو سرکس چلیں، سرکس ... ژینیا کو اور مجھے ٹکٹ مشکل سے ملیں گے ... تم ہمیں سرکس میں پہنچا دو گے ... تم اتنے طاقتور جن ہو ... سچ مچ ... چلو سرکس۔‘‘

بڑے میاں نے کبھی سرکس نہ دیکھا تھا اور وہ تعریف سے بڑی جلدی پگھل جاتے تھے۔ اس کے علاوہ دوسرے جنوں کے برخلاف ان کا غصہ بھی زیادہ دیر نہ رہتا تھا۔

’’سرکس کیا ہوتا ہے؟ بازار جہاں طوطے مینا بکتے ہیں؟ مجھے چڑیوں سے کوئی دلچسپی نہیں۔‘‘

’’نہیں، نہیں ... یہ تو بہت زیادہ، انتہا سے زیادہ مزے دار چیز ہوتی ہے ... تماشا ...‘‘

بڑے میاں دراوارا اسٹیپا نو ونا کو فوراً بھول گئے۔

’’چلو، اونٹ پر چلیں ... یا ہاتھی پر ... سب پر تمھارا رعب پڑ جائے گا۔‘‘ انھوں نے تجویز کی۔

’’نہیں ... ٹرالی بس پر ہی جائیں گے ... اگر تم ڈرو نہیں ...‘‘

’’ڈرنے کی کیا بات ہے؟ میں تو چار روز سے ان لوہے کی گاڑیوں کو برابر دیکھ رہا ہوں۔‘‘

آدھ گھنٹے بعد دونوں سرکس کے دروازے پر پہنچے۔ بڑے میاں ٹکٹ گھر کی طرف گئے اور فوراً ژینیا اور وولکا کے ہاتھوں میں ٹکٹ آ موجود ہوئے۔ وہ تینوں پنڈال میں داخل ہو گئے۔ بالکل اگلی قطار میں سامنے تین سیٹیں خالی تھیں مگر حطا چچ نے وہاں بیٹھنے سے انکار کر دیا۔

’’میں یہ برداشت نہیں کر سکتا کہ اور لوگ میرے دوستوں سے اونچائی پر بیٹھیں۔ یہ ہماری شان کے خلاف ہے۔‘‘

ان سے بحث بے کار تھی۔ دونوں لڑکے منہ لٹکا کر سب سے پچھلی قطار میں جا بیٹھے۔

سنہری اور سرخ وردیوں میں ملبوس مددگار داخلے کے راستے کے دونوں طرف آ کھڑے ہوئے۔ رِنگ ماسٹر نے پہلا ایکٹ شروع کیا۔ ستاروں والا لباس پہنے ایک لڑکی بغیر زین کے گھوڑے پر سوار آ کر چکر لگا گئی۔

’’تماشا کیسا لگا؟‘‘ وولکا نے پوچھا۔

’’خاصا ہے۔‘‘ بڑے میاں نے محتاط سا جواب دیا۔

گھڑ سوار لڑکی کے بعد قلا بازیاں کھانے والے آئے۔ پھر مسخرے، پھر کتے کا تماشا ہوا، پھر شعبدے باز اور کودنے والے آئے پھر اِنٹرویل ہو گیا۔

گھر واپس جانے کو بالکل جی نہیں چاہ رہا تھا مگر جغرافیہ کی کتاب گھر پر وولکا کا انتظار کر رہی تھی۔ ’’میں تو جاتا ہوں۔‘‘ اس نے ژینیا سے کہا۔ ’’تم سرکس کے بعد ان کو ہوا خوری کے لیے لے جانا۔‘‘

’’نہیں۔ ہم سب کو اکٹھے یہاں سے چلنا چاہیے۔‘‘

’’وی ایس ... یہاں ہیں ... وی ایس!‘‘ اس نے اشارہ کیا۔ وولکا کی سٹی گم ہو گئی۔ دراورا اسٹیپا نوونا مع اپنی پانچ سالہ نواسی اُریشا کے ساتھ اپنی جگہ سے اُٹھ کر باہر جا رہی تھیں۔ دونوں لڑکے کود کر بڑے میاں کے سامنے کھڑے ہو گئے تا کہ ان کی استانی کو بڑے میاں نہ دیکھ سکیں۔

’’حطابچ ... آؤ، گھر چلیں ... اب اگلا تماشا بالکل بوگس ہے ... چلو۔‘‘

’’ہاں، ہاں ... چلو ... بالکل فضول سرکس ہے یہ۔‘‘ ژینیا نے ہاں میں ہاں ملائی۔ ’’باغ میں ٹہلیں گے اور خوب مزے کریں گے۔‘‘

’’نہیں، نہیں ... ایسا جادو کا کھیل تو میں نے آج تک نہ دیکھا تھا۔ تم لوگ جاؤ، میں تماشے کے بعد آ جاؤں گا۔‘‘

یعنی وہ دراورا اسٹیپا نوونا کو اور جن صاحب کو ایک جگہ چھوڑ کر خود چلے جائیں ... ناممکن!

اِنٹرویل میں انھیں بڑے میاں کا دھیان بٹانا تھا کیوں کہ کھیل شروع ہونے پر تو وہ

صرف تماشے ہی پر نظریں جمائے رہیں گے لیکن اس وقت استانی جی کی زندگی خطرے میں تھی۔ گھبراہٹ کے مارے وولکا کے دانت بجنے لگے ...بڑے میاں نے اس کی طرف دیکھا کیوں کہ انھیں دنیا کی ہر چیز میں دخل تھا۔

’’حطابچ ...ایک بات ہے ...تم پڑھو گے یا یوں ہی جاہل رہو گے؟‘‘ ژینیا نے کہا۔
وولکا اور حطابچ نے اسے تعجب سے دیکھا۔

’’میرا مطلب ہے ہم لوگوں نے تمہیں پڑھانے کا وعدہ کر رکھا ہے اور فرصت کا ہر منٹ ہمیں تعلیم حاصل کرنے میں صرف کرنا چاہیے۔ ٹھیک ہے نا حطابچ ؟‘‘

’’آفرین ہے تم پر ژینیا!‘‘ حطابچ نے متاثر ہو کر کہا۔

’’اچھا ...تو اگر یہ بات ہے تو یہ سرکس کا پروگرام ہے نا، چلو ابھی سے شروع کرتے ہیں۔ تم اسی سے الف، ب پڑھنا شروع کردو۔ پورے اِنٹرول میں ہم لوگ پڑھتے رہیں گے۔‘‘

’’بڑی خوشی سے اے ژینیا۔‘‘
ژینیا نے پروگرام کی کتاب کھولی اور الف پر اُنگلی لگائی۔

’’ہاں ...اے ژینیا سمجھا۔‘‘

’’کون سا حرف تھا؟‘‘

’’الف ...اے ژینیا!‘‘

’’ٹھیک ۔اب اس صفحے پر جتنے الف لکھے ہیں، سب مجھے بتائو۔‘‘

’’یہ حرف ’الف‘ ہے، اے ژینیا۔‘‘

’’ٹھیک ...اور بھی ہیں؟‘‘

’’ہاں ...یہ ...اور یہ ...اور یہ ...‘‘

حطابچ اپنی تعلیم حاصل کرنے میں اتنے مشغول ہوئے کہ ان کو آس پاس کی سدھ نہ رہی۔ جتنی دیر میں اِنٹرویل ختم ہوا اور لوگ اپنی اپنی کرسیوں پر واپس آئے، اتنے عرصے میں حطابچ پوری الف ب ختم کر چکے تھے اور اب وہ دو حروف ساتھ ملا کر ہجّے کر رہے تھے۔

''ب الف زبر با ... یہ کیا ہے : بازی ۔''

''قلابازی ...'' ژینا نے پڑھایا ۔

''ت نح ... تے ... پر ... سے ... کو ... د ... نے ... دو ... پلے ۔'' حطا بچ نے پڑھنا شروع کیا ۔

''کمال ہے ! حطا بچ ، تم تو بلا کے ذہین ہو ۔'' ژینا نے واقعی بے انتہا تعجب سے کہا ۔

''اور کیا ... تم کیا سمجھتے تھے ... حطا بچ دنیا کے سب سے زیادہ ذہین جن ہیں ۔'' وولکا نے کہا ۔

حطا بچ خوشی خوشی ہجّے کرتے رہے ۔

''ہدا ... یت ... کار ... فی لپ نخ ... شام کا ... ت ما ... شا ... آٹھ ... بہ جے ... اتوار کے دن بارہ بہ جے دو ... پہر ... دیکھا تم نے میرے نوجوان استاد ! میں نے سارا پروگرام پڑھ ڈالا ... اب میں اخبار بھی پڑھ سکوں گا ؟''

''بالکل ... بالکل ۔''

''اچھا اب باجے والوں کے اوپر جھنڈوں پر کیا لکھا ہے ، وہ پڑھتے ہیں ۔'' ژینا نے کہا ۔

اتنے میں ایک لڑکی سفید فراک پہنے ہاتھ میں کشتی لیے ادھر آئی ۔ ''آئس کریم ؟'' اس نے بڑے میاں سے پوچھا ۔ انھوں نے وولکا کو سوالیہ نگاہوں سے دیکھا ۔

''چکھ کر دیکھو ، بہت مزے دار ہے ۔'' وولکا نے کہا ۔

آئس کریم حطا بچ نے چکھی اور انھیں بہت پسند آئی ۔ انھوں نے اپنے اور لڑکوں کے لیے جوش میں آ کر ساری کشتی خرید ڈالی جس میں تینتالیس پیالیاں تھیں ۔ لڑکی بھونچکی رہ گئی اور یہ کہہ کر چلی گئی کہ کشتی لینے کے لیے پھر آ جائے گی ۔ جاتے جاتے مُڑ کر اس نے عجیب گا کہوں پر نظر ڈالی اور رفو چکر ہو گئی ۔

''او ہو ... ذرا دیکھنا ساری کشتی صاف کر ڈالی ۔'' ژینا نے وولکا سے کہا ۔

پانچ منٹ کے اندر اندر بڑے میاں پوری تینتالیس پیالیاں آئس کریم کی نوشِ جان

کر چکے تھے۔

کھیل شروع ہوا۔

''دنیا کا مشہور ترین تماشا'اتا ناسی سی دوریلی آپ کے سامنے پیش کریں گے۔''

پبلک نے تالیاں بجائیں۔ باجے والوں نے اپنے ساز چھیڑے۔ ایک پستہ قد دھیڑ عمر کا آدمی نیلے رنگ کا ریشمی لبادہ پہنے جس پر سنہرے اژد ہے کڑھے ہوئے تھے، سامنے آیا اور چاروں طرف جھک جھک کر مسکرایا۔ یہ مشہور و معروف سی دوریلی صاحب تھے۔ جتنی دیر ان کے مددگار جادو کے کرتب دِکھانے کے لیے ایک نازک سی میز پر ان کا سامان چُنتے رہے، اتنی دیر تک سی دوریلی صاحب جھک جھک کر مسکرایا کیے۔

''کمال ہے!'' حطانچ نے سرگوشی کی۔

''کیا...؟'' وولکا نے زور زور سے تالیاں بجاتے ہوئے پوچھا۔

''اس آدمی کے منہ میں سونے کے دانت اُگ آئے ہیں۔''

''واقعی؟'' وولکا نے بے خیالی سے پوچھا کیوں کہ اب کھیل شروع ہو چکا تھا۔ ''یقیناً، دولت مندی کا یہ بہت بڑا ثبوت ہے۔ یہ کہ انسان کے دانت بھی سونے کے نکل آئیں۔'' حطانچ نے جواب دیا۔

سی دوریلی نے اپنا شعبدہ ختم کیا۔

''دیکھا...؟'' وولکا نے ژینیا سے ایسے فخر سے کہا گویا یہ شعبدہ اسی نے دِکھایا تھا۔

''ہاں...بہت بہترین تھا۔'' ژینیا نے جواب دیا۔

وولکا گھبرا گیا کیوں کہ اب اس کے بتیس کے بتیس دانت سونے کے ہو گئے تھے۔

''یہ حطانچ کی حرکت ہے۔'' وولکا نے عاجز آ کر کہا۔

بڑے میاں جو اطمینان سے یہ مکالمہ سن رہے تھے، مسکرائے۔ ان کے دانت بھی سونے کے ہو چکے تھے۔

''حضرت سلیمانؑ ابن حضرت داؤدؑ تک کا منہ اتنا قیمتی نہ تھا۔'' انھوں نے فرمایا۔

''لیکن میرا شکریہ نہ ادا کرو...یہ تو تمھارے لیے میرا بہت ہی ناچیز تحفہ ہے۔''

”لیکن حطانچ…“ وولکا نے نرمی سے کہا۔ ”ہم تینوں ایک جگہ بیٹھ کر سونے کے دانت چمکائیں گے تو لامحالہ سب کی نظریں ہم پر پڑیں گی اور خواہ مخواہ ہم لوگوں کو کوفت ہوگی …ہے نا؟“

”مجھے تو بالکل کوفت نہیں ہوگی۔“ حطانچ نے جواب دیا۔

”پھر بھی۔ سرکس دیکھنے میں مزہ نہیں آئے گا۔“

”تو پھر…؟“

”ہمارے گھر جانے سے پہلے ہمارے دانت پھر ایسے ہی کر دو، جیسے پہلے تھے۔“

”تم دونوں کے انکسار کی بھی حد نہیں ہے۔“ انھوں نے ذرا بُر امان کر کہا۔

لڑکوں کے پرانے دانت واپس آ گئے۔

”کہیں گھر پہنچ کر یہ پھر سونے کے نہ ہو جائیں۔“ ژینیا نے چپکے سے کہا۔

”پتا نہیں۔ شاید اس وقت تک بڑے میاں دانتوں کے متعلق بھول ہی جائیں۔“ وولکا نے جواب دیا۔

اب سی دورِ یلی نے خالی ڈبے میں سے ایک کبوتر، ایک مرغی اور پھر ایک سفید کتا نکالا۔ سارا مجمع تالیاں بجا رہا تھا مگر صرف ایک صاحب ایسے تھے جن کو ان کرتبوں نے بالکل متاثر نہیں کیا …وہ حطانچ تھے۔ ان کو سخت صدمہ تھا کہ اتنے معمولی معمولی کرتبوں پر تو اس قدر تالیاں بج رہی ہیں اور وہ جب سے صراحی کی قید سے رہا ہوئے تھے، انھوں نے ایک سے ایک معرکے کے جادو دِکھائے تھے مگر تالی بجانا تو کیا، ان کی تعریف میں کسی نے دو لفظ بھی نہیں کہے تھے۔

اب کے سے جو تالیاں بجیں تو بڑے میاں کو تاؤ تو آ گیا اور اگلی قطاروں پر سے کودتے گول چکر میں جا پہنچے۔ مجمع میں بھنبھناہٹ شروع ہوئی۔

”میں نے تم سے پہلے ہی کہا تھا کہ یہ بڑے میاں بھی سرکس والوں ہی میں سے ہیں۔ بڑے سلجھے ہوئے مسخرے معلوم ہوتے ہیں۔ ذرا حلیہ دیکھنا۔ بعض دفعہ یہ لوگ پبلک کے پاس جان بوجھ کر بیٹھ کر جاتے ہیں۔“ ایک تماشائی نے دوسرے سے کہا۔

سی دوریلی اب اپنا سب سے مشکل کرتب دِکھانے والے تھے ۔ پہلے تو اُنھوں نے بہت سے رنگ برنگے فیتوں کو آگ لگا کر ان کو منہ میں بھر لیا۔ پھر ایک پیالہ جس میں بُرادہ بھرا ہوا تھا، اُٹھایا ۔ بُرادہ بھی منہ میں بھرنے کے بعد ایک ہری جھنڈی اپنے آپ کو جُھلنے لگے ۔ ان کے منہ میں بُرادہ جلنا شروع ہوا، دھواں نکلا، روشنیاں بجھا دی گئیں اور مشہور بازی گر کے منہ سے ہزاروں چنگاریاں نکلیں اور ایک شعلہ بھی بھڑکا ۔

تالیوں کے شور میں حطابِچ کی غُصیلی گرج سنائی دی ۔

’’یہ سب دھوکا ہے ... جادو نہیں، صرف ہاتھ کی صفائی ہے ... یہ ...‘‘

’’واہ بھَئی کیا مزے دار بوڑھا ہے۔‘‘ وہ چلّایا۔

’’بہترین مسخرہ ہے واقعی ۔‘‘ اور لوگ چلّائے ۔ خوب تالیاں بجیں سوائے وولکا اور ژینیا کے سب نے تالیاں بجائیں ۔ بڑے میاں کی سمجھ میں نہ آیا کہ لوگ کس مسخرے کے لیے تالیاں بجا رہے ہیں ۔ ’’واہ کیا جادو ہے ۔ ہا ہا ہا ...‘‘

جب ذرا شور کم ہوا تو اُنھوں نے بھونچکے شعبدہ باز کو ایک طرف دھکیل دیا اور سب سے پہلے پندرہ مختلف رنگوں کے شعلے ان کے منہ سے نکلے ۔ وہ اتنے اصل تھے کہ جلنے کی بُو سارے پنڈال میں تیر گئی ۔

تالیوں نے حطابِچ کے لیے امرت کا کام کیا ۔ اُنھوں نے چٹکی بجائی اور ایک سی دوریلی کے بجائے بہتر چھوٹے چھوٹے سی دوریلی چکر کے چاروں طرف دوڑنے لگے ...اس کے بعد پھر بڑے سی دوریلی میں تبدیل ہوگئے ۔ جس طرح پارے کے چھوٹے چھوٹے قطرے مل کر بڑا قطرہ بن جاتا ہے ۔

’’یہ تو کچھ بھی نہیں ہے ۔‘‘ حطابِچ نے اپنی جنّاتی آواز میں گرج کر کہا۔ پبلک کی تعریف سے ان کو جوش آ گیا ۔ اب اُنھوں نے اپنے کوٹ کے اندر سے گھوڑے ہی گھوڑے نکالنا شروع کر دیے ۔ گھوڑوں نے خوف سے ہنہنا ہنہنا کر اپنی ٹاپوں سے زمین روند ڈالی ۔ ان کی خوب صورت سفید ایالیں ہوا میں لہرانے لگیں ۔ پھر بڑے میاں کے ایک اشارے پر وہ سب غائب ہو گئے ۔ اب ان کے کوٹ میں سے افریقہ کے شیر ببر دہاڑتے ہوئے نکلے ۔

چاروں طرف دوڑے اور غائب ہو گئے۔

تالیوں کے شور سے پنڈال کی چھت اُڑنے لگی۔

خطابچ نے ہاتھ ہلایا اور چکر کے اندر کی ساری چیزی، سی دو ریلی، ان کے ملازم، ان کا ساز و سامان، وردی پوش مددگار، سب کے سب ہوا میں بلند ہوئے۔ مجمع کے سروں پر پنڈال میں چاروں طرف اُڑے اور پھر وہ بھی غائب ہو گئے۔

اتنے میں ایک لحیم شحیم افریقی ہاتھی جھوؤمتا جھامتا نمودار ہوا۔ اس کی پیٹھ پر ایک اس سے چھوٹا ہاتھی سوار تھا، اس کی پیٹھ پر اس سے چھوٹا، تیسرے ہاتھی کی پیٹھ پر اس سے چھوٹا ہاتھی موجود تھا۔ ساتواں ہاتھی بالکل پنڈال کی چھت سے لگ گیا اور وہ قد میں کتّے کے برابر تھا۔

وہ سب ایک ساتھ مل کر چنگھاڑے، اپنی سونڈیں اُٹھائیں اور کان پھٹپھٹانے لگے اور پھر کان پھیلا کر ہوا میں اُڑ گئے۔

تینتیس باجے والوں کا بینڈ ایک گیند میں تبدیل ہو گیا اور لڑھکتا ہوا مجمع کے سامنے آیا۔ پھر وہ گیند مٹر کے دانے کے برابر رہ گئی۔ خطابچ نے مٹر کا دانہ اُٹھا کر اپنے کان میں رکھ لیا اور ان کے کان میں سے باجوں کی آواز آتی رہی۔ خطابچ مارے جوش کے اب زور زور سے اُچھل کود میں مصروف تھے۔ اب انھوں نے دسوں اُنگلیاں چٹخائیں اور سارے تماشائی باری باری اپنی اپنی کرسیوں سے اُچھلے اور ہوا میں اُڑتے پنڈال کی چھت سے جا لگے اور پھر غائب ہو گئے اور اب صرف تین آدمی سرکس میں باقی رہ گئے ... خطابچ جو تھک کر جنگلے پر بیٹھ چکے تھے اور وولکا اور زینا جو دوڑے دوڑے ان کے پاس آئے۔

''کیسا رہا؟'' خطابچ نے سر اُٹھا کر پوچھا۔ ''سی دو ریلی جیسا کمال تو نہیں تھا ...''

''خیر سی دو ریلی کا آپ سے کیا مقابلہ!'' وولکا نے کہا۔ ''میں دھو کے بازوں کو برداشت نہیں کر سکتا۔ معمولی ہاتھ کی صفائی کو معجزے کہتا ہے اور وہ بھی میرے سامنے!''

''لیکن انھیں کیا پتا تھا کہ اتنا بڑا جن یہاں موجود ہے ... پھر اس غریب نے معجزے دِکھانے کا دعویٰ کب کیا ہے؟''

''یہ دیکھو پروگرام میں صاف لکھا ہے ...نظر بندی کے معجزے!''

''ہاں ۔لیکن نظر بندی کے ...نظر بندی...!'' وولکا نے سمجھانے کی کوشش کی۔

''مگر تماشائیوں نے بھی کیا داد دی ہے۔'' بڑے میاں نے خوشی سے کہا۔ ''تم نے آج تک میرے کسی جادو کو نہیں سراہا۔ کبھی ایک آدھ بہت ہی معمولی سے جادو کو پسند کرلیا اور بس اور وہ کم بخت دراوارا اسٹیپا نو ونا اس کی ذمے دار ہے۔ وہی تمہیں میرا کوئی معجزہ پسند نہیں کرنے دیتی۔ محل، کارواں، وفادار غلام، اونٹ ...اس عورت نے میرے سب تحفے تمہاری نظروں سے گرادیئے۔''

لیکن بے چاری استانی کی خوش قسمتی سے اسی وقت بڑے میاں کی نظر اوپر ایک جھنڈے پر پڑ گئی جس پر لکھی ہوئی عبارت کو انھوں نے ہجے کرکے پڑھنا شروع کردیا۔

''پیارے ...بہ چو ...اس کول ...ٹرم ...ختم ...کرنا ...مبارک ...ہو ...''

لیکن دفعتاً وہ چپ ہوگئے اور آنکھیں بند کرلیں جیسے بے ہوش ہونے والے ہوں ۔

''حطانچ! تم سب تماشائیوں کو ان کی جگہوں پر واپس لا سکتے ہو یا نہیں ... بتاؤ ...سن رہے ہو؟ بڑا مشکل جادو ہوگا ...جلدی بتاؤ نا ۔''

''بالکل نہیں!''

''مجھے یقین ہے تم یہ جادو نہیں کرسکتے۔'' وولکا نے چالاکی سے کہا۔

''کرسکتا ہوں مگر بہت تھکن محسوس ہورہی ہے۔''

''دیکھا! میں تو پہلے ہی کہہ رہا ہوں کہ تمہارے بس کی بات نہیں۔''

یہ سن کر حطانچ نے آہ بھری اور اُٹھے۔ ڈاڑھی کے تیرہ بال توڑ کر کچھ چلّائے پھر بُرادے سے اَٹے ہوئے فرش پر گر پڑے۔

پنڈال کی چھت سے تماشائی سَن سَن کرکے نیچے آنا شروع ہوئے اور اپنی کرسیوں پر بیٹھ گئے۔ سی دوریلی، ان کے ملازم، مددگار، رنگ ماسٹر سب زمین کے نیچے سے نکل آئے۔ کان پھٹپھٹا کر اُڑتے ہوئے ساتوں افریقی ہاتھی بھی واپس آگئے اور پھر ایک دوسرے کی پیٹھ پر سوار ہوئے مگر اس دفعہ سب سے چھوٹا ہاتھی سب سے نیچے اور سب سے بڑا، سب سے

اوپر تھا۔اس کے بعد وہ سب چکر میں چاروں طرف گھومنے لگے اور پن کے سرے کے برابر چھوٹے ہو کر بُرادے میں کھو گئے۔ باجے والے مٹر کے دانے کی صورت میں حطابچ کے کان سے باہر نکل آئے۔ اپنی اپنی شکلیں اختیار کیں، اپنی جگہ کی طرف اُلٹے لڑھکتے اور وہاں پہنچ کر پھر اپنی دُھن بجانے میں مصروف ہو گئے۔

ایک دبلا پتلا آدمی کا چشمہ لگائے بھیٹر چیرتا بڑے میاں کے پاس پہنچا اور بے حد ادب سے بولا، ''آپ ذرا منیجر کے دفتر میں تشریف لا سکیں گے۔ منیجر صاحب آپ سے ماسکو میں اور باہر کے شہروں میں تماشا دِکھانے کے متعلق بات کرنا چاہتے ہیں۔''

''معاف کیجیے گا۔'' وولکا نے کوفت کے ساتھ کہا۔ آپ دیکھتے نہیں بڑے میاں کی طبیعت ٹھیک نہیں ہے۔ ...تیز بخار آ گیا ہے۔''

اور واقعی بے تحاشا آئس کریم کھا جانے کی وجہ سے بڑے میاں بیمار ہو چکے تھے۔

❖ ❖ ❖

پلنگ کے نیچے ہسپتال

جس نے کسی بیمار جن کی تیمارداری نہ کی ہو اسے اندازہ ہی نہیں ہو سکتا کہ یہ کتنی مصیبت کی چیز ہے۔

سب سے پہلا سوال تو یہ پیدا ہوتا ہے کہ مریض کو رکھا کہاں جائے۔ ہسپتال میں اسے داخل نہیں کیا جا سکتا اور گھر پر ہر ایک کو معلوم ہو جائے گا۔ اور پھر جن کا علاج کس طرح کیا جائے؟ جدید ڈاکٹری انسانوں کے لیے ہے، پریوں کی کہانیوں کے جنوں پر اس کا کیا اثر ہوگا؟

اور جن کا مرض دوسروں کو نہیں لگ جاتا؟

ٹیکسی میں ڈال کر حطابچ کو گھر لاتے ہوئے دونوں لڑکوں نے اس مسئلے پر بہت دیر

تک بحث کی اور اس نتیجے پر پہنچے کہ :

(۱)‏ حطابچ کو ہسپتال لے جانے کے بجائے وولکا کے پلنگ کے نیچے رکھا جائے گا اور ان سے درخواست کی جائے گی کہ جادو کے زور سے کسی اور کو نظر نہ آئیں۔

(۲)‏ جس طرح زکام ہو جائے تو کرتے ہیں، اسی طرح سونے سے پہلے انھیں ایسپیرین کھلائی جائے گی اور چائے اور رس بیری کا مربّہ دیا جائے گا تا کہ پسند آئے۔

(۳)‏ جنوں کی بیماریاں یقیناً انسانوں کو نہیں لگتی ہوں گی۔

خوش قسمتی سے گھر پر کوئی نہ تھا۔ حطابچ کو وولکا کے پلنگ کے نیچے لٹا دیا گیا۔ ژینیا ایسپیرین اور رس بھری کا مربّہ خریدنے کے لیے چلا گیا اور وولکا چائے بنا لایا۔

’’حطابچ! چائے پی لو۔‘‘

جواب ندارد۔

’’مر گئے حطابچ؟‘‘ وولکا نے گھبرا کر کہا۔ بڑے میاں نے وولکا کو اپنی حرکتوں سے اس قدر پریشان کر رکھا تھا مگر وہ مر جاتے تو وولکا کو افسوس بھی بہت ہوتا۔

’’حطابچ!‘‘ اس نے پلنگ کے نیچے گھس کر آواز دی مگر بڑے میاں وہاں نہیں تھے۔ وولکا کو پھر غصہ آ گیا۔ عجب خبطی بوڑھا ہے۔ اب کہاں غائب ہو گیا۔ اسی وقت ژینیا حطابچ کو کھینچتا ہوا اندر لایا۔

’’بھئی یہ تو بالکل ہی سٹھیا گئے ہیں۔ پتا ہے کہ کیا ہوا؟ میں ایسپیرین لے کر دکان سے لوٹ رہا تھا کہ دیکھتا ہوں کہ آپ چورا ہے پہ کھڑے ہیں۔ ہاتھ میں سونے کی مہروں کی تھیلی ہے اور راہ گیروں کو روک روک کر انھیں اشرفیاں دینے کی کوشش کر رہے ہیں۔‘‘

’’کیا کر رہے ہو حطابچ؟‘‘ میں نے پوچھا۔

’’میرا آخری وقت آ گیا ہے۔ چاہتا ہوں اللہ کے نام پر کچھ خیرات کر جاؤں۔‘‘

میں نے کہا، ’’پاگل ہوئے ہو ... خیرات کس کو دو گے؟ یہاں تمھیں کوئی بھکاری نظر آتا ہے؟‘‘

’’یہاں کوئی بھکاری نہیں ہے؟ اچھا، تو پھر میں گھر واپس جاتا ہوں۔‘‘ انھوں نے

جواب دیا اور انھیں کھینچ کر لایا ہوں ۔

’’انھوں نے بڑے میاں کو ایسپرین کھلائی، چائے پلا کر لحاف اُڑھا دیا۔ کچھ دیر وہ خاموش لیٹے رہے۔ اس کے بعد ہلنا جلنا شروع کیا اور بولے کہ وہ حضرت سلیمانؑ کے پاس اپنا کہا سنا معاف کرانے جا رہے ہیں ۔ پھر انھوں نے رونا شروع کیا اور لگا سے بولے کہ بحیرۂ روم اور بحیرۂ ہند میں غوطہ لگا کر وہ تانبے کی صراحی ڈھونڈ لائے جس میں ان کے پیارے بھائی عمر آصف قید تھے ۔

’’پھر ہم سب خوش خوش اکٹھے رہیں گے۔‘‘ یہ کہہ کر انھوں نے رونا شروع کر دیا۔

آدھ گھنٹے بعد جب ذرا حواس بجا ہوئے تو انھوں نے کمزور آواز میں کہا،’’دوستو! میں تمھاری مہربانیوں کا حد سے زیادہ شکرگزار ہوں۔ ایک آخری عنایت اور کرو، میرے ہاتھ باندھ دو ... کہیں میں بے ہوشی کے عالم میں ایسے جادو نہ کر ڈالوں جن کا اُتار بعد میں میرے قابو سے باہر ہو۔‘‘

لڑکوں نے ان کے ہاتھ باندھ دیے اور وہ پڑ کر سو گئے ۔

اگلی صبح حطانچ بالکل ہٹّے کٹّے اُٹھے ۔

’’وقت پر علاج کر لینے کا یہ فائدہ ہوتا ہے۔‘‘ ژینیا نے اطمینان سے کہا اور اس روز اس نے طے کر لیا کہ بڑا ہو کر ڈاکٹر بنے گا۔

گوگا کا مزے دار احوال

جتنی دفعہ وولکا گوگا کے متعلق سوچتا رشک کے مارے جل بھن جاتا کیوں کہ زینے پر سے اُترتے چڑھتے اسے گوگا کے گھر میں سے کتے کے بھونکنے کی آواز آتی لیکن یہ بات بہت عجیب تھی کہ گوگا کبھی گھر سے باہر نظر نہیں آیا۔ اس کی جگہ کوئی اور لڑکا ہوتا تو اپنے دوستوں میں اپنے کتّے کے متعلق شیخی بگھارتا پھرتا۔ خاص طور پر گوگا جو پہلے ہی اِتنا چھچھورا تھا۔

یہ راز سمجھ میں نہیں آ رہا تھا۔ آخر وولکا نے گوگا کی امّاں سے پوچھ ہی لیا۔ وہ بے چاری بے حد گھبرائی اور یہ کہہ کر گوگا بیمار ہے، اندر جانے لگیں۔

’’ٹھہریے تو…‘‘ وولکا نے کہا۔ ’’میں ایک بات پوچھ سکتا ہوں؟ صرف ایک بات؟‘‘

’’کہو۔‘‘

’’صرف اتنا بتا دیجیے کہ وہ الیسیشین ہی ہے یا کچھ اور…؟‘‘

’’کیا الیسیشین؟‘‘

’’وہی پلّا جو آپ نے گوگا کو دیا ہے۔ وہی جو بھونک رہا ہے۔ الیسیشین ہے یا باکسر؟‘‘

’’یہ کیا بکواس ہے؟‘‘ یہ کہہ کر وہ جلدی سے اپنے گھر میں داخل ہو گئیں اور اندر سے پھر بہت زور سے بھونکنے کی آواز آنے لگی۔

جانے کیا چکّر تھا!

اسی وقت حطاپچ نے پلنگ کے نیچے سے پوچھا،’’پتا نہیں تمھارے دشمن کڑوی گولی کا کیا حال ہے؟‘‘ان کا بے حد دل چاہا کہ گوگا کو انھوں نے جس مصیبت میں ڈالا ہے،اس کے متعلق شیخی بگھاریں۔صرف میں ہی اس کا بھونکنا بند کر سکتا ہوں،انھوں نے سوچا اور وولکا کو گوگا کی اس مصیبت سے کتنی خوشی ہوگی اور وہ میرے جادو کی طاقتوں پر عش عش کر اُٹھے گا۔

’’کڑوی گولی ...؟ بیمار ہے آج کل ...سنو حطاپچ‘‘ وولکا نے پلنگ کے نیچے جھانک کر کہا۔’’میں تم سے ایک بہت بڑا کام کرانا چاہتا ہوں۔‘‘

’’بس پھر وہی مرغے کی ایک ٹانگ۔ اب یہ کہیں گے کہ گوگا کا بھونکنا بند کر دو۔‘‘ انھوں نے سوچا۔’’ارشاد میرے آقا!‘‘انھوں نے جواباً کہا۔

’’میں تم سے ایک فرمائش کرنا چاہتا ہوں۔‘‘

’’حکم دو میرے آقا!‘‘

’’مجھے ایک کتا منگوا دو ...السیشین۔‘‘

’’کتا...؟ ابھی لو۔‘‘

حطاپچ نے ڈاڑھی کا ایک بال توڑا اور ایک خوب صورت اور شاندار تین سالہ السیشین وولکا کے قدموں میں لوٹ لوٹ کر دُم ہلا رہا تھا۔

’’کیسا ہے...؟‘‘ حطاپچ نے پوچھا۔ وہ تُلے ہوئے تھے کہ سارے کمرے، سارے گھر، ساری عمارت کو کتوں سے بھر دیں۔

’’اوہو ...ایک چیز بھول ہی گیا تھا!‘‘ انھوں نے کہا اور کتے کی گردن میں پٹّا بھی آ گیا جس میں اتنے ہیرے جواہرات جڑے تھے جو بادشاہوں کے تاجوں کے لیے کافی ہوتے۔

وولکا اتنا خوش تھا کہ اس کی آنکھوں میں آنسو آ گئے۔

مگر زندگی میں سکھ دکھ ساتھ ساتھ رہتے ہیں۔ اسی وقت زنانہ ایڑی دار جوتوں کی آہٹ ہوئی۔ حطاپچ پلنگ کے نیچے گھس گئے اور وولکا کی اماں داخل ہوئیں۔

”میں بھی یہی سمجھی تھی ...کہاں سے آیا یہ کتّا؟“

”مجھے ملا ہے ...مطلب ہے کہ مل گیا مجھے ...کسی نے دیا ہے ...یعنی کہ ...“

سچّی بات بتانے کا کوئی فائدہ نہ ہوتا اور وولکا جھوٹ بولنا نہ چاہتا تھا۔ اس کی امّاں فوراً اس کا جھوٹ تاڑ لیا کرتی تھیں ۔

”وولکا! آئیں بائیں شائیں مت کرو ...بتاؤ یہ کس کا کتّا لے آئے ہو؟“

”میرا ہی ہے امّاں، کسی کا نہیں ہے ...میرا ہی ہے ۔“

امّاں غصّے سے لال پیلی ہوگئیں۔ ”مجھ سے بھی جھوٹ بولنے لگے؟ یہ تمہارا کتّا ہے؟ اس کا تو پٹّا ہی سیکڑوں روپوں کا ہوگا۔“

وہ سمجھیں کہ پٹّے میں رنگ برنگے شیشے جڑے ہیں۔ خطاپچ کو بہت غصہ آیا اور رنج بھی ہوا۔ وہ اس عالی خاندان لیکن احمق عورت کو بتانا چاہتے تھے کہ وہ نقلی پتھر تحفے میں کسی کو نہیں دیتے اور اس پٹّے کی قیمت تو کئی لاکھ روپے تھی مگر وہ کچھ بول نہ سکتے تھے۔ ان کو خود جھوٹ سے نفرت تھی مگر اس وقت بے چارے وولکا کو تھوڑا سا جھوٹ بولنا پڑ گیا تھا۔ اب صرف یہی ہوسکتا تھا کہ اس غلط فہمی کی روک تھام یہیں کردی جائے۔ کچھ عرصے کے لیے میرے آقا کو کتّے کے بغیر ہی بسر کرنا ہوگی اور میں جادو کے زور سے کتّا پالنے کی خواہش ہی ان کے دل سے نکال دوں گا۔

کتّا ایک دم غائب ہوگیا۔

”وولکا ...!“ امّاں بھی کتّے کے متعلق بالکل بھول گئیں۔ ”اگر میرے دفتر سے فون آئے تو کہہ دینا میں گھنٹے بھر میں آؤں گی ...پتا ہے پڑوس میں ڈاکٹر کسے دیکھنے آیا تھا؟“

”گوگا کو ۔“

”گوگا بیمار ہے؟“

”شاید ۔“

”شاید کیا مطلب؟ تمہیں اپنے دوست کے متعلق معلوم نہیں؟“

”دوست ... ہا ہا ہا!“

”بڑے شرم کی بات ہے۔“ اماں نے ناراض ہوکر کہا اور کمرے سے باہر چلی گئیں۔ وولکا نے طے کیا کہ گوگا کو جا کر دیکھ آئے۔”ھاٹا بچ ،ھاٹا بچ!“ اس نے آواز دی۔

جواب ندارد۔

”ارے پھر غائب ہوگیا۔ عجیب قسم کا جن ہے یہ بھی ...!“

اس وقت ھاٹا بچ برابر کے فلیٹ میں گوگا کے پلنگ کے نیچے جا لیٹے تھے۔ وہ یہ دیکھنا چاہتے تھے کہ ڈاکٹر ان کی زبردست طاقت کا مقابلہ کس طرح کرے گا۔ ادھر وولکا نے ھاٹا بچ کی غیر حاضری غنیمت جان کر فوراً جغرافیہ کی کتاب نکال لی۔

ڈاکٹر صاحب کا نام الیگزینڈر الیکسی اے وچ تھا۔ یہ ہم اس لیے بتا رہے ہیں کہ ممکن ہے تمھاری کسی روز اُن سے ملاقات ہوجائے۔ بے حد تجربہ کار اور عقل مند آدمی تھے بے چارے!

”اب ذرا آپ باہر چلی جائیے۔ مجھے گوگا سے کچھ بات کرنا ہے۔“ انھوں نے گوگا کی والدہ سے کہا۔ وہ چلی گئیں تو ڈاکٹر صاحب نے کہا،”میاں صاحب زادے! کیا حال چال ہیں؟ اب بھی بھونک رہے ہو؟“

”بڑی کم بختی ہے ڈاکٹر صاحب۔“ گوگا نے جواب دیا۔

”کوئی بات نہیں، آؤ ذرا اِدھر اُدھر کی گپیں ہانکیں۔ تم کو کس طرح کی نظمیں پسند ہیں؟“

”بھوں بھوں بھوں ...“

دروازے کے باہر کھڑی ہوئی ماں پھوٹ پھوٹ کر رونے لگی۔ تم خود سمجھ جاؤ کہ گوگا ڈاکٹر صاحب کو کیا جواب دینا چاہتا تھا۔ اس کے نزدیک یہ ایک نہایت احمقانہ اور بے کار سوال تھا لیکن اس کے بھونکنے کا ڈاکٹر صاحب پر کوئی اثر نہ ہوا۔

”غصہ نہ کرو۔“ ڈاکٹر صاحب نے کہا۔”اس سوال کا تمھاری بیماری سے گہرا تعلق ہے۔“

”مجھے پشکن کی 'جاڑوں کی ایک شام' پسند ہے۔“ گوگا نے بہت دیر تک بھونکنے کے بعد جواب دیا۔

”ذرا سناؤ تو سہی۔ زبانی یاد ہے؟“

گوگا نے چار شعر سنائے۔

''شاباش...اچھا وہ جو تمھارا ہم جماعت ہے، وہی جو برابر کے فلیٹ میں رہتا ہے، کیا نام ہے اس کا؟ اس کے متعلق تمھارا کیا خیال ہے؟''

''وولکا کوسٹل کوف؟''

''ہاں۔''

''بھوں بھوں بھوں۔''

''اچھا اب ذرا لفظوں میں کہنے کی کوشش کرو۔''

''بھوں بھوں بھوں...میں لفظوں میں نہیں بول سکتا۔'' گوگا نے بے بسی سے کہا۔

''اچھا...ٹھیک ہے۔ ٹھیک ہے...کلاس کے دوسرے بچوں کے متعلق تمھارا کیا خیال ہے؟''

''وہ سب بھی بھوں بھوں بھوں۔''

''اچھا، میں تمھیں کیسا لگتا ہوں؟ شرماؤ نہیں۔ اپنی رائے بتاؤ۔''

''میرا خیال ہے ڈاکٹر صاحب کی حیثیت سے آپ بھی بھوں بھوں بھوں۔''

''بہت خوب!'' ڈاکٹر نے بے انتہا خوش ہو کر کہا۔ ''اچھا، اب اپنی امّاں کے متعلق بتاؤ۔''

''میری امّاں بہت اچھی ہیں۔'' (بے چاری ماں دروازے کے باہر کھڑی کھڑی اور زیادہ رونے لگی) ''مگر بعض دفعہ وہ بھی...بھوں بھوں۔ نہیں نہیں۔'' وہ چپ ہو گیا۔ پھر بولا، ''وہ بہت اچھی ہیں۔''

''اور تمھاری کلاس سے جو اخبار نکلا کرتا ہے وہ کیسا ہے؟ اس میں تمھیں کیا چیزیں پسند ہیں؟''

اس مرتبہ گوگا پورے دو منٹ تک بھونکتا رہا۔ گوگا کی بیماری ڈاکٹر کی سمجھ میں آ گئی تھی اور وہ اس کا بھونکنا اتنی خوشی سے سن رہے تھے گویا گانا سن رہے ہوں۔ جب گوگا پیٹ بھر کر بھونک چکا تو ڈاکٹر صاحب نے کہا، ''اچھا، اب ذرا اس کاغذ پہ لکھو...اس ملک میں چغل

خوروں اور بدنام کرنے والوں کی کوئی جگہ نہیں ہے ...لکھ لیا؟ ...شاباش ...اچھا ...تمھاری استانی کا کیا نام ہے ...دراوارا اسٹیپا نو ونا؟ ...اچھا، اب یہ لکھو ...دراوارا اسٹیپا نو ونا ...واینا اور پیٹیا مجھے جان بوجھ کر قسمیں کھانا سکھار ہے ہیں۔ میں تو بہت اچھا لڑکا ہوں ...آپ ذرا ان کو سزا دیجیے۔"

گوگا کا چہرہ سخت ہوگیا۔ اس بات میں کچھ گڑ بڑ ضرور تھی۔ اس نے کئی بار لکھا اور کئی بار کاٹا۔ آخر ڈاکٹر نے کٹی پھٹی عبارت کا کاغذ اس کے ہاتھ سے لے لیا ...اس پر لکھا تھا ...دراوارا اسٹیپا نو ونا ...واینا ...پیٹیا ...بھوں بھوں ...میں تو بہت اچھا لڑکا ہوں ...آپ ذرا ان کو بھوں بھوں بھوں۔" ہر دفعہ گوگا نے 'بھوں بھوں بھوں' کاٹا تھا مگر اس کے اوپر دوبارہ یہی الفاظ لکھ دیے تھے۔

"ٹھیک ہے۔" ڈاکٹر نے کاغذ اس کے ہاتھ سے لے لیا اور اس کی والدہ کو آواز دی۔ "میں رات ڈاکٹری کی کتابیں پڑھتا رہا ہوں لیکن مجھے کسی کتاب میں تمھارے بیٹے کے مرض کا ذکر نہیں ملا۔ پڑھتے پڑھتے میری نیند اچاٹ ہوگئی تو میں نے دل بہلانے کے خیال سے الف لیلہ کی ایک پرانی جلد اُٹھا لی۔ اس میں ایک جن کا قصہ تھا جس نے ایک انسان کو کتے میں تبدیل کر دیا تھا۔ میں نے سوچا کہ اگر دنیا میں جن واقعی موجود ہوتے (پلنگ کے نیچے لیٹے ہوئے حطابچ نے اس بات کا بہت بُرا مانا) تو وہ چغلی کھانے والے لڑکوں کو یہ سزا دیتے کہ جب بھی کوئی بات منہ سے نکالنا چاہیں، اس کے بجائے بھونکنے کی آواز نکلے ...تمھارے لڑکے نے پشکن کی نظم بغیر بھونکے سنا دی مگر اپنے دوستوں کے ذکر پر برابر بھونکتا رہا ...آپ میرا مطلب سمجھیں؟"

"آپ کا مطلب ہے کہ ...؟"

"ہاں ...ظاہر ہے کہ جن نہ ہیں نہ کبھی تھے۔ (حطابچ کو بے حد غصہ آیا) مگر آپ کا لڑکا ایک بڑے عجیب نفسیاتی جھمیلے میں گرفتار ہے اور آئندہ جب بھی یہ چغلی کھانا یا کسی کی برائی کرنا چاہے گا تو الفاظ کے بجائے اس کے منہ سے بھونکنے کی آواز ہی نکلے گی اور لوگ اس کا نام گوگا کے بجائے بھوں بھوں بھوں بھوں رکھ دیں گے ...جوان ہونے پر گوگا کو

اور زیادہ پریشانی کا سامنا کرنا پڑے گا کیوں کہ اس وقت یہ بھونکنے کی عادت اس کے لیے بے حد تکلیف دہ ثابت ہوگی۔ اس کا صرف ایک علاج ہے، یہ چغلی کھانا، بُرائیاں کرنا اور دوسروں کی زندگی اَجیرن کرنا ابھی سے ختم کر دے، اس سے بھونکنا بھی بند ہو جائے گا۔‘‘

’’بھوں بھوں پھر کیوں...!‘‘ اس کی اماں نے تھرّا کر دہرایا۔ ’’کوئی دوا تو اس کے لیے لکھ دیجیے۔‘‘

’’دوا بالکل بے کار ہے۔ صرف ایک نسخہ فائدہ مند ہوگا...گوگا...! ذرا وولکا کی تعریف میں چند الفاظ کہنے کی کوشش کرو...صرف چند الفاظ! میں نے کہا...‘‘

’’وولکا اچھا لڑکا ہے۔‘‘ گوگا نے اس طرح بات کی جیسے پہلی بار بولنا سیکھ رہا ہو۔ ’’ڈاکٹر صاحب! آپ ٹھیک کہتے ہیں...جغرافیہ کے امتحان کے بعد سے آج تک یہ پہلی بار ہے کہ میں وولکا کے نام لینے کے بعد بھونکا نہیں۔‘‘

’’امتحان میں کیا ہوا تھا؟‘‘ ڈاکٹر نے پوچھا۔

’’کچھ نہیں...ایک لڑکا پرچہ کرتے کرتے بیمار پڑ گیا تھا اور کچھ نہیں ہوا۔‘‘ گوگا نے زیادہ بھروسے کے ساتھ کہا۔

’’شاباش...اب میں چلتا ہوں...مجھے بہت سے اصلی مریضوں کو بھی دیکھنا ہے۔ اچھا گوگا! اُمید ہے کہ تم میرا مطلب سمجھ گئے ہو گے۔‘‘

’’جی ہاں ڈاکٹر صاحب...آپ اطمینان رکھیے۔ اچھا، بائی بائی!‘‘

چند سیکنڈ کے بعد وولکا نے جن سے پوچھا، ’’تم کہاں اُڑن چھو ہو گئے تھے؟‘‘

’’سنو، او وولکا ابنِ الوشا...‘‘ بڑے میاں نے سنجیدگی سے جواب دیا۔ ’’میں نے آج ایک عجیب منظر دیکھا۔ ایک جن کے کیے ہوئے جادو کو ایک انسان نے ختم کر دیا۔ کمال ہے وہ اتنا قابل انسان تھا کہ میں نے اسے اس بات کا سزا دینا بھی نہیں چاہی کہ وہ جنوں کے وجود میں یقین نہیں رکھتا۔‘‘

’’میں گوگا کو دیکھ آوں؟ بڑے افسوس کی بات ہے، اب تک اس کے پاس نہیں گیا۔‘‘

’’ضرور...مگر اب وہ بیمار نہیں ہے۔‘‘

"اتنی جلدی اچھا کیسے ہوگیا؟"

تب حطانچ نے وولکا کو دنیا کے اس واحد بھونکنے والے لڑکے کا قصہ سنایا جس کا بھونکنا ایک ڈاکٹر نے بند کردیا تھا۔

حطانچ اور لالچی کاروباری

"اے وولکا!" حطانچ نے دھوپ میں بیٹھ کر ناشتہ کرتے ہوئے خوشی خوشی بات شروع کی۔ "میرا ہر تحفہ تم ناپسند کردیتے ہو۔ اب تم اور ژینیا خود کوئی فرمائش کرو۔"

"اچھا، تو مجھے سمندری دوربین منگوادو۔" وولکا نے کہا۔

"مجھے بھی۔" ژینیا نے ذرا شرماتے ہوئے کہا۔

"ضرور، ضرور!"

تینوں شہر کی ایک سیکنڈ ہینڈ سامان بیچنے والی دکان کی طرف روانہ ہوئے۔ دکان طرح طرح کی اوٹ پٹانگ چیزوں سے اٹا ٹوٹ بھری ہوئی تھی۔

"اب یہاں مجھے دِکھلا دو کہ دوربین کیا چیز ہوتی ہے۔" حطانچ نے کہا۔ مگر یکا یک تھر تھر کانپنے لگا۔ "خدا حافظ، اللہ نگہبان نور چشمی!" اتنا کہہ کر خریداروں کی بھیڑ چیرتے وہ ایک سرخ چہرے والے غیر ملکی کے سامنے پہنچے اور اس کے آگے گھٹنے ٹیک دیے اور دھاروں دھار روتے ہوئے اس سے کہا، "حکم دیجیے میرے آقا۔ میں آپ کا ناچیز غلام ہوں۔"

"شرم کرو... آج کل کے سوویت دور میں تمہیں بھیک مانگتے شرم نہیں آتی؟" دکان کے ایک آدمی نے کہا۔

حطانچ سے اس ٹکراؤ کی وجہ سے گھبرائے ہوئے غیر ملکی سے ٹوٹی پھوٹی روسی زبان میں دکان دار سے پوچھا، "اس خراب انگوٹھی کی کیا قیمت ہے؟"

"دس روبل ستّر کوپیک۔" اس دکان کے سب آدمی اس موٹے اس کاروباری کو اچھی

طرح جانتے تھے جو چند روز کی تجارت کے لیے حال ہی میں کسی باہر کے ملک سے آیا تھا اور اپنا زیادہ وقت کباڑیوں کی دکانوں میں گزارتا تھا کہ ممکن ہے بہت معمولی قیمت پر بہت بڑھیا بڑھیا چیزیں مل جائیں۔ ابھی ابھی وہ دس چائے کی پیالیاں خرید چکا تھا۔ اور اب ایک پرانی انگوٹھی کو پرکھنے میں مصروف تھا جو دکان کے کلرک کے خیال میں چاندی کی تھی مگر ان صاحب کے نزدیک پلاٹینم سے بنی تھی۔ اسے خرید کر جیب میں رکھنے کے بعد دکان سے باہر نکلا اور حطابچ ان کے پیچھے پیچھے لپکے اور لڑکوں سے یہ کہتے گئے۔

''اس آدمی کے ہاتھ میں حضرت سلیمانؑ کی انگوٹھی ہے۔ میں اس انگوٹھی کا غلام ہوں اور جس اِس انگوٹھی کا مالک ہوگا میں اس کا بھی غلام ہوں … لہٰذا خدا حافظ میرے دوستو … میں اپنے نئے آقا کے ساتھ چلا … تمھاری مہربانیاں ہمیشہ یاد رکھوں گا۔''

حطابچ کے چلے جانے کے بعد ہی لڑکوں نے محسوس کیا کہ ان دونوں کو بوڑھے جن کے ساتھ رہنے کی کتنی عادت پڑ گئی تھی۔ وہ دوربینوں پر نظر ڈالے بغیر دکان سے نکلے اور دریا کی طرف روانہ ہو گئے۔

وہ دونوں دریا کے کنارے گھاس پر اسی جگہ دیر تک لیٹے رہے جہاں سے چند روز قبل وولکا نے وہ مٹی کی صراحی پانی میں سے برآمد کی تھی۔

''ہم نے بے چارے حطابچ کی قدر نہیں کی۔'' ژینیا نے افسوس کے ساتھ کہا۔

وولکا نے کروٹ بدلی اور کچھ کہنے ہی والا تھا کہ ایک دم اُچھل کر کھڑا ہو گیا اور چلّایا،

''ارے حطابچ واپس آ گئے … حطابچ واپس آ گئے!''

اور واقعی بڑے میاں کندھوں سے دو بڑی بڑی دوربینیں لٹکائے لڑھکتے پھُرکتے چلے آ رہے تھے۔

حسن عبدالرحمٰن پر دکان سے نکل کر کیا گزری

''اے میرے دوستو! میری داستان بے حد انوکھی اور حیرت انگیز ہے ...کرنا خدا کا، کیا ہوا کہ ایک موٹا غیر ملکی دکان سے نکل کر تیزی سے ایک طرف کو چل دیا۔ میں نے پیچھے سے جا کر اس کا دامن پکڑا اور رو رو کر بولا، ''حکم دو میرے آقا ...غلام حاضر ہے۔'' لیکن اس نے میری ایک نہ سنی اور اسی طرح آگے بڑھتا گیا۔ اٹھارہ دفعہ اس نے دامن جھٹک دیا۔ اپنے گھر پہنچ کر اس نے کہا، ''اگر تم اندر گھسے تو میں پولس کو بلا لوں گا۔''

''تس پر میں نے کہا کہ کیا مجھے یہ حکم ہے کہ میں دروازے سے باہر کھڑا رہوں؟ جواب اس مردِ نامعقول نے یہ دیا کہ چاہے سال بھر کھڑے رہو، مجھ سے کوئی مطلب نہیں۔ چنانچہ میں کھڑا رہا کیوں کہ جو انگشتری سلیمان اپنے قبضے میں رکھے، اس کے الفاظ میرے لیے قانون کا درجہ رکھتے ہیں۔ اتنے میں اوپر ایک کھڑکی کھلی اور ایک دُبلی پتلی عورت نے نیچے جھانکا۔ وہ تلخی سے ہنس رہی تھی اور وہ موٹا آدمی بالکل پیچھے چپکا کھڑا تھا۔ وہ کہہ رہی تھی، ''چودہ سال ہوئے میں نے تم سے شادی کر کے کتنی غلطی کی۔ رہے تم وہی موچی ...تم چاندی اور سونے کی انگوٹھی میں فرق نہیں معلوم کر سکتے، حد ہو گئی نالائقی کی۔ اگر میرے ابّا مرحوم کو معلوم ہوتا کہ تم ایسے چغد نکلو گے ...'' اور اس عورت نے وہ انگشتری سڑک پر پھینک دی اور کھڑکی بند کر لی۔ میں نے فوراً اسے اُٹھا لیا اور تمہاری دوربینیں لے کر اُلٹے پاؤں واپس آ گیا۔''

''کمال ہے! یہ تو پریوں کی کہانیوں والی بات ہے بالکل۔'' ژینیا نے کہا۔''میں دیکھوں ذرا یہ انگوٹھی؟''

''ضرور... بائیں ہاتھ کی تیسری اُنگلی میں پہن کر جو مانگو مل جائے گا۔''

''بائیسکل!'' ژینیا نے انگوٹھی پہن کر کہا۔

مگر بائیسکل حاضر نہ ہوئی۔

ژینیا نے پھر کہا،''بائیسکل...ابھی فوراً...'' بائیسکل پھر بھی نہ آئی۔

''کچھ گڑبڑ ہوگئی ہے اس انگوٹھی میں۔'' وولکا نے کہا اور ژینیا کی اُنگلی سے اُتار کر اسے غور سے دیکھا۔ اس کے اندر کی طرف یہ الفاظ کھدے ہوئے تھے :

''کاتیا! مجھے یاد رکھنا...وازیا کوکوشکِن، ۳ مئی ۱۹۱۶ء''

❋ ❖ ❋

پھر وہی موٹے صاحب

''خیر غلطی تو ہر ایک سے ہوسکتی ہے۔'' وولکا نے فراخ دلی سے کہا۔ (خطابچ بہت پریشان نظر آرہے تھے) ''مگر کوئی بات نہیں ...دوربینوں کا بہت بہت شکریہ۔'' لڑکوں نے دوربینیں اُٹھا کر دیکھنا شروع کردیں۔

''خطابچ، ذرا دیکھنا ہماری طرف کون آرہا ہے؟'' اس نے دوربین خطابچ کو دے دی جس میں سے ان کو دِکھائی دیا کہ موٹے صاحب جلدی جلدی قدم اُٹھائے اس طرف آرہے ہیں اور موٹاپے کے مارے ہانپتے جارہے ہیں۔ جب انھوں نے دیکھا کہ ان کو دوربین سے دیکھا جارہا ہے وہ ذرا جھینپ گئے اور قریب آ کر بے حد اخلاق سے بولے،''بھئی، واہ خوب ملاقات ہوئی دوبارہ۔''

ہوا یہ کہ اس روز ان کی بیوی بہت غصّے میں تھیں اور اسی غصّے میں انھوں نے انگوٹھی باہر پھینک دی تھی لیکن پھر انھوں نے ایک بوڑھے کو وہ انگوٹھی لے کر تیزی سے بھاگتے دیکھا

تو میاں سے بولے،''ذرا دیکھو تو ...کیا پاگل بڈھا ہے،اسے اُٹھا کر اس طرح بھاگا جیسے ہیرے جڑے تھے اس میں۔''

''عجیب خبطی بڈھا تھا۔ دکان میں مجھ سے چمٹ گیا اور رستے بھر گڑ گڑاتا رہا، 'سلیمان کی انگوٹھی ہے آپ کے قبضے میں۔' میں نے کہا،'میں کسی سلیمان کو نہیں جانتا۔ میں نے ابھی اسے خریدا ہے۔' اس پر وہ گڑ گڑانے لگا،'میں تمھارا غلام ہوں کیوں کہ یہ جادو کی انگوٹھی ہے۔'

بیوی نے شدید نفرت کے ساتھ اپنے میاں کو دیکھا اور پھر نظریں دوسری طرف پھیر لیں۔

اور اس وقت اتفاقاً ان کو الف لیلہ صوفے پر پڑی نظر آ گئی اور انھیں کچھ خیال آیا۔ کچکچا کر بولیں،'یا اللہ! میں کس کو دن کے پلے بندھ گئی! تم کو تو تجارت کرنے کے بجائے گھسیارا ہونا چاہیے تھا۔ تم سے زیادہ عقل تو مرغی کے چوزے میں ہوگی۔ توبہ توبہ ...ارے جاؤ، خدا کے لیے اس بڈھے کو پکڑو اور وہ انگوٹھی فوراً لے کر پلٹو۔''

''لیکن کیوں آخر؟ کیا کرو گی اس کا؟''

''ارے عقل کے دشمن! مجھ سے پوچھتا ہے۔ سلیمانؑ کی انگوٹھی کی کیا کروں گی ... ارے کیسا مردُوا ہے یہ!''

''لیکن تم نے ایسی انگوٹھی کہیں دیکھی ہے پہلے؟''

''تم نے بھی اس ملک میں کوئی ایسا آدمی دیکھا ہے پہلے جو زمین پر گھٹنے ٹیک ٹیک کر تمھارے کوٹ کا دامن چومے ...؟ جاؤ ...فوراً انگوٹھی لے کر آؤ ورنہ اچھا نہ ہوگا۔''

چنانچہ موٹے میاں حطابچ کے پیچھے پیچھے دوڑے آئے اور آتے ہی خوشامدانہ باتیں شروع کر دیں۔

''کیا خوش نصیبی ہے کہ آپ سے دوبارہ ملاقات ہوئی۔''

حطابچ نے چپ چاپ اخلاقاً سر جھکا دیا۔

''آپ کی اُنگلی میں ایک چاندی کی انگوٹھی بڑی خوب صورت ہے ...دیکھ سکتا

ہوں؟''

''ضرور، ضرور!'' حطانچ نے ہاتھ بڑھا دیا۔

موٹے میاں نے فوراً اُنگلی میں سے انگوٹھی کھینچ کر اپنی سخت موٹی اُنگلی میں پھنسالی۔

''شکریہ، شکریہ ... یہ انگوٹھی کہیں خریدی تھی؟'' انھوں نے ہانپتے ہوئے پوچھا۔ ان کا خیال تھا کہ بڑے میاں اور دونوں لڑکے ان پر پل پڑیں گے مگر وہ خود اتنے بھاری بھرکم تھے کہ تینوں کا مقابلہ کر لیتے۔ مگر بڑے میاں نے مقابلہ کرنے کے بجائے بڑے اطمینان سے جواب دیا، ''آپ کے مکان کے سامنے نالی میں سے اُٹھائی تھی ... آپ ہی کی ہے ... لے جائیے۔''

''تم بڑے ایمان دار بوڑھے ہو!'' موٹے میاں نے خوش ہو کر کہا۔ ''میں تم کو اپنے ہاں نوکر رکھوں گا۔''

یہ جملہ سن کر دونوں لڑکوں نے تیوری پر بل ڈالے۔

''تم بتا چکے ہو کہ یہ جادو کی انگوٹھی ہے۔ میں جو چاہوں مل جائے گا؟''

حطانچ نے سر ہلایا۔ لڑکے سمجھ گئے کہ اب بڑے میاں اس موٹے کاروباری کو بے وقوف بنانے والے ہیں۔ یہ سوچ کر ان کو بڑی ہنسی آئی۔

''ضرور، ضرور ... اے سرخ چہرے والے غیر ملکی! جو مانگو گے مل جائے گا۔''

یہ سنتے ہی موٹے میاں کے چہرے پر غرور اور سختی آ گئی۔ انگوٹھی پہن کر وہ چلّائے، ''او احمق بڈھے ... اِدھر آ اور میرا روپیا گن۔''

لڑکوں کو اس بدتمیزی پر بہت غصہ آیا اور کچھ کہنے ہی والے تھے کہ حطانچ نے پوچھا، ''مگر کس قسم کا روپیا ... صاحب؟ ذرا مجھے دِکھا تو دیجیے۔''

''ہر مہذب آدمی جانتا ہے، روپیا کیسا ہوتا ہے ...'' یہ کہہ کر موٹے کاروباری نے جیب سے غیر ملکی نوٹ نکالے اور حطانچ کو دِکھا کر پھر جیب میں رکھ لیے۔ ''مجھے ایک سو بوری روپیا چاہیے۔''

وولکا نے ژینیا کو آنکھ ماری۔

”ایک سو بوری رو پیا...نصف جس کا پچاس بوریاں...؟“

”لیکن روپے کی بوریاں ظاہر نہ ہوئیں۔

”کہاں ہیں...کدھر ہیں بوریاں...؟“ موٹے میاں نے چلّا کر پوچھا۔

اور اسی وقت ایک بڑی سی بوری اس کے سر پر آن کر گری اور وہ اس کے بوجھ سے زمین پر گر پڑا اور بے ہوش ہو گیا۔

جتنی دیر میں حطابچ اسے ہوش میں لائیں، لڑکوں نے بوریوں کا روپیا گننا شروع کیا۔ بوری کے اندر سو تھیلیاں تھیں جن میں سو سو کے نوٹ ٹھنسے ہوئے تھے۔

”کمال ہے۔ مجھے تو ایک سائیکل بھی نہ دی، اس انگوٹھی نے۔“ زینیا نے کہا۔

”ہاں واقعی...کمال ہے!“ وولکا نے جواب دیا۔

ہوش میں آتے ہی موٹے کاروباری نے تھیلیاں دیکھیں اور اس کی آنکھوں میں لالچ بڑھ گئی۔

”سو بہت کم ہیں...دس لاکھ تھیلیاں فوراً“

فوراً دس ٹن وزنی بورا گھاس پر آن گرا جس میں سے تھیلیاں نکل نکل کر بکھر گئیں۔ سب میں سو سو کے نوٹ تھے۔

یہ سارے نوٹ عام نوٹوں کی طرح تھے مگر فرق صرف اتنا تھا کہ سب پر نمبر ایک ہی پڑا تھا کیونکہ یہ وہی نمبر تھا جو حطابچ نے اس نوٹ پر دیکھا تھا جو موٹے نے ان کے سامنے لہرایا تھا۔

لیکن موٹے کو یہ دیکھنے کی فرصت کہاں تھی اس وقت۔ وہ نوٹوں کے ڈھیر پر چڑھ کر کھڑا ہو گیا۔ اس کی آنکھوں سے شعلے نکل رہے تھے اور دل زور زور سے دھڑک رہا تھا۔

”اور اب مجھے ہیروں سے جڑی دس ہزار سونے کی گھڑیاں، بیس ہزار سونے کے سگریٹ کیس...نہیں...پچاس ہزار سچے موتیوں کے ہار اور پندرہ سو پرانے زمانے کے چینی کے قیمتی برتن چاہئیں۔“

جیسے جیسے اس سارے سامان کی اوپر سے بارش ہوئی وہ ادھر اُدھر کو دتا گیا تا کہ اپنا

سر بچائے۔

’’اب جی بھر گیا؟‘‘ طابچ نے سختی سے پوچھا۔

’’خاموش اوذلیل نوکر...جو میں حکم دوں وہی کر...اور دولت...اور...اور...!‘‘

’’بھاگ جاؤ یہاں سے...چلے جاؤ۔ وہیں جہاں سے آئے ہو۔‘‘ وولکا نے غصّے سے کہا۔ ’’نکل جاؤ ہمارے ملک سے۔‘‘

’’ایسا ہی ہوگا۔‘‘ طابچ نے ڈاڑھی کے چار بال توڑے۔ اس وقت سارا مال غائب ہو گیا اور موٹے میاں بھی گھاس پر لڑکھتے ہوئے دور چلے گئے۔

’’یہ سمجھ میں نہیں آیا...یہ انگوٹھی واقعی جادو کی ہے؟‘‘ وولکا نے کہا۔

’’پھر اس انگوٹھی نے اس ڈاکو کی فرمائشیں کیوں پوری کیں؟‘‘

’’فرمائشیں میں نے پوری کی تھیں۔‘‘

’’کیوں؟‘‘

’’اخلاق کا تقاضا یہی تھا۔ میں نے اس آدمی کو خواہ مخواہ دکان میں تنگ کیا اور راستے بھر اس کی جان کھاتا رہا۔ اس لیے میں نے سوچا کہ اب بے چارے کی بات پوری کر دوں مگر اس کے لالچ اور کمینے پن سے میرا جی متلا گیا۔‘‘

جب وہ تینوں دریا کے کنارے سے واپس آنے لگے تو راستے میں اپنی وہی انگوٹھی پڑی ملی جو موٹے کاروباری نے گھر جاتے وقت بھولے سے گرا دی تھی۔

بڑے میاں نے اسے اُٹھا کر پہن لیا۔ وہ لوگ گھر پہنچ کر سب بھی گئے مگر موٹے میاں ابھی تک اپنے مکان کی طرف لڑکھتے چلے جا رہے تھے۔

فٹ بال کے فالتو ٹکٹ

ایک روز تینوں دوست فٹ بال میچ دیکھنے گئے۔ فٹ بال کے زمانے میں سارا ماسکو دو مخالف پارٹیوں میں تقسیم ہوجاتا ہے؛ ایک پارٹی تو ان لوگوں کی ہے جو فٹ بال کے بے حد شوقین ہیں، دوسری پارٹی میں وہ عجیب لوگ شامل ہیں جن کو اس کھیل سے بالکل کوئی دلچسپی نہیں۔

کھیل شروع ہونے سے بہت پہلے، فٹ بال کے شوقین سینٹرل اسٹیڈیم کے پھاٹکوں پر اکٹھے ہوجاتے ہیں اور ان لوگوں کو جو یہاں آنے کے بجائے کہیں اور جا رہے ہوں، حیرت سے دیکھتے ہیں۔ دوسری طرف ماسکو کے ان شہریوں کو جنہیں اس کھیل کا شوق نہیں، بسوں، ٹراموں اور موٹروں پر لدے ہوئے ان دیوانوں کے ٹھٹھ کے ٹھٹھ متعجب کرتے ہیں۔

لیکن فٹ بال کے دیوانوں کی یہ فوج جس میں دوسروں کو اتنا ایکا نظر آتا ہے، خود دو کیمپوں میں بٹی ہوئی ہے۔ اسٹیڈیم کے پھاٹک پر پہنچتے ہی ان دونوں کیمپوں کا اختلاف ظاہر ہوجاتا ہے۔ فوراً یہ پتا چل جاتا ہے کہ ایک پارٹی کے پاس ٹکٹ ہیں، اور دوسرے بلا ٹکٹ تماشائی ہیں۔ ٹکٹ والے مزے سے پھاٹک کے اندر چلے جاتے ہیں اور بلا ٹکٹ لوگ کودو کر، اُچھل اُچھل کر گھبرا کر اندر جانے والے سے پوچھتے ہیں، ''آپ کے پاس فالتو ٹکٹ ہوگا....آپ کے پاس ایک فالتو ٹکٹ....؟''

اور بلا ٹکٹ لوگوں کی بھیڑ اتنی زیادہ ہوتی ہے اور فالتو ٹکٹ اتنے کم کہ اگر حطاجی

ساتھ نہ ہوتے تو وولکا اور ژینیا کو بھی میچ دیکھے بغیر ہی لوٹ ہی آنا پڑتا۔

’’حطا پیچ ...ٹکٹ ...!‘‘

’’جو حکم ...!‘‘

اور بڑے میاں کے ہاتھ میں نیلے، ہرے اور زرد ٹکٹوں کی پوری گڈی موجود تھی۔

’’اتنے کافی ہوں گے؟‘‘ انھوں نے ٹکٹ ہوا میں لہرا کر کہا اور خیریت ہو گئی ورنہ ان ہی ٹکٹوں کی وجہ سے بڑے میاں کو اپنی جان سے ہاتھ دھونے پڑ جاتے۔

’’ارے ارے دیکھو ...فالتو ٹکٹ ...‘‘ ایک آدمی گڈی دیکھتے ہی چلّایا اور پچاس ساٹھ تماشائی بڑے میاں پر ٹوٹ پڑے۔ بڑے میاں کچلے جاتے مگر وولکا نے چلّانا شروع کیا، ’’فالتو ٹکٹ ...کس کو چاہئیں ...کس کو چاہئیں ...فالتو ٹکٹ!‘‘

یہ سنتے ہی ساری بھیڑ وولکا کی طرف لپکی اور وولکا موقع پاتے ہی اِس بھیڑ میں گھس گیا۔ گیٹ کیپر تک پہنچ کر ٹکٹ دِکھائے اور ژینیا اور بڑے میاں سمیت اسٹیڈیم کے اندر جا پہنچا۔

✻✻✻

پھر وہی آئس کریم

ابھی تینوں دوست اپنی کرسیوں پر بیٹھے ہی تھے کہ آئس کریم بیچنے والی لڑکی ان کی طرف آئی مگر فوراً ہی ڈر کے مارے زور سے چیخی کیوں کہ سفید سوٹ اور تنکوں کی ہیٹ والے ایک مسخرے سے بوڑھے نے گرج کر اسے جواب دیا، ’’اس آئس کریم کے ذریعے مجھے مارنا چاہتی ہے کم بخت ...؟ چھیالیس پیالیاں میں اس روز سرکس میں ٹھونس گیا اور مرتے مرتے بچا۔ او نامعقول کنیز! ٹھہر تو جا۔‘‘ اور یہ کہہ کر بوڑھے نے اپنا ہاتھ سر تک اُٹھایا۔ فوراً ایک سنہرے بالوں والے لڑکے نے انھیں پکڑ لیا اور کہا، ’’قصور تمھارا ہے ...اتنے نڈر کیوں ہو ...بیٹھ جاؤ ...فوراً بیٹھ جاؤ۔‘‘

’’جو حکم میرے آقا ...‘‘ بوڑھے نے جواب دیا پھر سہمی ہوئی لڑکی سے کہا، ’’بھاگ جا

میرے سامنے سے، جا میں نے معاف کیا اور اس نوجوان کا احسان عمر نہ بھولنا جس ساری
نے اس وقت تیری جان بخشی کرادی۔''
وہ لڑکی سر پہ پاؤں رکھ بھاگی چلی گئی۔

کتنے فٹ بال چاہئیں؟

اسٹیڈیم اب کھچاکھچ بھر چکا تھا۔ لاؤڈ اسپیکر چلّا رہے تھے۔ ایک لاکھ تماشائی
بے صبری سے امپائر کی سیٹی کے منتظر تھے۔

آخر امپائر اور لائنز مین ہرے بھرے میدان میں نمودار ہوئے۔ امپائر کے ہاتھ میں
فٹ بال تھا جسے اس نے میدان کے بیچوں بیچ رکھ دیا۔ دونوں ٹیمیں آمنے سامنے آ کر کھڑی
ہو گئیں۔ کپتانوں نے ایک دوسرے سے ہاتھ ملایا اور ٹاس کیا۔

''اے وولکا ابنِ الوشا! اپنے اس حقیر غلام کو یہ سمجھا کہ یہ بائیس خوش شکل نوجوان
اس گیند کے ساتھ کیا کرنے والے ہیں؟''

''چپکے بیٹھے رہو...خود دیکھ لینا۔'' وولکا نے بے صبری سے جواب دیا۔

کھیل شروع ہو گیا۔

''تمھارا مطلب ہے کہ یہ بائیس نوجوان اس ایک حقیر چمڑے کی گیند کے لیے ایسی
دھکا پیل کر رہے ہیں اور دیوانے ہوئے جاتے ہیں؟ صرف اس وجہ سے کہ بے چارے
بائیس نوجوانوں کے پاس صرف ایک گیند ہے؟''

وولکا کھیل دیکھنے میں مصروف تھا۔ اس نے حطابچ کی بات نہیں سنی۔

اتنے میں ایک ٹیم کے فارورڈ نے فٹ بال حاصل کر لیا اور دوسری ٹیم کے گول کی
طرف بڑھا۔ عین اس وقت ایک لاکھ تماشائی کھڑے ہو گئے اور چیخ و پکار مچ گئی۔ امپائر نے
سیٹی بجائی، کھیل رُک گیا۔ اس وقت ایسا واقعہ ہوا جو فٹ بال کی تاریخ میں آج تک نہ ہوا تھا

اور جو فطرت کے قانون کے بالکل خلاف تھا۔ کیوں کہ بہترین چمڑے کے بنے ہوئے بائیس رنگ برنگے فٹ بال آسمان سے گرے اور فیلڈ میں بکھر گئے۔

''یہ کس کی شرارت ہے؟ یہ کس کی غنڈہ گردی ہے؟'' لوگ چلّائے۔

''دیکھو، تمھاری اس حرکت سے کھیل رُک گیا۔'' وولکا نے بڑے میاں سے کہا۔ حالانکہ وہ بہت زیادہ ناخوش نہیں تھا کیوں کہ ان گیندوں کے ظاہر ہونے سے پہلے اس کی پسندیدہ زوبیلو ٹیم ہار رہی تھی۔

''میرا خیال تھا کہ اگر ہر کھلاڑی کے پاس اپنی گیند ہو تو کھیل زیادہ اچھی طرح کھیلا جائے گا۔'' جن نے مری ہوئی آواز میں جواب دیا۔

''تم نے بڑی آفت جوت رکھی ہے۔'' وولکا نے جھنجھلا کر کہا اور جلدی جلدی بڑے میاں کو فٹ بال کے قاعدے قانون سمجھائے۔

''اب چکر یہ ہے کہ زوبیلو ٹیم سورج کے مقابلے میں کھیلے گی۔ کیوں کہ کھیل کے اگلے حصے میں جب یہ لوگ جگہیں بدلیں گے تو سورج آنکھوں میں چمکے گا اور اس طرح 'شنئے با' ٹیم خواہ مخواہ فائدے میں رہے گی۔'' اس نے مزید کہا۔

فوراً سورج ایک بادل میں چھپ گیا اور کھیل کے خاتمے تک چھپا رہا۔ رنگ برنگے فٹ بال بھی غائب ہو چکے تھے۔ اس ہنگامے کی وجہ سے شنئے ٹیم کے پیرّ اُکھڑ گئے اور وہ بہت بُرا کھیل رہے تھے اور اِس کا میناچ کو بڑا افسوس تھا۔

فٹ بال کے شائق حطارِچ

اس طرح اب وولکا اور حطارِچ کی ہمدردیاں مختلف ٹیموں کے ساتھ ہوگئیں۔ جب شیئے با ٹیم ہارنے لگی تو حطارِچ کو رنج ہوتا اور وولکا کو خوشی۔ حطارِچ زندگی میں پہلی بار فٹ بال میچ دیکھ رہے تھے اور ان کو معلوم نہیں تھا کہ فٹ بال کے شوقین کیسے ہوتے ہیں۔ یہی سمجھے تھے کہ وولکا کو زوبیلو ٹیم کی طرف سے جو فکر ہوئی تھی کہ سورج ان کی آنکھوں کے سامنے آجائے گا، اس کی وجہ محض یہی ہے کہ یہ لڑکا کھیل میں انصاف چاہتا ہے لیکن نہ ان کو اس کا احساس ہوا نہ وولکا کو کہ اب وہ خود بھی فٹ بال کے شوقین بن چکے تھے۔ وولکا کھیل دیکھنے میں اتنا محو تھا کہ اس نے اور کسی طرف دھیان نہیں دیا اور اس کی اس بے دھیانی کی وجہ سے اسٹیڈیم میں اس روز وہ انوکھے تماشے نظر آئے جن کا ذکر آئندہ آئے گا۔

ہوا یہ کہ جب زوبیلو ٹیم ایک بے حد نازک موقع پر شیئے کے گول کی طرف بڑھی تو وولکا نے حطارِچ سے کہا، ''حطارِچ! جب زوبیلو کے کھلاڑی فٹ بال پر کک لگائیں تو تم شیئے با کا گول ذرا چوڑا کر دینا۔''

''اس سے شیئے با کو کیا فائدہ ہوگا؟''

''تم کو اس سے کیا مطلب! اس سے زوبیلو کو فائدہ ہوگا۔''

بڑے میاں چپ رہے۔ زوبیلو کھلاڑیوں نے پھر ایک گول مس کر دیا۔ دو تین منٹ بعد شیئے با کھلاڑیوں نے گیند زوبیلو گول میں پہنچا دی۔

”یور! میں قسم کھا سکتا ہوں کہ گول پوسٹ شئے باتیم کی طرف ہے۔“ زوبیلو کے گول کیپر نے ایک فالتو کھلاڑی سے اس وقت کہا جب کھلاڑی میدان کے دوسرے سرے تک جا چکے تھے۔

”کیا...؟“

”جب ان لوگوں نے گیند پر کک لگائی تو میں قسم کھاتا ہوں میں نے اپنی آنکھوں سے دیکھا کہ دائیں ہاتھ والی گول پوسٹ آدھ گز کھسک گئی تا کہ گیند گزر جائے۔“

”تم کو بخار تو نہیں ہو رہا ہے؟“

”کیوں...؟“

”ذرا اپنا ٹمپریچر لے لو۔ تمہیں یقیناً بخار آ گیا ہے، دھوپ کی وجہ سے۔“

”ہونہہ!“

شئے با کھلاڑی تیزی سے زوبیلو گول کی طرف بڑھ رہے تھے۔

تین منٹ میں دوسرا گول۔

اور زوبیلو گول کیپر کا قصور اس مرتبہ بھی نہ تھا۔ وہ غریب تو اپنی جان لڑائے دے رہا تھا مگر وہ کیا کرتا۔ جیسے ہی بال پر کک لگتا، لکڑی کا جنگلا خود بہ خود اُٹھ جاتا اور گیند اس کی اُنگلیوں کو چھوتی ہوئی سر سے نکل جاتی۔ وہ شکایت کس سے کرتا؟ کون اس کا یقین کر سکتا تھا؟ دیکھا تم نے؟ اس نے یور سے پھر کہا۔

”ہاں، میں نے بھی دیکھا...“ یور نے ہکلاتے ہوئے جواب دیا۔ ”لیکن کوئی اس بات کو سچ نہیں مانے گا۔“

اس وقت وولکا نے دیکھا کہ بڑے میاں اپنی داڑھی کا بال توڑ رہے ہیں مگر زوبیلو ٹیم اس بری طرح ہار رہی تھی کہ وولکا پھر اس طرف متوجہ ہو گیا لیکن اب زوبیلو ٹیم ایک دم جیتنے لگی۔ ان کے فارورڈ نے گیند شئے با گول پوسٹ میں گول پہنچا دی۔ تماشائی چلّانے لگے۔ وولکا اور ژینیا نے خوشی سے ایک دوسرے کو آنکھ ماری لیکن فوراً ہی ان کے چہرے اُتر گئے۔ گول ہونے ہی والا تھا کہ گیند کراس اس بار سے بڑے زور سے ٹکرائی اور اس کی آواز سارے اسٹیڈیم

میں گونجی۔ ساتھ ہی شئے با گول کیپر کرا ہا کیوں کہ کر اس بار نیچے ہو کر گول تو فاؤل کر دیا تھا مگر اس کے سر پر بھی چوٹ لگا دی تھی۔

اب وولکا کی سمجھ میں ساری بات آگئی اور وہ ہٹ بڑا گیا۔

’’حسن عبد الرحمٰن ھٹا بچ!‘‘ اس نے لرزتی ہوئی آواز میں کہا۔ ’’میں یہ کیا دیکھ رہا ہوں! تم جانتے ہو کہ میں اور ژینیا زو بیلو ٹیم کے عاشق ہیں اور تم شئے با والوں کے شوقین بن گئے؟‘‘

’’ہاں اے ابنِ الوشا! یہ سیح ہے۔‘‘

’’میں نے تم کو مٹی کی صراحی سے آزاد نہیں کیا تھا؟‘‘ وولکا نے تلخی سے کہا۔

’’یہ بھی صحیح ہے۔‘‘

’’پھر تم شئے با ٹیم کی مدد کیوں کر رہے ہو؟‘‘

’’کیوں کہ میں چاہتا ہوں کہ شئے با ٹیم جیتے!‘‘ جن نے اطمینان سے جواب دیا۔

❖❖❖

<h1 style="text-align:center">معاملہ زیادہ نازک ہو گیا</h1>

’’اچھا۔ یہ بات ہے۔ پھر تمھاری خیریت نہیں۔‘‘ وولکا نے غصّے سے کہا۔

’’اب جو ہو سو ہو۔‘‘ جن نے جواب دیا۔

اسی وقت زو بیلو کا گول کیپر پھسل کر گر پڑا۔ تیسری بال بھی گول میں چلی گئی۔ وولکا غصّے سے بے تاب ہو کر کھڑا ہو گیا اور ھٹا بچ کی طرف اشارہ کر کے چلّایا، ’’سنو بھائیو! یہ بڈھا سارے وقت شئے با ٹیم کی مدد کرتا رہا ہے۔‘‘

’’کون ...؟ امپائر مدد کر رہا ہے؟‘‘ لوگ چلّانے لگے۔

’’نہیں، نہیں ... یہ آدمی ... یہ بوڑھا ... یہ آدمی ... یہ مدد کر رہا ہے۔ یہ ... چھوڑ دو مجھے۔‘‘ اس نے پلٹ کر ژینیا سے کہا جو اس کی آستین پکڑ کر اسے بٹھانا چاہ رہا تھا۔ مگر وولکا

کی بات پر لوگ ہنس پڑے۔

’’تمھارا مطلب ہے کہ یہ بڑے میاں اتنی دور سے بیٹھے گول پوسٹ کو کھسکا رہے ہیں؟‘‘ بڑے زور کا قہقہہ پڑا۔ ’’شاید انھوں نے ہی وہ رنگین گیندیں فیلڈ میں پھینکی تھیں؟ ہا ہا ہا...‘‘

’’ہاں... ہاں...‘‘ وولکا نے جواب دیا۔ لوگ اور زور سے ہنسے۔

’’شاید ملک چلی میں بھونچال بھی لائے تھے! ہا ہا ہا...!‘‘

’’نہیں! اس بھونچال کے ذمے دار یہ نہیں ہیں۔‘‘ وولکا نے جواب دیا کیوں کہ وہ بڑا سچا اور ایمان دار لڑکا تھا۔ ’’بھونچال زمین کے اندر کے مادّے کے پگھلنے جلنے کی وجہ سے آتا ہے اور اس وقت تو یہ صراحی سے بالکل نئے نئے آزاد ہوئے تھے۔‘‘

زبردست قہقہہ پڑا۔

ایک ادھیڑ عمر کا آدمی اب اس گفتگو میں شریک ہو گیا۔ وہ بھی وولکا کے پڑوس میں رہتا تھا اور اس نے اس بلّے کا نام مشہور گول کیپر کے نام پر ہوج رکھا تھا۔

’’پاگل پنے کی باتیں مت کرو۔‘‘ اس نے وولکا سے کہا۔ ’’چپکے بیٹھے رہو۔ اس وقت حالت بہت نازک ہے۔‘‘ (وہ آدمی بھی زو بیلو ٹیم کا طرف دار تھا)

زو بیلو ٹیم تو ایسا لگ رہا تھا جیسے کھیلنا جانتی ہی نہیں۔ کھلاڑی عجیب بے تکی حرکتیں کرنے لگے۔ بار بار اس طرح گر پڑتے جیسے ابھی گھٹنوں چلنا بھی نہیں جانتے۔ فرسٹ ٹائم کے ختم ہونے میں گیارہ منٹ باقی تھے مگر شے باٹیم کا اسکور ۰۰ – ۱۴ تھا۔

اب زو بیلو کھلاڑی فٹ بال کو دیکھ کر اس طرح سہمنے لگے گویا یہ گیند نہیں، بم تھا۔ کاش دونوں لڑکوں نے حطابچ کو فٹ بال کھیل نہ سمجھایا ہوتا! اب کیا ہو؟ بوڑھے جن کا دھیان فیلڈ کی طرف سے کس طرح ہٹایا جائے؟

ژینیا کو ترکیب سوجھ گئی۔ اس نے سوویت اسپورٹس کا ایک پرچہ جن کے ہاتھ میں تھما کر کہا، ’’دیکھو... ساری قوم کے سامنے تم اتنی عمدہ ٹیم کی بے عزتی کرا رہے ہو۔‘‘

حطابچ نے زور زور سے پڑھنا شروع کیا۔ ’’زو بیلو ٹیم نے کوئی بی شیف میں مقامی

ٹیم کے ساتھ میچ کھیلتے ہوئے...'' ''ایک فٹ بال کے شوقین کی حیثیت سے فوراً ہٹا پچ انتہائی دلچسپی سے اس اخبار کے پڑھنے میں مصروف ہو گئے۔

ادھر زو بیلو ٹیم کی حالت بہتر ہونا شروع ہوئی اور بہت جلد اس نے جیتنا شروع کر دیا۔

''دیکھا، میں نہ کہتا تھا...'' ایک تماشائی نے جوش سے بڑے میاں کو ٹہوکا دیا۔ ''اب شیشے بنوالوں کو مزہ چکھائیں گے ہم لوگ۔''

بڑے میاں فوراً چونک پڑے۔ اخبار ایک طرف رکھا۔ ایک ایکسپرٹ کھلاڑی کی طرح میدان کا جائزہ لیا اور پھر ڈاڑھی کا بال توڑا۔

زو بیلو ٹیم کی حالت پھر بدتر ہونا شروع ہوئی۔ ان کا اسکور اب یہ تھا : ۱۵-۰۰ ، ۱۶-۰۰ ، ۱۸-۰۰ ، ۲۳-۰۰ ۔

ہر چالیس سیکنڈ میں گیند زو بیلو گول میں جا رہی تھی اور گول کیپر ہر دفعہ گول ہوتا تو گول پوسٹ پکڑ کر زور سے چلّاتا، ''اماں...میری اماں...'' اور پھر ایسے نازک موقع پر وہ ایک طرف کو ٹہلنے لگا۔

''شرم...شرم...شرم!'' لوگ چلّائے۔

اتنا مشہور گول کیپر جس پر سارے ملک کو ناز تھا، اس وقت اسے کیا ہو رہا تھا؟

''میں کیا کروں! مجھے کوئی پیچھے سے کھینچ رہا ہے۔'' وہ کراہا۔

سارے اسٹیڈیم میں کھلبلی مچی ہوئی تھی۔ ہر شخص حیران تھا کہ یہ ماجرا کیا ہے۔

اس وقت صرف ایک دُبلا پتلا انسان ایسا تھا جو بالکل خاموش بیٹھا تھا۔ اس کی پچاس پچپن برس کی عمر تھی۔ چاہے کتنا ہی ہنگامہ ہو، یہ ہمیشہ اسی طرح گم سم بیٹھا رہتا تھا۔ وہ بھی زو بیلو ٹیم کا شائق تھا اور ہٹا پچ کے بالکل سامنے بیٹھا تھا۔ وہ غالباً دل کا مریض تھا کیوں کہ اس کی دوا کی بوتلیں اس کے ساتھ تھیں۔ اس کو بھی اپنی ٹیم کے ہارنے کا سخت صدمہ تھا کیوں کہ اس کی نظر فیلڈ پر جمی ہوئی تھی۔ جب اسکور ۲۳-۰۰ ہوا تو اس کی حالت غیر ہو گئی۔ اس نے اپنے پیلے پیلے ہونٹ کھول کر مردہ آواز میں کہا، ''کاش مجھے تھوڑا سا ٹھنڈا لیموں کا

پانی مل جاتا۔''خطابچ اپنی ٹیم کی جیت سے باغ باغ ہو رہے تھے اور اس خوشی میں لوگوں کی فرمائشیں پوری کرنے کے لیے تیار تھے۔ یہ سنتے ہی اُنھوں نے چٹکی بجائی اور اس آدمی کے ہاتھوں میں لیموں کے پانی کا گلاس آ گیا۔

اس کی جگہ کوئی اور انسان ہوتا تو بھونچکا رہ جاتا لیکن اس آدمی نے اسی سکون سے گلاس منہ کو لگایا لیکن اس سے پہلے کہ گھونٹ بھرے، چوبیسواں بال زوبیلو ٹیم کے گول میں جانے والا تھا۔ وہ اس صدمے کی وجہ سے سکتے کے عالم میں رہ گیا اور گلاس اس کے ہاتھ میں جوں کا توں موجود تھا کہ ژینیا نے آ کر وہ گلاس اس کے ہاتھ سے جھپٹ کر خطابچ کی ڈاڑھی پر دے مارا۔

''غدار!'' خطابچ نے بھی غصّے میں آ کر ڈاڑھی کے سارے بال نوچنے شروع کر دیے مگر بلّور کی سریلی کھنکھناہٹ تو کجا، ڈاڑھی میں سے کوئی آواز نہ نکلی۔ لڑکے بہت خوش ہوئے۔

''شئے با ٹیم کو جِتانا غداری نہیں ہے؟'' وولکا نے پوچھا۔

اور جس طرح چودھویں گول کے بعد ہوا تھا، اب زوبیلو ٹیم پھر جیتنے لگی۔ شئے با والے مزے میں آ گئے تھے مگر اب وہ ہڑبڑا گئے۔ ان کا گول کیپر جو اطمینان سے گھاس پر بیٹھا خربوزے کے بیج کھا رہا تھا، چونک کر اُٹھ کھڑا ہوا۔ زوبیلو والے گول کرنے ہی والے تھے کہ ... نقشہ پھر پلٹ گیا۔ ڈاڑھی میں سے بلّور کی آواز نکلی۔ خطابچ اپنی ڈاڑھی سکھانے میں کامیاب ہو چکے تھے۔

''خطابچ ... خطابچ ... یہ نہ کرو ... یہ نہ کرو۔'' وولکا نے التجا کی۔

مگر خطابچ نے سنی اَن سنی کر دی۔ زوبیلو ٹیم کی گیند ہوا میں رُک گئی پھر واپس لوٹ گئی ... اب اسکور پھر وہی تھا ... ۰۰؍۲۴ !

وولکا بھڑک گیا، ''خطابچ ... بند کرو یہ حرکت ... ورنہ کان کھول کر سن لو ... میری تمھاری دوستی ختم ... یا شئے با ٹیم ہے ... یا میں ہوں ... سوچ لو۔''

''کیوں! تم بھی فٹ بال کے شوقین ہو، میں بھی فٹ بال کا شوقین ہوں ... اس میں

دوستی ختم ہونے کی کیا بات ہے؟‘‘ جن نے کہا مگر وولکا کے تیور دیکھ کر آہستہ سے کہا۔’’آگے کیا ارشاد ہے۔‘‘

’’تم شے با کے شائق ہو تو اس کا یہ مطلب نہیں ہے کہ سارے ملک میں زوبیلو ٹیم کا اس بری طرح مذاق اڑاؤ...فوراً ٹھیک کرو یہ گڑبڑ۔‘‘

’’جو حکم میرے آقا!‘‘

ابھی امپائر نے فرسٹ ٹائم ختم کرنے کی سیٹی بجائی ہی تھی کہ ساری کی ساری زوبیلو ٹیم زور زور سے چھینکنے اور کھانسنے لگی اور جوں کی چال چلتی اپنے کمروں کی طرف لوٹ گئی۔ فوراً ڈاکٹر بلایا گیا۔ اس نے کھلاڑیوں کا معائنہ کیا اور امپائر کو بلا کر کہا کہ کھیل فوراً ختم کر دیا جائے۔ یہ لوگ اگلے سات دن تک نہیں کھیل سکتے۔ سب کے سب سخت بیمار ہیں۔ ڈاکٹر بھونچکا نظر آ رہا تھا۔

’’مگر ہوا کیا انھیں؟‘‘

’’عجیب بات ہے۔ یہ سب نوجوان لڑکے ہیں اور ان سب کو بچوں کی طرح کھسرہ نکل آئی ہے۔‘‘

اس طرح تاریخ کا وہ واحد فٹ بال میچ جس میں ایک تماشائی نے اپنی ٹانگ اڑانا چاہی تھی، اس طرح ختم ہوا۔ اور تم نے دیکھ ہی لیا کہ تماشائی کے ٹانگ اڑانے کا نتیجہ اچھا نہیں نکلا۔

اس انوکھے واقعے کے متعلق بھی کہ گیارہ کھلاڑیوں کو زندگی میں دوبارہ کھسرہ نکلی اور ایک ساتھ نکلی، پروفیسر کالی کھانسی نے آ چھیں نامی میڈیکل رسالے میں ایک مضمون لکھا تھا اور وہ مضمون اتنا مقبول ہوا کہ وہ رسالہ کبھی کسی لائبریری میں نہیں مل سکتا کیوں کہ ہمیشہ ممبروں کے پاس رہتا ہے۔ تم بھی اسے تلاش کرنے کی کوشش کرنا، ملے گا نہیں۔

صلح صفائی

بادل سورج پر سے گزر گیا۔ ایک لاکھ تماشائی اسٹیڈیم سے باہر نکلے۔ ہر شخص کھیل کے متعلق اپنی اپنی ہانک رہا تھا۔ صرف تین تماشائی ایسے تھے جنہوں نے اس گرما گرم بحث مباحثے میں کوئی حصہ نہ لیا۔ خاموشی سے ٹرام میں بیٹھے اور گھر کی طرف روانہ ہوگئے۔

''فٹ بال بہت کمال کا کھیل ہے۔'' ہطابچ نے ذرا ہمت کرکے زبان کھولی۔

''ہوں۔'' وولکا نے کچھ نہ کہا۔

''کیا تم مجھ سے اب بھی خفا ہو، ابنِ الوشا؟''

''خفا! تم نے وہاں پر کچھ کم اودھم مچایا ہے؟ اب کان پکڑتا ہوں جو آئندہ کبھی تمہیں کسی میچ میں لے جاؤں۔''

''جو حکم میرے آقا، لیکن کبھی کبھی مجھے فٹ بال میچوں کے متعلق تازہ ترین خبریں تو بتا دیا کرنا۔'' ہطابچ نے درخواست کی۔

اس کے بعد ان دونوں میں دوبارہ دوستی ہوگئی۔

جن حسن عبدالرحمٰن

حصہ دوم

عمر کو کہاں ڈھونڈیں

حطابچ کی ہشاش بشاش شکل دیکھ کر کوئی یہ سوچ بھی نہیں سکتا تھا کہ حال ہی میں بیماری سے اُٹھے ہیں لیکن کبھی کبھی وہ اپنی ڈاڑھی پر ہاتھ پھیر کر ٹھنڈی سانسیں بھرا کرتے اور آنسو بہانے لگتے۔

آخر ایک دن انھوں نے وولکا سے کہا، ''او ابنِ الوشا! جب میں اپنے بدقسمت بھائی کی مصیبت یاد کرتا ہوں تو رنج کے مارے میری حالت تباہ ہو جاتی ہے۔ چاہتا ہوں کہ ان کو تلاش کرنے کے لیے نکلوں، کیا تم بھی میرے ساتھ چلو گے؟''

وہ لوگ اس وقت ماسکووا دریا کے کنارے بیٹھے ہوئے تھے۔ ''تلاش کس جگہ سے شروع کی جائے؟'' وولکا نے اطمینان سے پوچھا کیوں کہ اسے اب حطابچ کی انتہائی اوٹ پٹانگ تجویزوں کی عادت ہو چکی تھی۔

''میں نے تمھیں بتایا تھا اے وولکا کہ حضرت سلیمان علیہ السلام کے جنوں نے بھائی صاحب کو ایک تانبے کی صراحی میں بند کر کے جنوب کے کسی سمندر میں پھینک دیا تھا۔ لہذا ہمیں گرم ملکوں کے ساحلوں پر ہی جانا چاہیے۔''

وولکا کو جنوب کے سفر کا خیال بہت پسند آیا۔

''زینیا کو بھی ساتھ لے لیں؟'' بڑے میاں نے دریافت کیا اور فوراً یہ طے کر لیا گیا کہ دو دن کے اندر اندر عمر آصف کو ڈھونڈنے کی مہم شروع کر دی جائے لیکن سفر کس سواری پر کیا جائے اس سلسلے میں دونوں کی رائے الگ الگ تھی۔

,,طلسمی قالین پر چلیں گے۔‘‘ حطابخ نے کہا۔

,,بالکل نہیں ...شکریہ! دیکھ لیا تمھارے قالین کو۔ میں سردی میں ٹھٹھر کر مرنا نہیں چاہتا۔‘‘

میں تم دونوں کے لیے نرم کپڑے منگوا دوں گا اور چاہو تو عین قالین کے اوپر اُلاؤ جلتا چلے گا۔‘‘

,,نہیں، نہیں! طلسمی قالین پر ہرگز نہیں ...اوڈیسا تک ریل سے جائیں گے اور وہاں سے ...‘‘

لہٰذا یہی پروگرام طے ہوگیا۔

❖ ❖ ❖

ماسکو اوڈیسا ایکسپریس کے کنڈکٹر کی کہانی
(جو اس نے اپنے اسٹنٹ کو سنائی جو اس واقعہ کے دوران سو رہا تھا)

,,......تو بھئی میں نے ساتویں ڈبّے کے مسافروں کے بستر بھی بچھا دیے۔ ان میں ایک بے تکا سا بڈھا تھا اور دو لڑکے۔ اسباب ان لوگوں کے پاس کچھ نہیں تھا۔ ان میں سے سنہرے بالوں والے لڑکے نے مجھ سے پوچھا کہ ڈائننگ کار کدھر ہے؟ میں نے کہا کہ ڈائننگ کار اس ٹرین میں نہیں ہے مگر آپ کو صبح سویرے چائے اور بسکٹ مل جائیں گے۔ لڑکوں نے بڈھے کو دیکھا اور مجھ سے کہا، ’اچھا کوئی بات نہیں، ہمیں چائے بسکٹ نہیں چاہییں۔‘‘

,,میں نے دل میں کہا بہت خوب! ذرا دیکھوں تو تم لوگ اوڈیسا تک چائے بغیر کس طرح سفر کر لوگے۔ پھر میں اپنے ڈبّے میں آ گیا مگر آتے وقت ان کے ڈبّے کا دروازہ تھوڑا سا کھلا چھوڑ دیا۔

ساری ٹرین سو رہی تھی مگر اس ڈبّے میں برابر کھسر پھسر ہوتی رہی۔ پھر اس بوڑھے

نے دروازے سے سر باہر نکالا اور ڈاڑھی سے مٹھی بھر بال نوچے۔ میں ڈر گیا کہ یہ پاگل ہو گیا ہے۔

اب اس نے بڑبڑانا شروع کر دیا اور مجھے یقین ہو گیا کہ یہ پاگل ہے اور اسے اگلے اسٹیشن پر اتارنا پڑے گا۔ پھر وہ اپنے ڈبّے میں چلا گیا، اور اس کے بعد کیا دیکھتا ہوں کہ چار کالے کالے آدمی ریل کی گیلری میں چلے آ رہے ہیں۔ میں حیران! میں نے سارے دروازے بند کر دیے تھے۔ یہ چلتی گاڑی میں کہاں سوار ہو گئے ..... میں نے ان سے کہا ..... بھائیو.....اس ٹرین میں اب جگہ نہیں ہے۔

''خاموش رہ او کافر کے بچّے .....'' انھوں نے چلّا کر کہا، ''ہمیں معلوم ہے کہ ہم کہاں آئے ہیں .....''

''تو ٹکٹ دکھائیے۔''

''ارے او بدیسی ہمیں پریشان نہ کر۔ ہم اپنے آقا کے پاس جا رہے ہیں .....''

''مجھے تعجب ہے کہ تم مجھے بدیسی کہتے ہو۔ میں ایک سوویٹ شہری ہوں اور یہ میرا ملک ہے۔ دوسری بات یہ کہ انقلاب کے بعد سے ہمارے ہاں کوئی آقا اور کوئی بندہ نہیں ہے۔''

''چپ رہ اے او کافر! ہمارے ہاتھ گھرے ہوئے ہیں۔ ورنہ ابھی تیرا کام تمام کر دیتے۔''

''میں تم سے یہ بتانا بھول گیا کہ ان میں سے ایک سر پر بڑی سی قاب اٹھائے تھا جس میں بھُنا گوشت، کباب، مُرغ مسلّم، سیب، ناشپاتی اور انگور بھرے تھے۔ دوسرے کے سر پر پانی کی صراحی تھی۔ تیسرے نے قورمے کی پتیلیاں اٹھائی ہوئی تھیں۔ ایک کے سر پر پلاؤ کی سینی تھی۔ میں تو دیکھتے کا دیکھتا رہ گیا۔

''او کافر ملعون .....سات نمبر ڈبہ کدھر ہے .....؟'' ان میں سے ایک نے پوچھا۔

''تب میری سمجھ میں کچھ آیا۔ ''جسے تم آقا کہتے ہو۔ وہ داڑھی والا بوڑھا تو نہیں؟''

''ہاں .....''

''میں ان کو اس ڈبے تک لے گیا۔'' ''مجھے تمھارے آقا پر جرمانہ کرنا پڑے گا کہ تم کو بلاٹکٹ سفر کرا رہے ہیں ......تم ان کے پاس کتنے عرصے سے کام کر رہے ہو؟

''ساڑھے تین ہزار سال سے ......''

''کیا......؟''

''ساڑھے تین ہزار سال ......''

''چلو چھٹی ہوئی۔ وہ بڈھا ہی پاگل نہیں، یہ چاروں بھی پاگل نکلے لیکن ان سے اس طرح باتیں کرتا رہا جیسے وہ بھی عام مسافر تھے۔ میں نے کہا، ''بڑے شرم کی بات ہے۔ اتنے دنوں سے ان صاحب کے ہاں کام کر رہے ہو اور تم کو انھوں نے اوورال بھی بنوا کر نہیں دیا تم لوگ تو تقریباً ننگے ہو ......''

''ہمیں اوورال کی ضرورت نہیں۔ ہم تو جانتے بھی نہیں اوورال کس چڑیا کا نام ہے؟''

''تم لوگ کہاں سے آئے ہو......؟''

''پرانے ملک عرب سے ......''

''اچھا، اب سمجھ میں آئی بات۔ یہ لو ڈبہ ۷ نمبر دروازہ کھٹکھٹاؤ......''

''وہی بڈھا باہر نکلا۔ چاروں آدمی اس کے سامنے گھٹنوں کے بل جھک گئے۔ میں نے بڈھے سے پوچھا

''یہ لوگ تمھارے ہاں کام کرتے ہیں؟''

''ہاں ......'' اس نے جواب دیا۔

''یہ لوگ بلاٹکٹ سفر کر رہے ہیں۔ تم ان کا جرمانہ بھرو گے؟''

''ضرور ......مگر مجھے بتا دو جرمانہ کس چیز کو کہتے ہیں۔

''بڈھا بہت معقولیت سے کام لے رہا تھا چنانچہ میں نے اس کے کان میں کہا ......تمھارا ایک آدمی بہکی بہکی باتیں کر رہا ہے۔ وہ کہتا ہے کہ تمھارے ہاں ساڑھے تین ہزار برس سے کام کر رہا ہے۔''

"بالکل ٹھیک کہتا ہے۔ پورے ساڑھے تین ہزار برس سے۔ بلکہ اس سے ذرا زیادہ ہی، کیوں کہ میری عمر صرف دوسو، سوا دوسو برس کی تھی اس وقت یہ لوگ میرے غلام بنے تھے۔"

"تو میں نے کہا، اس بڑھاپے میں ایسے چلبلے پن کا مذاق تمہیں زیب نہیں دیتا۔ جرمانہ ادا کرو ورنہ اگلے اسٹیشن پر اتار دیے جاؤ گے ویسے تمہارا چال چلن کچھ ٹھیک معلوم نہیں ہوتا۔ اتنے لمبے سفر پر بغیر اسباب کے جا رہے ہو......"

"اسباب کیا ہوتا ہے؟"

"بکس، بستر.......یہی سب اور کیا۔"

'اے کنڈکٹر!' بوڑھے نے ہنس کر جواب دیا۔ 'ذرا اندر جھانک کر دیکھو۔' اور میں کیا دیکھتا ہوں کہ ڈبہ جس میں بالکل کوئی سامان نہ تھا، اب صندوقوں اور بستر بندوں سے اٹا ٹوٹ بھرا تھا۔

'یہ تو کچھ گڑبڑ ہے۔' میں نے کہا۔ 'جرمانہ ادا کرو۔ میں اگلے اسٹیشن پر چیف کنڈکٹر کو بلا کر لاؤں گا۔ میری سمجھ میں کچھ نہیں آرہا......'

'جرمانہ کس لیے ادا کروں؟' بڈھے نے ہنس کر پوچھا۔

"اب مجھے غصہ آگیا مگر کیا دیکھتا ہوں کہ وہ چاروں قلی غائب ہو چکے ہیں۔ بالکل غائب جیسے گدھے کے سر سے سینگ۔ بڈھے نے کہا،'اے کنڈکٹر اپنے ڈبے میں واپس جا...... بے کار میں کیوں پریشان ہوتا ہے؟' چنانچہ میں آ گیا اور اسی لیے تمہیں فوراً جگا کر یہ قصہ سنا رہا ہوں۔ تم کو یقین نہیں آیا؟"

او ڈیسا پہنچنے سے ایک گھنٹہ پہلے کنڈکٹر نمبر ڈبے میں گیا تاکہ بچونے اٹھا لے، وہاں حیا آبیچ نے اسے سیب کھلائے، صاف ظاہر تھا کہ کنڈکٹر رات کا واقعہ بالکل بھول چکا تھا۔

انوکھا جہاز

ایک تفریحی جہاز اوڈیسا سے باطومی جا رہا تھا۔ کئی مسافر اس کے جنگلے پر اطمینان سے جھکے ہوئے اِدھر اُدھر کی باتیں کر رہے تھے۔ نیچے جہاز کے ڈیزل انجن گڑگڑا رہے تھے اور سب سے اوپر کی منزل میں دائریس اپنے کام میں مصروف تھا۔

''بعض دفعہ اتنا افسوس ہوتا ہے کہ پہلے وقتوں کے وہ شان دار جہاز جن پر بڑے بڑے سفید بادبان پھڑپھڑاتے تھے اب خواب و خیال ہو گئے۔ آج کل تو چھوٹی چھوٹی کشتیوں تک میں انجن لگا دیے گئے ہیں۔'' ایک مسافر کہہ رہا تھا۔ ''مگر کہا انھیں بادبانی کشتی جاتا ہے۔''

پھر وہ سب کا ہلی سے مچھلیوں کو دیکھنے چلے گئے جو سمندر کی موجوں پر اچھل رہی تھیں۔ صرف ایک ملّاح وہاں کھڑا رہ گیا۔ دھوپ تیز ہو گئی تھی اس نے آرام کرسی پر بیٹھ کر ایک رسالے سے پنکھا جھلنا شروع کر دیا۔

اتنے میں اسے کوئی چیز نظر آئی۔ وہ دوڑا دوڑا جنگلے کے پاس گیا۔ افق کے قریب ایک نہایت عالی شان جہاز، پرانے زمانے کا جہاز سمندر میں تیر رہا تھا۔ ایسا جہاز جس کا ذکر اب صرف پریوں کی کہانیوں میں ہوتا ہے!

''ارے ارے۔ وہ دیکھو......ادھر......'' اس نے چلّا کر دوسروں کو آواز دی۔ ''سچ مچ کا بادبانی جہاز! مگر دیکھنا، اس کے بادبانوں کا رُخ غلط سمت کو ہے۔ ہوا کے رُخ کے

خلاف......اور یہ اب تک ڈوبانہیں .....کمال ہے!''

جتنی دیر میں دوسرے مسافر اسے دیکھیں، وہ گمنام جہاز نظروں سے اوجھل ہو چکا تھا۔ گمنام اس لیے کہ وہ ملّاح قسم کھانے کو تیار ہے کہ وہ خوبصورت بادبانی جہاز بحیرۂ اسود کے کسی سوویٹ بندرگاہ میں نہیں دیکھا گیا تھا کیوں کہ وہ صرف چند گھنٹے قبل سمندر پر ظاہر ہوا تھا اور کچھ دیر بعد ہی غائب ہو گیا تھا۔

اس جہاز کا نام عبدالرحمٰن کے بدنصیب بھائی عمر آصف کے نام پر سفینۂ عمر رکھا گیا تھا۔

❀❀❀

سفینۂ عمر

اگر ماسکو اودیسا ایکسپریس کا کنڈکٹر کسی طرح اس جہاز پر سوار ہو جاتا تو اسے اس کے مسافروں اور ملّاحوں سے مل کر بالکل حیرت نہ ہوتی۔ وہ ان سے پہلے ہی مل چکا تھا۔ کیوں کہ ڈاڑھی والے بوڑھے میاں اور دونوں لڑکے اس کے مسافر تھے اور چاروں کالے نوکر اس کے ملّاح بنے ہوئے تھے۔

یہ چاروں ملاح انتہائی مہارت سے جہاز چلانے میں مشغول تھے۔ جہاز موسکووا دریا پر بہنے والے کسی موٹر لانچ سے زیادہ بڑا نہ تھا مگر بے حد خوبصورت تھا اور حطانچ نے لڑکوں کو یقین دلایا کہ حضرت سلیمان علیہ السلام تک کے پاس سفینۂ عمر سے بڑا جہاز نہ تھا۔ جہاز بہترین قالینوں سے سجا ہوا تھا اور سارا ساز وسامان بہت ہی قیمتی تھا مگر اس میں اِدھر اُدھر گھومتے ہوئے دونوں لڑکوں نے ایک سوراخ میں سے ایک اور کیبن کے اندر جھانکا تو انھیں بہت کوفت ہوئی کہ اس میں تختوں کے پلنگ تھے اور ان پر چھٹرے گودڑے بچھے ہوئے تھے۔

''شاید یہ کمرہ ان بحری قزّاقوں کے لیے ہو جو شاید ہم راستے میں پکڑیں گے۔'' ژینیا نے کہا۔

''نہیں ...... جب جہاز کی صفائی کی جا رہی تھی تو یہ کمرہ ٹھیک کرنے سے رہ گیا اور صفائی کے جھاڑن واڑن اس میں پڑے رہ گئے۔'' وولکا نے کہا۔

''جہاز کی صفائی سے کیا مطلب ...... آج صبح سے پہلے تو یہ جہاز اس دنیا میں موجود ہی نہ تھا ......'' ژینیا بولا۔

لہٰذا دونوں لڑکے حطابچ کے پاس گئے کہ وہ اس معاملے پر کچھ روشنی ڈالیں، مگر بڑے میاں سو رہے تھے۔ دونوں لڑکے قالینوں پر بیٹھ گئے۔ جب حطابچ جاگ گئے تو ملاحوں نے دعوتی کھانا لا کر ان تینوں کے سامنے چُن دیا اور واپس جانے لگے۔

ژینیا نے کہا، ''جا کیوں رہے ہو؟ تم کھانا نہیں کھاؤ گے؟'' وولکا نے بھی سوال کیا۔

نوکروں نے انکار میں سر ہلا دیا۔

حطابچ گر بڑا سے گئے۔

''کیا تم ان نوکروں کو اپنے ساتھ کھانا کھلانے کے لیے کہہ رہے تھے؟'' حطابچ نے دریافت کیا۔

''ہاں۔ ہاں۔ کیوں؟''

''مگر یہ لوگ تو معمولی ملاح ہیں۔''

''ملاح ہیں ...... دوسروں کا خون تو نہیں چوستے، اپنی محنت کا کھاتے ہیں۔'' وولکا نے جواب دیا۔

''اور یہ لوگ شکل سے حبشی معلوم ہوتے ہیں۔ حبشیوں کی قوم پر بہت ظلم کیے جاتے ہیں اس لیے ہمیں ان کا زیادہ خیال رکھنا چاہیے۔'' ژینیا بولا۔

''تمہیں کچھ غلط فہمی ہو گئی ہے۔ یہ لوگ معمولی ملاح ہیں۔ ان کو سر نہیں چڑھایا جا سکتا۔ اپنی بے عزّتی کرانی ہے کیا؟'' حطابچ نے کہا۔

''اس میں کسی کی بے عزّتی نہیں، جلدی کرو۔ ان سے کہو کہ کھانے کے لیے بیٹھیں۔

جن حسن عبدالرحمٰن - حصہ دوم

مُرغ ٹھنڈا ہوا جا رہا ہے۔‘‘ ژینا نے جواب دیا۔

’’مجھے اس وقت بھوک نہیں ہے۔ پھر کھاؤں گا، ‘‘ حطانچ نے ذرا غصّے سے کہا اور تین دفعہ تالی بجائی۔

ملاح پھر حاضر ہوئے۔

’’او حقیر غلامو!.......ان آقاؤں نے ترس کھا کر یہ منظور کیا ہے کہ کھانا تمھارے ساتھ نوش کریں۔‘‘

’’جہاں پناہ.....‘‘ حطانچ کے سامنے گھٹنے ٹیک کر ایک ملاح نے جواب دیا، ’’ہمیں بالکل بھوک نہیں ہے۔ ہمارا پیٹ خوب بھر چکا ہے۔‘‘

’’جھوٹ......یہ جھوٹ بول رہا ہے، حطانچ کے ڈر کے مارے۔‘‘ وولکا نے ژینا کے کان میں کہا۔

’’لیکن تمھیں کھانا کھانے کا وقت ہی کب ملا ہے جو تم لوگوں کے پیٹ بھر گئے؟‘‘ وولکا نے پوچھا۔

’’آقا ہم لوگ سال بھر تک بغیر کچھ کھائے پیے رہ سکتے ہیں۔‘‘

’’یہ لوگ کبھی قبول نہیں کریں گے۔ حطانچ سے ڈرتے ہیں۔‘‘ ژینا نے مایوسی سے کہا۔ ملاح واپس چلے گئے۔

’’میں بے حد خوشی سے اطلاع دیتا ہوں کہ اب مجھے پھر بھوک لگ رہی ہے۔‘‘ حطانچ نے کہا، ’’چلو جلدی سے شروع کر دو کھانا۔‘‘

’’نہیں تم ہی کھاؤ۔ ہم لوگ تمھارے ساتھ نہیں کھائیں گے۔‘‘ ژینا نے غصّے سے جواب دیا۔ ’’چلو وولکا۔‘‘

’’......کتنا ہی اس آدمی کو سمجھانے کی کوشش کرو مگر اثر نہیں ہوتا کتّے کی دم بارہ برس بعد بھی نلکی میں سے ٹیڑھی ہی نکلے گی۔‘‘

چنانچہ بڑے میاں آلتی پالتی مارے اکیلے بیٹھے رہ گئے۔ مگر لڑکوں کے باہر جاتے ہی انھوں نے اپنا سر پیٹنا شروع کر دیا۔

بے چارے خطانچ! کس خوشی میں سفینہء عمر پر یہ سفر شروع ہوا تھا مگر بیٹھے بٹھائے ان دونوں لڑکوں کو کیا ہوگیا۔ یہ کیا الٹی ضد تھی کہ اپنے غلاموں کو اپنے ساتھ دسترخوان پر بٹھاؤ۔ ہزاروں سال کی پختہ عادتیں اتنی آسانی سے نہیں چھٹا کرتیں اور خطانچ کی سمجھ میں نہیں آرہا تھا کہ لڑکوں کو کس طرح خوش کریں۔ لڑکوں نے کتنی بے انصافی ان کے ساتھ کی تھی اور انھیں سخت بھوک لگ رہی تھی۔

نوکروں نے بہت کوشش کی لڑکوں کے سامنے نہ آئیں مگر ان میں سے ایک بھولے سے اس کوٹھری سے باہر آگیا جسے لڑکوں نے بحری قزاقوں کا قید خانہ سمجھا تھا۔ اچھا تو یہ گندی کوٹھری ان بے چاروں کے رہنے کی جگہ تھی۔

’’ہم اس جہاز پر اب ہرگز سفر نہیں کر سکتے۔ یا تو خطانچ کو اپنے قاعدے قانون بدلنے پڑیں گے یا ہماری اور ان کی دوستی ختم۔‘‘ ولکا نے غصے سے کہا۔

اتنے میں خطانچ کی آواز سنائی دی۔ ’’عزیز نوجوانو! ادھر آؤ مرغ مسلّم تمہارا انتظار کر رہا ہے اور تمہارے اس غلام کا بھوک کے مارے دم نکلا جا رہا ہے۔‘‘

لڑکوں نے کیبن کے اندر جھانکا۔ بڑے میاں اس طرح منہ بنائے قالین پر بیٹھے تھے۔

’’اچھا……‘‘ ولکا نے خشکی سے جواب دیا۔ ’’لیکن ہمیں تم سے بہت ضروری باتیں کرنی ہیں۔ پہلے کھانا کھا لیا جائے۔‘‘

کھانا ختم ہوتے ہی سمندر میں طوفان آگیا اور جہاز بری طرح ہچکولے کھانے لگا۔ پانی اندر گھس آیا اور قالینوں کو بہا لے گیا۔ سردی بڑھ گئی اور ننگے بھوکے ملاح تھر تھر کانپنے لگے۔

آدھ گھنٹے بعد طوفان ختم ہوگیا۔ اور پھر سورج نکل آیا۔ سفینہء عمر کی رفتار ایک دم تیز ہوگئی اور بادبان ہوا کی مخالف سمت میں پھول گئے۔

بادبانی جہازوں کی ساری تاریخ میں ایسا واقعہ کبھی دیکھنے میں نہ آیا تھا۔ ولکا اور ژینیا اور خطانچ ہوا کے زور سے جہاز کے عرشے سے اڑ کر سمندر میں جا گرے اور سفینہء عمر نظروں

سے اوجھل ہوگیا۔

’’کاش ایک لائف بوٹ مل جاتی‘‘ وولکا نے لہروں پر ہاتھ پاؤں مارتے ہوئے کہا مگر ان کے چاروں طرف پانی ہی پانی تھا اور ساحل کا دور دور تک پتہ نہ تھا۔

❖ ❖ ❖

طلسمی قالین کا سمندری طیّارہ

’’کدھر جا رہے ہو؟‘‘ وولکا نے چلّا کر ژینیا سے کہا جو پوری طاقت سے تیر رہا تھا۔‘‘

چیت لیٹ جاؤ ..... چت لیٹ جاؤ ......‘‘

ژینیا نے یہ صلاح مان لی۔ حطابچ بھی اپنی ہیٹ پانی کے اوپر اٹھا کر موجوں پر چت لیٹ گئے۔

’’اب کیا ہوگا؟‘‘ وولکا نے حطابچ سے پوچھا جو ایک ہاتھ سے ڈارھی کے بال توڑ رہے تھے۔

’’جہاز پر واپس جانا چاہتا ہوں۔ خدا کا شکر ہے میری ڈاڑھی نہیں بھیگی۔‘‘

’’میں جہاز پر واپس نہیں جاؤں گا۔ جہاز پر اپنے ملاحوں کے ساتھ تمھارا سلوک بالکل نا قابل برداشت ہے۔‘‘ وولکا نے جواب دیا۔

’’بالکل ٹھیک۔ سفینۂ عمر پر واپس جانے کا سوال ہی پیدا نہیں ہوتا۔‘‘ ژینیا نے کہا، ’’حطابچ ملاحوں کو بچاؤ۔ ورنہ وہ لوگ بھی جہاز کے ساتھ ڈوب جائیں گے۔‘‘

’’فکر نہ کرو۔ وہ لوگ پانچ منٹ ہوئے، عرب واپس پہنچ چکے ہیں۔ اب بتاؤ ...... سفینۂ عمر پر واپس چلو گے یا نہیں؟‘‘

’’نہیں ......‘‘ وولکا نے جواب دیا اور ویسے بھی وہ جہاز بہت سست رفتار ہے۔‘‘

’’تمہیں اپنے کندھوں پر بٹھا کر آسمان پر اڑاؤں؟‘‘ حطابچ نے پوچھا۔

<hr>

”نہیں .....“

”اچھا تو طلسمی قالین .....؟“

”ہرگز نہیں۔ وہ بھی بہت سست رفتار ہے اور سردی الگ جان لیتی ہے۔ مگر ایک ترکیب سمجھ میں آ گئی۔“ ولکا نے مارے جوش کے موجوں پر بہتے بہتے ہی تالی بجائی۔ ”طلسمی قالین کو ہوائی جہاز کی طرح بنا دیا جائے۔ کرسیاں اور سردی سے بچنے کا انتظام اور .....“

پہلے تو حطابچ کی سمجھ میں نہ آیا۔ بہت دیر کی کوشش کے بعد لڑکوں نے انھیں سمجھایا کہ نئی وضع کا طلسمی قالین کھلی لکڑی کی طرح ہوگا۔ اور آخر کار ایک ”سی پلین“ جنوب مشرق کی طرف پرواز کرنے لگا اس کا نام ’و کے ون‘ تھا یعنی ولاوی مرکوٹل کوف پہلا ماڈل۔“

قالین کے اس ہوائی جہاز میں تین بنچیں اور دو کھڑکیاں تھیں، جو قالین میں سے کاٹ کر نکالی گئی تھیں۔ ولکا کا یہ ہوائی جہاز، عام قسم کے طلسمی قالین سے بہت بہتر تھا۔ بحیرۂ اسود، باسفورس، درہ دانیال ایشیائے کوچک، صحرائے عرب، سب تیزی سے نیچے سے گزر گئے۔ پھر سنائی کا ریگستان نظر آیا۔ نہرسوئیز، افریقہ، مصر، حطابچ کا ارادہ تھا کہ عمر آصف کی تلاش بحیرۂ روم سے شروع کی جائے لیکن و کے ون دو سومیٹر اوپر اٹھا ہی تھا کہ حطابچ نے کہا کہ وہ بالکل سٹھیا گئے ہیں اور جہاز مغرب کی طرف اُڑنے لگا، صراحی میں اتنے عرصے قید رہنے کی وجہ سے حطابچ بالکل بھول گئے تھے کہ جس جگہ دریائے نیل، سمندر میں گرتا تھا وہاں دریا کا پانی اس قدر گدلا تھا کہ اس میں عمر آصف کی تلاش ناممکن تھی۔ کچھ دیر بعد وہ لوگ اٹلی کے شہر جینوا کے قریب ایک کھاڑی میں جا اُترے۔

”بسم اللہ الرحمٰن الرحیم“ یہ کہہ کر حطابچ نے پانی میں غوطہ لگایا۔

ان کے انتظار میں لڑکوں نے سمندر میں غسل شروع کیا۔ پھر دھوپ کھانے لگے مگر اب ان کی آنتیں بھوک کے مارے قل ہو اللہ پڑھ رہی تھیں۔ حطابچ نے ایک گھنٹے میں لوٹ آنے کا وعدہ کیا تھا مگر اب سورج ڈوب چکا تھا اور بڑے میاں کا کوئی پتہ نہ تھا۔

”گم تو نہیں گئے۔“ ژینیا نے کہا۔

”حطابچ جیسے لوگ گم نہیں کرتے۔“ ولکا نے جواب دیا۔

”کہیں کوئی شارک مچھلی نہ ہڑپ کر گئی ہو.....“

”یہاں شارک مچھلیاں نہیں ہیں۔“ وولکا نے کہا۔ مگر اسے پوری طرح یقین نہیں تھا۔

”بھوک لگی ہے۔“ ژینیا نے کچھ دیر بعد کہا۔

اتنے میں ایک کشتی کنارے سے آن لگی اور تین مچھیروں نے ساحل پر آ کر آگ جلائی اور مچھلی اُبالنے کے لیے چڑھا دی۔

”ان سے مانگیں؟ اچھے لوگ معلوم ہوتے ہیں ......مزدور لوگ......“

”شام بخیر..... بھائیو......“ ژینیا نے ان سے کہا۔

ہمارے غریب ملک میں کتنے بچے بے گھر مارے مارے پھر رہے ہیں۔ 'جیوانی' انھیں کچھ دے دو۔“ ایک مچھیرے نے کہا۔

”ہمارے پاس روٹی تو تھوڑی سی ہے مگر پیاز اور نمک کافی ہے۔“

ایک انیس سالہ لڑکے نے مچھلی صاف کرتے ہوئے جواب دیا۔

”بیٹھ جاؤ بچو......ابھی مچھلی کا بہترین شوربہ تیار ہوا جاتا ہے۔“

لڑکوں نے خوب مزے لے لے کر مچھیروں کے ساتھ کھانا کھایا مچھیرے بھی بہت خوش تھے۔

”دل چاہے تو اور مچھلی پکا لو۔ مگر بڑی والی مچھلیاں نہ لینا وہ کل بازار میں بکنے جائیں گے۔ اب ہم لوگ ذرا ایک جھپکی لے لیں۔“ جیوانی نے لیٹتے ہوئے کہا۔

ژینیا چولہا کریدنے لگا۔ وولکا پتلون کے پائنچے چڑھا کر مچھلیوں سے لدی ہوئی ناؤ کی طرف بڑھا۔ وہ اپنی ضرورت بھر کی مچھلیاں لے کر لوٹ ہی رہا تھا کہ اس کی نظر جال میں پھنسی ہوئی ایک اکیلی مچھلی پر پڑ گئی جو بری طرح تڑپ رہی تھی۔

اس نے اسے باہر نکال لیا اور اس پر ترس کھا کر مچھیروں کی نظر بچاتے ہوئے پھر سمندر میں پھینک دیا۔ مچھلی پانی کی سطح پر پہنچتے ہی حطابچ میں تبدیل ہو گئی۔

”خدا تمھاری عمر دراز کرے اے ابنِ الوشا...... ایک دفعہ تم نے پھر میری جان بچا

لی۔ میں اپنے بھائی کو ڈھونڈتے ڈھونڈتے بدقسمتی سے اس جال میں آ پھنسا تھا۔‘‘

’’ہمیں تمھاری بڑی فکر تھی حطابچ‘‘

’’اور مجھے تمھاری فکر ہو رہی تھی کہ دونوں بھوکے ہو گے۔‘‘

’’ہمیں تو اِن مچھیروں نے خوب پیٹ بھر کھلا دیا……‘‘

’’خدا ان کا بھلا کرے……امیر لوگ ہیں؟‘‘

’’نہیں بے حد غریب……‘‘

’’تو چلو میں ان کی مہربانی کا انعام دیتا ہوں، اُنھیں……‘‘

’’میرے خیال میں تو یہ ٹھیک نہیں۔ سمندر میں سے اچانک ایک بھیگا بڑھا نکل کر ان کے سروں پر جا پہنچے گا تو وہ ہٹ بڑا جائیں گے۔‘‘

’’اچھا جو تمھاری مرضی……تم ساحل پر جاؤ میں ابھی آتا ہوں۔‘‘

کچھ دیر بعد سوتے ہوئے مچھیروں کو گھوڑے کی ٹاپوں کی آواز نے جگا دیا۔ ایک انوکھا سوار گھوڑے پر سے اترا۔ اس نے سوتی کوٹ پتلون، کڑھی ہوئی قمیص اور ٹنکوں کی ہیٹ پہن رکھی تھی اور اس کی لمبی ڈاڑھی ہوا میں اُڑ رہی تھی۔ گھوڑے کی رکاب میں ہیرے جڑے تھے۔ گھوڑا بھی بہت خوب صورت تھا۔ بوڑھے کے دونوں ہاتھوں میں دو سوٹ کیس تھے۔

’’وہ عالی مقام، نرم دل مچھیرے کہاں ہیں جنھوں نے دو بھوکے بچوں کو کھانا کھلایا؟‘‘ بوڑھے نے جیوانی سے پوچھا اور سوٹ کیس ریت پر رکھ دیے۔

’’کیا آپ ان بچوں کو جانتے ہیں؟‘‘ جیوانی نے ذرا شبہ کے لہجے میں پوچھا۔

’’بالکل۔‘‘ دونوں لڑکے بھاگے ہوئے ان کی طرف آئے اور اُنھوں نے لڑکوں کو گلے لگا لیا۔

’’ارے مچھیروں کے سرتاج۔ میں کس زبان سے تمھارا شکریہ ادا کروں؟‘‘

’’شکریہ کس بات کا……؟‘‘ مچھیروں نے کہا۔

’’یہ آپ کی اعلیٰ ظرفی ہے! اس کے صلے میں یہ حقیر سا چیز نا چیز تحفہ قبول کیجیے۔‘‘ اور دونوں سوٹ کیس جیوانی کو تھما دیے جو ہکا بکا رہ گیا۔

''یقیناً آپ کو کوئی غلط فہمی ہوئی ہے سینور.....ہم نے لڑکوں کو کوئی بہت قیمتی چیز نہیں کھلائی.....اور یہ سوٹ کیس تو مچھلی کی قیمت سے ہزار گنا زیادہ ہیں۔''

''غلط فہمی تم کو ہوئی ہے اے بلند حوصلہ ماہی گیر.....اس سوٹ کیس کے اندر جو کچھ بھی ہے وہ اس بے غرض میزبانی کا بدلہ نہیں اتار سکتا''۔

سوٹ کیس کھلا تو اس میں ہزاروں زندہ نقرئی چاندی کی طرح چمکتی ہوئی مچھلیاں لہرا رہی تھیں۔ ماہی گیر حیران تھے کہ مچھیروں کو مچھلیاں ہی تحفے میں دینے کی کیا تُک تھی۔ کہ اتنے میں حطاپچ نے دونوں بکس ریت پر اُلٹ دیے اور وہ پھر خود بہ خود مچھلیوں سے بھر گئے۔ پھر اُلٹے پھر اور زیادہ مچھلیاں آگئیں۔ چار پانچ دفعہ یہی ہوا۔

''اور اب ان صندوقوں کی کرامات دیکھو۔ آئندہ تمہیں صبح سویرے سردی میں ٹھٹھرنے کی ضرورت نہیں۔ بازار میں مچھلیوں کی بھاری بھاری ٹوکریاں گھسیٹنے کی ضرورت نہیں۔ یہ سوٹ کیس کھولو اور گاہک جس قسم کی مچھلی مانگے، ان میں سے نکل آئے گی.....خدا حافظ، اے شریف ماہی گیرو.....اللہ نگہبان.....چلو لڑکو.....''

جیووانی کی مدد سے لڑکے گھوڑے پر سوار ہو گئے۔

''خدا حافظ سینور.....خدا حافظ بچو.....'' حیرت زدہ ماہی گیروں نے چلّا کر کہا اور تینوں سوار آنکھوں سے اوجھل ہو گئے۔

''اگر یہ سوٹ کیس جادو کے نہیں ہیں تب بھی ان کو بیچنے سے کافی رقم مل جائے گی۔'' جیووانی نے کہا۔

''ہاں'' ایک بوڑھے ماہی گیر نے جواب دیا۔ جس کے چہرے پر جھرّیاں پڑی ہوئی تھیں۔ ٹیکس بھی ادا ہو جائیں گے۔ میں اپنی گٹھیا کا علاج بھی کرا لوں گا اور تم ایک کوٹ، ٹوپی اور جوتے خرید لینا.....اگر ہم سب ہی کچھ کپڑے بنوالیں تو کیسا رہے؟''

''نئے کپڑے.....جیا کو موکی بیوی فاتقے کر رہی ہے، اس کی مدد بھی تو ضروری ہے۔'' جیووانی نے کہا۔

اب تیسرے مچھیرے نے کہا،''اور لوئی جی کو کچھ نہیں دو گے؟.....وہ دِق سے مر رہا

ہے......‘‘

سبیلا کپیلی کی حالت بھی خراب ہے۔ پچھلے سال ہڑتال کرانے کے جرم میں
بے چارہ جیل میں ٹھونس دیا گیا تھا۔

’’سوچو تو ہم اس رقم سے کتنے لوگوں کی مدد کرسکیں گے!‘‘

وہ تینوں رات گئے تک یہی باتیں کرتے رہے۔ وہ لوگ ایماندار اور محنتی مزدور تھے
اور اس روپے سے محض اپنے پیٹ بھرنے کا انھیں خیال بھی نہ آیا اور اس طرح حطاچ کے
تحفے کا بہت اچھا مصرف ہوا۔!‘‘

❖ ❖ ❖

ہرقیولیس کا ستون

اب کی مرتبہ حطاچ نے اپنا وعدہ نبھایا اور دو گھنٹے بعد ہی خوش خوش سمندر سے باہر نکل
آئے۔ان کے سر پر ایک لوہے کا گولہ تھا جس پر سمندری بیلیں چپک گئی تھیں۔

’’مل گیا......مل گیا......عمر ابن حطاب مل گیا......!! سارا سمندر چھان مارا اور
ہرقیولیس کے ستون کے پاس یہ پڑا ہوا ملا......‘‘

’’ارے تو دیر کیا ہے......کھولو......جلدی سے کھولو.....‘‘ ژینیا نے چلّا کر کہا۔

اس پر مہر سلیمانی لگی ہے میں کیسے کھول سکتا ہوں۔ وولکا ابن الوشاتم ہی اس مہر کو توڑ
سکتے ہو......‘‘

یہ کہہ کر انھوں نے گولہ وولکا کے قدموں میں ڈال دیا۔

’’مگر تم تو کہتے تھے کہ تمھارے بھائی صاحب تانبے کی صراحی میں بند ہیں؟ اور مُہر
کہاں ہے؟‘‘ وولکا نے پوچھا۔ یکا یک وہ زرد پڑ گیا۔’’لیٹ جاؤ......ژینیا......اوندھے ہو
جاؤ......حطاچ لیٹ جاؤ......اسے فوراً پانی میں پھینک دو اور لیٹ جاؤ......‘‘

’’کیا کہتے ہو تم......؟‘‘

’’فوراً پھینک دو ورنہ ہم سب کا خاتمہ ہے......میں حکم دیتا ہوں......فوراً پھینک دو اسے......‘‘ وولکا گرجا۔

حطابیچ نے مجبور ہو کر گولہ پھر سمندر میں ڈال دیا۔ اُسی وقت ایک زور کے دھماکے کی آواز آئی اور پانی کا ایک ستون اوپر اٹھا۔

ہزاروں مچھلیاں موجوں پر تیرنے لگیں......دھماکہ سن کر لوگ دوڑے ہوئے آئے۔

’’بھاگو...... بھاگو......‘‘ وولکا چلایا۔ وہ سڑک کی جانب لپکے اور شہر کی طرف بھاگنے لگے۔ حطابیچ پیچھے پیچھے منہ لٹکائے آ رہے تھے۔

’’اس گولے پر کیا لکھا تھا؟‘‘ ژینیا نے پوچھا۔

’’امریکہ میں بنایا گیا۔‘‘ وولکا نے جواب دیا۔

’’بم تھا......؟‘‘ ژینیا نے پوچھا۔

’’ہاں۔ سمندر میں بچھانے والا بم......‘‘ وولکا نے کہا۔ حطابیچ نے افسوس سے ایک آہ بھری۔

جب عمر ابن آصف بحیرۂ روم میں دستیاب نہیں ہوئے تو حطابیچ نے بحیرۂ اوقیانوس کی سوچی۔ لیکن وولکا نے کہا کہ دوسرے روز ماسکو پہنچنا بہت ضروری ہے۔ اس کی وجہ اس نے نہیں بتائی۔

لہذا وی کے ون دس گھنٹے بعد پہاڑوں پر سے گزرتا موسکووا دریا کے کنارے اُترا۔

سب سے چھوٹا باب

جولائی کی ایک گرم دوپہر ’’آئس بریکر‘‘ تفریح کرنے والوں کی ٹولی لے کر آر خان گیلسک کی بندرگاہ سے روانہ ہوا۔ ساحل پر بینڈ، مارچ کی دھنیں بجا رہا تھا۔ لوگ رومال ہلا

ہلا کر الوداع کہہ رہے تھے۔ جہاز بہت سے روسی اور بدیسی جہازوں کے پاس سے گزرتا، دریا کے دہانے اور بحیرہ اسود کی سمت چلا۔ لوگ باگ پورے ایک مہینے کی چھٹی منانے شمال کی طرف جا رہے تھے۔

وولکا.....''مسافروں میں سے ایک نے دوسرے کو آواز دی۔''حطابچ کہاں ہیں؟'' پڑھنے والوں کو اس سے اندازہ ہو جائے گا کہ ہمارے تینوں دوست اس جہاز پر موجود تھے۔

❖ ❖ ❖

آؤ قطب شمالی چلیں!

اب تم یہ معلوم کرنا چاہو گے کہ یہ لوگ اس جہاز پر کیسے آن دھمکے۔

یہ تو تم کو یاد ہوگا کہ وولکا جغرافیہ میں فیل ہو گیا تھا اور دوسرے امتحان کے لیے زوروں میں پڑھائی ضروری تھی مگر حطابچ کی وجہ سے اسے پڑھنے کا موقع نہ ملتا تھا۔ وہ حطابچ کو یہ نہیں بتانا چاہتا تھا کہ امتحان کے لیے پڑھ رہا ہے ورنہ بڑے میاں پھر اپنی دخل در معقولات سے سارا کام چوپٹ کر دیتے اور اس کے استادوں اور استانیوں کو جو سزا دیتے وہ الگ۔ فٹ بال میچ کے روز انھوں نے وولکا کی جان اور زیادہ آفت میں کی تھی۔ اب وہ ہر وقت سائے کی طرح اس کے ساتھ لگے رہتے کہ کس طرح اسے خوش کر دیں۔ ایک روز رات کے گیارہ بجے خدا خدا کر کے حطابچ نے جماہی لی اور سونے کے لیے پلنگ کے نیچے رینگ گئے۔ وولکا کو سخت نیند آ رہی تھی مگر اس نے پڑھنے کی ٹھان لی۔

لیکن کتاب کے ورقوں کی کھڑکھڑاہٹ سے بوڑھے جن کے کان کھڑے ہو گئے۔ انھوں نے باہر جھانک کر کہا۔

''اے نورِ نظر کیا کر رہے ہو تم؟''

''کچھ نیند نہیں آرہی۔'' وولکا نے بات ٹالی۔

''اوہو۔ میں ابھی اس کا انتظام کرتا ہوں۔'' اور ڈاڑھی کے بال چٹ سے ٹوٹے اور وولکا پٹ سے سوگیا......اسی وجہ سے اس نے طے کیا کہ جینوا سے فوراً اسکول لوٹ آئے تا کہ پڑھ سکے۔ مگر پڑھنے کا موقع نکالنے کے علاوہ امتحان دینے کے لیے اسکول جاتے وقت بھی حطابچ کا پتا کا ٹنا ضروری تھا۔

گھر پہنچا تو کچھ دیر ہی بعد فون کی گھنٹی بجی۔ ژینیا بول رہا تھا۔

''ہاں......آج دوپہر کو...... بڑے میاں......؟ سورہے ہیں......لیکن اگر ان کو پتہ چل گیا تو بہت برا مانیں گے اور ایسی سزا ہم لوگوں کو دیں گے کہ چھٹی کا دودھ یاد آ جائے گا......ہاں تم ساڑھے دس بجے آ جاؤ......اچھا......'' وولکا نے بات کی۔

حطابچ نے کمرے سے سر نکالا۔

وولکا تم ژینیا ابن کولیا سے باہر کھڑے کھڑے ہی بات کر رہے ہو۔ اسے اندر بلالو......''

''جب وہ یہاں ہے ہی نہیں تو کیسے بلاؤں؟''

''تم مجھ سے مذاق جانے کیوں کرتے ہو......ابھی ابھی تم ژینیا سے باتیں کر رہے تھے۔''

''ٹیلی فون پر......ٹیلی فون......سمجھ گئے؟ ادھر آؤ تمھیں بتاؤں۔''

وولکا نے رسیور اٹھا کر حطابچ کو دیا اور نمبر ملایا۔''تم خود ژینیا سے بات کرلو۔''

حطابچ کے چہرے پر مسکراہٹ پھیل گئی۔

''تم ہو ژینیا ابن کولیا؟ کہاں؟ گھر پر؟ اور میرا خیال تھا تم اس کالی کالی شے میں گھسے ہوئے ہو......یہاں آ رہے ہو؟ خوب!'' پھر انھوں نے رسیور وولکا کو دے دیا۔

''کمال ہے واقعی!'' حطابچ نے تعریفاً کہا۔ کمرے میں لوٹ کر بڑے میاں نے چٹکی بجائی اور مچھلیوں کے مرتبان پر ایک اور ٹیلی فون آ گیا۔

''اب تم اپنے دوستوں سے جی بھر کے باتیں کر سکتے ہو!''

''شکریہ شکریہ.....'' وولکا نے ریسیور اٹھایا مگر کوئی آواز کان میں نہ آئی۔

''ہو.....ہو.....''

آواز ندارد۔

''فون ٹوٹ گیا ہے۔'' اس نے جن سے کہا۔ ریسیور کھولنا چاہا مگر بے کار۔

''یہ بہترین سنگِ موسیٰ سے تراشا گیا ہے۔'' جن نے فخر سے کہا

''اندر کچھ نہیں ہے؟''

''اندر کیا ہوتا؟ گھڑی کی طرح اس کے اندر بھی کچھ ہونا چاہیے؟ مجھے سمجھا دو تو میں ویسا ہی بنا دوں گا؟.....''

''اسے سمجھانا آسان نہیں ہے۔ اس کے لیے پہلے تم کو علم برقیات Electricity پڑھنا پڑے گی۔''

''تو پھر Electricity پڑھاؤ.....'' جن نے فرمائش کی۔

''اس کے لیے تم کو ارتھمیٹک، الجبرا، جیومیٹری، ٹری گونومیٹری، میکانیکل ڈرائنگ اور بہت ساری چیزیں پڑھنا پڑیں گی۔''

''وہ سب بھی پڑھا دو۔''

''اوہ.....مگر ابھی مجھے خود یہ سب مضمون اچھی طرح نہیں آتے۔''

''جتنا آتا ہے وہ ہی بتا دو.....''

''اس میں بہت عرصہ لگے گا۔''

''کوئی فکر نہیں۔ مجھے ضرور یہ سب علم سکھاؤ جو انسان کو اتنی قدرت عطا کر دیتے ہیں۔''

''اچھا مگر اس شرط پر کہ تم اپنا ہوم ورک دھیان سے کرو گے۔'' وولکا نے سختی سے کہا۔

''میں ذرا ایک دوست سے ملنے جا رہا ہوں، تم اتنی دیر میں یہ اخبار پڑھو۔'' یہ کہہ کر وولکا نے لڑکوں کا پروانہ ان کے ہاتھ میں تھما دیا اور اسکول چل دیا۔

اسکول اس وقت خالی پڑا تھا۔ پہلی منزل پر پرنسپل، جغرافیہ کی استانی سے بات کر

رہے تھے۔ دوسری منزل پر رنگ ساز اور بڑھئی کام کر رہے تھے۔ گرمیوں کی چھٹیاں تھیں اور اسکول کی نئی آرائش کی جا رہی تھی۔

"مجھے آپ پر رشک آ رہا ہے۔ وردار اسٹیپا نوونا۔"اتنی عمدہ تفریح! کتنے عرصے کے لیے جائیے گا؟" پرنسپل نے کہا۔

"ایک مہینہ......"

وولکا خوش ہوا کہ استانی جی ایک ماہ تو خطا پچ کے غصّے سے بچی سے رہیں گی۔

"کہو میاں آسمان کے بلّوریں گنبد......! کیا حال ہیں......" پرنسپل نے مذاق میں وولکا سے کہا۔

"ٹھیک ہوں۔ شکریہ......"

"امتحان کی تیاری کر لی؟"

"جی ہاں......"

"چلو پھر ذرا بات چیت ہو جائے۔"

بات چیت چھٹی کلاس کا جغرافیہ کا امتحان تھی۔ بتیس منٹ گزر گئے۔ وردار اسٹیپا نوونا کے چہرے سے معلوم ہوتا تھا کہ وہ وولکا کے جوابوں سے خوش ہیں۔

"شاباش......" پرنسپل نے کہا۔

وولکا خوشی سے کھل اُٹھا۔ ان دونوں کو کیا معلوم تھا کہ کتنی مشکلوں سے اس نے اس امتحان کی تیاری کی ہے......ایک سیکنڈ کو وولکا کا جی چاہا کہ ان کو سارا قصّہ بتا دے......آخر ہر ایک تو یہ نہیں کہہ سکتا کہ اس نے ایک جن کو پڑھنا سکھایا ہے۔ مگر پھر اس نے اپنے آپ کو روکا۔

"شاباش وولکا...... ساتویں کلاس میں چڑھنا مبارک ہو۔ ستمبر تک آرام کرو...... مزے اُڑاؤ......"

"شکریہ! آداب عرض......" وولکا جلدی سے باہر نکلا اور جب دریا پر پہنچا تو وہاں خطا پچ پہلے ہی سے آرام سے لیٹے ژینیا کو اخبار پڑھ کر سنا رہے تھے۔

''میں پاس ہوگیا......فرسٹ کلاس نمبر ملے......'' وولکا نے چپکے سے ژینیا کو بتایا اور خوشی خوشی ریت پر لیٹ گیا۔

اس وقت حطابچ 'اسپورٹس نیوز' پڑھ رہے تھے......اس کا پہلا مضمون ہی سن کر دونوں لڑکوں نے ایک ٹھنڈی سانس بھری۔

''جولائی کے وسط میں 'آئس بریکر لدوگا'' قطب شمالی روانہ ہوگا۔ ماسکو اور لینن گراڈ کے اڑسٹھ بہترین مزدور تفریح کی غرض سے اس جہاز پر قطب شمالی جا رہے ہیں''۔

''کتنا مزا آئے گا......کاش میں بھی جا سکتا......''

''صرف تمھارے حکم کی دیر ہے۔ میرے قابلِ قدر استاد......'' حطابچ نے کہا۔

''نہیں حطابچ اس جہاز پر جانا ناممکن ہے۔ اس پر صرف مشہور لوگ ہی جا سکتے ہیں''۔

❊ ❊ ❊

تفریحی سفر کے دفتر میں ہنگامہ

اس روز ایک عجیب سے حُلیے کے بڑے میاں تفریحی سفر کے مرکزی دفتر میں داخل ہوئے اور بے انتہا پُر تکلف انداز میں دریافت کیا کہ وہ اس عظیم الشان جگہ پر موجود ہیں جہاں سے لوگوں کو سیر و تفریح کی خوشی عطا کی جاتی ہے؟ کلرک ان کی اس شاعرانہ گفتگو سے چونک پڑا اور اس نے جواب دیا کہ سیر و تفریح کا دفتر یہی ہے۔ پھر بڑے میاں نے پوچھا کہ برفانی سمندر میں چلنے والے جہاز لدوگا کے ٹکٹ کہاں سے ملتے ہیں۔ ایک گنجے اور موٹے سے بزرگوار کے پاس انھیں بھیج دیا گیا جو ایک بڑی سی میز پر بیٹھے تھے جس پر خطوں کا انبار لگا تھا۔ ''لیکن اب جہاز میں جگہ باقی نہیں ہے۔'' سکریٹری نے ان سے کہا۔ بڑے میاں نے کوئی جواب نہیں دیا اور موٹے میاں کے سامنے جا کر کورنش بجالائے اور اخبار میں

لپٹا ہوا کاغذ کا ایک رول ان کو تھما دیا پھر تسلیم کیا اور باہر چلے آئے۔

گنجے افسر نے پلندہ کھولا۔ جس میں سے ایک ایسا عجیب و غریب خط برآمد ہوا جو آج تک اس دفتر میں نہ آیا تھا۔ ایک زرد رنگ کا ریشمی شاہی فرمان کی وضع کا بہت لمبا چوڑا پارچہ اور اس کی سنہری ڈوری میں ایک ہرے رنگ کی مہر لٹک رہی تھی۔ جب سب لوگ یہ خط پڑھ چکے تو گنجا افسر بھاگ کر ڈائریکٹر کے پاس گیا اور یہ پلندہ ان کو پیش کر دیا۔

"کیا ہے؟ کسی عجائب خانے سے آیا ہے؟"

"جی نہیں۔"

ڈائریکٹر نے خط پڑھ کر کہا۔ "کسی پاگل نے لکھا ہوگا۔"

"پاگل ہی سہی مگر یہ نادر پارچہ تو دیکھیے۔ پرانے زمانے کا ریشم آج کل کہاں ملتا ہے؟"

"ذرا سنو تو فرماتے کیا ہیں۔" ڈائریکٹر نے اونچی آواز میں پڑھنا شروع کیا۔

"عالی جناب، والا قدر، حضور فیض گنجور نور علی نور، محترمی و مکرمی ڈائریکٹر صاحب بہادر قبلہ دام اقبالہ۔

من کہ فدوی حسن عبدالرحمٰن جن ... جس کی طاقت اور قدرت کا ڈنکا بغداد اور دمشق سے لے کر بابل اور نینوا تک بج چکا ہے، جنوں کے سردار حطاب کا بیٹا حضرت سلیمان علیہ السلام کے تمام جنّات جن کے تابع تھے، اللہ تعالیٰ کا حقیر بندہ دنیا کے چاروں کونوں کے بادشاہ اور مغرب کے سارے سلاطین، بغداد میں میرے قدم چوم چکے ہیں۔

پس تحقیق کہ مجھے معلوم ہوا کہ ایک جہاز لدوگا نامی مشہور ہستیوں کو اپنے دامن میں لے کر قطب شمالی کی طرف روانہ ہونے والا ہوگا۔ میری تمنا ہے کہ میرے دو دوست (جن کے اوصاف حمیدہ اگر گنانے پر آؤں اور سمندر کی سیاہی بنا کر ان کو رقم کروں تو سمندر خشک ہو جائیں مگر ان کی تعریفیں ختم نہ ہوں) اس جہاز پر سفر کریں۔

افسوس کہ مجھے علم نہیں کہ مشہور آدمی ہونے کے لیے کیا شرائط پوری کرنی چاہئیں تا کہ اس تفریحی سفر میں شامل ہو یا جاوے۔ لیکن جو کچھ بھی شرائط ہیں میرے دوست ان کو پورا کر

دیں گے۔

کیونکہ فدوی اتنی قدرت رکھتا ہے کہ ان کو شہزادے، شیخ زادہ بادشاہ یا دنیا کا امیر ترین انسان بنا دے۔

حضور کی خدمت اقدس میں دست بستہ آداب و تسلیمات و کونشات کے بعد درخواست ہے کہ مجھے اس امر کی اِطلاع دی جائے کہ میں اور میرے دوست اس مبارک جہاز پر سوار ہو سکتے ہیں۔ فقط

خاکسار ذرّۂ بے مقدار
حسن عبدالرحمٰن حطا بچ جن، بقلم خود

نیچے وولکا کا پتا درج تھا۔

''بالکل ہی دماغ چل گیا ہے بے چارے کا۔'' ڈائرکٹر نے پلندہ ایک طرف پھینک کر کہا۔

''لیکن اس کا جواب تو ضرور بھیجنا چاہیے ورنہ سڑی تو ہے، دن میں پچاس دفعہ آ کر ہماری جان کھائے گا۔'' سکریٹری نے کہا اور اس درخواست کا جواب ٹائپ کرانے میں مصروف ہو گیا۔

❖ ❖ ❖

سب سے زیادہ مشہور ہستی کون ہے؟

حطا بچ نے وولکا کا پتا لکھ کر بے وقوفی کی تھی کیونکہ یہ محض اتفاق ہی تھا کہ وولکا کی زینے پر ڈاکیے سے مُڈ بھیڑ ہوگئی۔ ورنہ تفریح کے دفتر کا جواب وولکا کے امّاں اّبا تک جا تو جانے کیا کیا قصے ہوتے۔

وولکا کے نام خط زندگی میں دو چار بار ہی آئے تھے۔ لہذا جب ڈاکیے نے کہا۔ ''آپ کا خط!'' تو اسے بے حد حیرت ہوئی اور تفریح دفتر کا نام پڑھ کر اور زیادہ چکرا گیا اور

سکریٹری کا جواب کئی دفعہ پڑھنے کے باوجود اس کے پلّے کچھ نہ پڑا کہ ماجرا کیا ہے۔ جواب یہ تھا۔

عزیز شہری ایچ عبدالرحمنوف!

ہمیں افسوس سے اطلاع دینی پڑتی ہے کہ آپ کی درخواست بہت دیر سے پہنچی اور جہاز میں اب جگہ بالکل نہیں ہے۔ اپنے شہزادوں اور سلاطین کو میرا آداب کہیے گا۔

آپ کا مخلص

آئی ودماسی دوف

''کیا بڑے میاں ہمیں لدوگا پر سوار کرانے کی فکر میں تھے؟'' وولکا نے سوچا۔''ابھی معلوم کرتا ہوں۔''

''ھطابچ..... ھطابچ......'' دریا کے کنارے پہنچ کر اس نے آواز دی۔ بڑے میاں ایک درخت کے نیچے اونگھ رہے تھے۔ وولکا کی آواز پر چونک پڑے۔

''ارشاد میرے آقا......!''

''تم نے تفریحی سفر والوں کو خط لکھا تھا؟''

''کیا، جواب آ گیا؟''

وولکا نے خط ان کے ہاتھ میں دے دیا۔

ہجے کر کر کے پورا خط پڑھ چکنے کے بعد بڑے میاں غصّے سے آگ بگولہ ہو گئے۔ آنکھوں سے خون ٹپکنے لگا۔''ابھی اس کمینے دو ماسی دوف کے بچے کا بھرتہ بناتا ہوں۔ ذرا ٹھہر تو جا شیطان۔'' یہ کہہ کر وہ ہوا میں اُڑے۔

''ٹھہرو.....ھطابچ.....نیچے اترو.....فوراً نیچے آؤ.....''

وہ خاموشی سے زمین پر آ گئے۔

''اگر جہاز میں جگہ نہیں ہے تو اس میں دفتر والوں کو کیا قصور ہے؟ اور یہ شہزادوں وسلطانوں کا کیا ذکر تھا؟'' وولکا نے ڈانٹ کر پوچھا۔

''میں نے اس ذلیل انسان کو لکھا تھا کہ اگر بڑا آدمی ہونا ہی شرط ہے تو میں تمہیں

اور ژینیا کو شہزادہ یا سلطان بنا دوں گا۔‘‘

وولکا کو بے اختیار ہنسی آگئی اس نے زور کا قہقہہ لگایا۔

’’ہنس کیوں رہے ہو؟ میرا خیال تھا تمہیں سلطان اور ژینیا کو شہزادہ بنا دوں گا۔‘‘

’’افوہ! مگر سلطان اور شہزادے تو دنیا کے سب سے زیادہ ناکارہ اور فضول لوگ ہیں۔‘‘

’’پھر تم مشہور کسے سمجھتے ہو؟‘‘ حطابچ نے برا مانتے ہوئے کہا۔

’’جٹ کیچ۔لونین۔کوزے دب یا پاشا ان جیلنا۔

’’جٹ کیچ کوئی سلطان ہے؟‘‘

’’سلطان سے کہیں زیادہ اہم شخص ہے۔ اس ملک کے کپڑا بننے کے ماہروں میں سے ہیں۔‘‘

’’اور لونین؟‘‘

’’بہترین انجن ڈرائیور۔‘‘

’’اور کوزے دب؟‘‘

’’بہترین پائلٹ۔‘‘

’’اور پاشا انجلنا کوئی ملکہ ہے؟‘‘

’’نہیں۔ وہ ٹریکٹر چلانے کی ماہر ہیں۔‘‘

’’وولکا مجھ بوڑھے کو کیوں بے وقوف بناتے ہو۔ ایک جولاہا یا انجن ڈرائیور، بادشاہوں سے زیادہ اہم کیسے ہوسکتا ہے؟‘‘

’’ہمارے دیس میں مزدور ہی بادشاہ ہیں حطابچ!‘‘ اور وولکا نے حطابچ کو ملک کے مشہور سائنسدانوں انجینئروں، بڑھیوں، ہوابازوں اور مستریوں کی ایک درجن تصویریں دِکھائیں جو ایک اخبار میں چھپی تھیں۔

’’اگر اخبار میں یہ نہ چھپا ہوتا تو میں تمھارا یقین نہ کرتا۔تمھارے اس خوبصورت ملک میں ہر بات اتنی نرالی کیوں ہے؟‘‘

اور وولکا نے گھاس پر بیٹھ کر حطا بچ کو سوویت نظام کے متعلق مختصر طور پر سمجھایا۔

’’تم جو کچھ ہو، وہ بہت معقول ہے۔‘‘ حطا بچ نے سننے کے بعد جواب دیا۔‘‘ اور ہر ایمان دار آدمی اس کے متعلق سوچنے پر مجبور ہوگا۔ اب تو میں لدوگا کے سفر پر اور بھی زیادہ جانا چاہتا ہوں۔ ابھی کرتا ہوں اس کا انتظام.......‘‘

’’مگر کوئی گڑ بڑ مت کرنا۔‘‘

’’اچھا......‘‘ حطا بچ نے جواب دیا۔

اور انھوں نے جادو کے زور سے واقعی ایسا انتظام کیا کہ تینوں جہاز پر سوار ہو گئے۔ اور کسی نے نہ پوچھا کہ یہ بن بلائے مہمان کہاں سے آ ٹپکے۔

روانہ ہونے سے قبل سنتروں، کھجوروں اور انگوروں کی ڈھیروں ٹوکریاں اور ایشیائی مٹھائیوں کے ڈبے جہاز پر آ گئے کپتان کو بڑا اچنبھا ہوا۔ ہر ٹوکری اور ڈبے پر ایک چٹ لگی تھی جس پر لکھا تھا۔

’’لدوگا کے مسافروں اور بہادر ملاحوں کے لیے ایک ہم سفر (جو گم نام رہنا چاہتا ہے) کی طرف سے حقیر تحفہ۔‘‘

اب آگے کا قصہ سنو۔

’’تمہیں یاد ہوگا کہ جولائی کی ایک گرم دو پہر لدوگا جہاز نے ایک شمالی بندرگاہ سے لنگر اٹھایا تھا۔ حطا بچ عرشے پر بیٹھے تھے اور ایک ادھیڑ عمر کے مستری سے ساٹن کی جوتیوں کے فائدوں پر روشنی ڈال رہے تھے۔ وولکا اور ژینیا سب سے اوپر کی منزل کے جنگلے پر جھکے کھڑے تھے اور بے حد خوش تھے کہ ایک مہینے کے لیے قطب شمالی جا رہے ہیں۔

’’مزے کی بات یہ ہے کہ وردارا اسٹیپا نوونا بھی ایک ماہ کے لیے حطا بچ کے قہر سے بچ گئیں۔‘‘ وولکا نے کہا۔’’وہ میٹ جو آ رہا ہے، مسافروں کا انچارج ہے۔‘‘

وولکا نے دوسری طرف دیکھ کر بات جاری رکھی۔ میٹ قریب آ کر ایک ملاح کے پاس کھڑا ہو گیا جو جنگلے پر جھکا ہوا تھا۔

’’کیا بات ہے، گھر یاد آ رہا ہے؟‘‘ میٹ نے ملاح سے پوچھا۔

''اور کیا۔ایک مہینے کے لیے پھر چل دیے برفانی سمندروں کی طرف .....''

لڑکوں کو حیرت ہوئی کہ دنیا میں کوئی شخص ایسا بھی ہوسکتا ہے جو قطب شمالی جانا نہ چاہے ۔

''ملاح کا اصل گھر سمندر ہے!'' میٹ نے نصیحت کی ۔

''خیر میں باقاعدہ ملاح تو ہوں نہیں ۔ ویٹر ہوں .....''

''اچھا تو چودہ نمبر کیبن میں کو بسٹو وا نام کی ایک خاتون کو کھانا پہنچا آؤ''

''یہ تو ورادارا اسٹپا نوونا کا آخری نام ہے ۔'' وولکا نے ژینیا سے کہا ۔

''وہ ادھیڑ عمر کی بی بی ہیں ۔ راستے میں زکام ہو گیا ہے اس لیے ان کو کیبن میں ہی آرام کرنا چاہیے ۔ وہ ہماری جمہوریت کی ایک محترم استانی ہیں ۔''

''استانی ..... اور نام بھی وہی ہے .....'' وولکا نے پھر چپکے سے کہا ۔

''یہ نام تو بہت عام ہے ۔'' ژینیا نے جواب دیا مگر گلا اس کا بھی خشک ہو گیا ۔

''ان کا نام ورادرا اسٹپا نوونا ہے ۔'' میٹ نے ملاح سے کہا ۔

وولکا اور ژینیا کی آنکھوں کے سامنے دھبّے سے ناچنے لگے ۔

''پھر بھی ضروری نہیں کہ یہ ہماری ہی استانی جی ہوں ۔ ایک نام کے بہت سے لوگ ہوتے ہیں ۔'' ژینیا نے پھر ڈھارس دینے کی کوشش کی ۔

اب وولکا کو یاد آیا اسکول میں اس نے سنا تھا کہ استانی جی اس سفر پر جانے والی ہیں ۔

''اب کیا ہو ..... ؟''

وہ دونوں سر پکڑ کر ایک بنچ پر بیٹھ گئے ۔ سفر کی ساری خوشی خاک میں مل گئی ۔ استانی جی کو کس طرح بچائیں؟ صرف ایک ترکیب تھی کہ حطابچ کا دھیان مستقل بٹائے رکھا جائے ۔ آج تو خیر وہ زکام کی وجہ سے اپنے کیبن سے باہر نہ نکلیں گی ۔ کل سے یہ کیا جائے گا کہ ایک آدمی ان کے ساتھ رہے گا، اور دوسرا حطابچ کے ساتھ ۔ مثال کے طور پر وولکا اور حطابچ شطرنج کھیلیں گے اور ژینیا استانی جی کے ساتھ ٹہلے گا لیکن ساحل پر یا کھانے کے

کمرے میں مڈبھیڑ ہوگئی تو؟

''استانی جی کا بھیس بدل دیں؟'' ولکا نے کہا۔

''کیا مطلب؟ نقلی ڈاڑھی لگا دوگے ان کے؟ غلط ...... یہ سب بے کار ہے۔'' زینیا نے جواب دیا۔

اتنے میں ہطانچ نے انھیں آواز دی۔ دونوں نچلے عرشے پر چلے گئے۔

''میں اور میرے یہ قابلِ عزت دوست اس وقت جنوبی افریقہ سے متعلق بحث کر رہے ہیں۔'' ہطانچ نے اپنے ساتھی کا تعارف کراتے ہوئے کہا۔

''اب آئی مصیبت۔ اگر بڑے میاں نے جغرافیہ کے متعلق اپنی معلومات کا اظہار اس جہاز پر شروع کیا تو مسافر ہنسیں گے۔ اور بڑے میاں کو غصہ آئے گا اور اس غصّے کا نتیجہ مسافروں کے حق میں اچھا نہ ہوگا۔''

''کیوں بھئی کون ٹھیک کہتا ہے۔ پریٹوریا جنوبی افریقہ کا صدر مقام ہے نا؟ ہطانچ نے کہا۔

''ہاں......'' لڑکوں نے اچنبھے سے جواب دیا۔

بڑے میاں کو صحیح معلومات کیسے حاصل ہوگئیں ......اخبار کے ذریعے یقیناً......

''میرے ان دوست کا کہنا ہے کہ کیپ ٹاؤن صدر مقام ہے۔'' ہطانچ نے فخریہ جواب دیا۔'' ہم نے اس پر بحث کی کہ فضائے قائمہ State Sphere کتنی اونچائی پر ہے۔ میں نے کہا فضائے متغیرہ Top Sphere اور فضائے قائمہ کے درمیان کوئی واضح حد نہیں کھینچی جا سکتی کیوں کہ یہ دنیا میں مختلف جگہ مختلف اونچائی اور نیچائی پر ملتا ہے ......اور چونکہ جغرافیہ کی سائنس کے ذریعہ یہ معلوم ہو چکا ہے کہ افق بھی محض ایک خیالی لکیر ہے اور ......''

''ہطانچ ذرا اِدھر آؤ......'' ولکا نے ان کو ایک کونے میں لے جا کر پوچھا۔''میری جغرافیہ کی کتاب تم ہی نے چُرائی تھی؟''

''چرانا کیا مطلب ڈارے ابن الوشا؟ ارے تمھارا چہرہ زرد کیوں پڑ گیا؟''

حطانچ۔ حطانچ ادھر دیکھنا ...... ادھر آ جاؤ......‘‘ وولکا نے ہڑبڑا کر کہا۔ بڑے میاں اس کی طرف مڑ گئے۔

دوسری طرف سے ماسکو سیکنڈری اسکول ۲۴۵ جغرافیہ کی ٹیچر و ادارا اسٹیپا نوونا جنھیں جمہوریت کی طرف سے ’محترم استانی‘ کا خطاب دیا گیا تھا، ٹہلتی ہوئی چلی آرہی تھیں۔ حطانچ آہستہ سے ان کی طرف بڑھے اور ڈاڑھی کا ایک بال توڑا۔

’’ارے رے ...... یہ نہ کرو ...... یہ نہ کرو......‘‘ وولکا نے چیخ کر کہا اور حطانچ کا بازو پکڑ لیا۔

ژینیا نے پیچھے سے حطانچ کو دبوچ لیا۔

’’لڑکو‘‘ استانی جی نے ڈانٹ بتائی۔ ’’ان بوڑھے میاں کو کیوں تنگ کر رہے ہو۔‘‘ وہ ان دونوں کو جہاز پر دیکھ کر مطلق متعجب نہیں تھیں۔

’’مگر یہ آپ کو مینڈک بنا دیں گے۔‘‘ وولکا نے چلّا کر جواب دیا۔

’’یا قیمہ کوٹنے کا تختہ ......‘‘ ژینیا نے آواز ملائی۔

’’استانی جی چھپ جایئے ...... کہیں چھپ جایئے ورنہ غضب ہو جائے گا......‘‘

’’کیا بک رہے ہو؟‘‘ استانی جی نے کہا۔

اتنے میں حطانچ نے اپنا ہاتھ چھڑا کر ڈاڑھی کے بال کے دو ٹکڑے کیے۔ لڑکوں نے تھرّا کر اپنی آنکھیں بند کرلیں۔

لیکن جب انھوں نے استانی جی کو کسی کا شکریہ ادا کرتے ہوئے سنا تو آنکھیں کھولیں۔ وہ ہاتھ میں پھولوں کا گلدستہ اور بہت سے کیلے لیے کھڑی تھیں اور حطانچ ان کے شکریے کے جواب میں جھک جھک کر تسلیم کر رہے تھے۔

اپنے کیبن میں پہنچ کر حطانچ نے وولکا سے کہا۔ ’’تم نے پہلے روز ہی جب تم جغرافیہ میں فیل ہوئے تھے مجھے کیوں نہ بتایا کہ میری جہالت کی وجہ سے تم ناکام ہو گئے۔ ورنہ میں اپنی احسان مندی کا اس طرح اظہار نہ کرتا۔ میں تمہیں برابر پریشان کرتا رہا، تمہیں پہلے ہی بتا دینا چاہیے تھا۔‘‘ حطانچ کی آواز میں رنج تھا جیسے ان کا دل بہت دُکھا ہو۔

''لیکن تم استانی جی کو مینڈک کی جو بنا دیتے ...... ہم لوگوں کا پچھلے تین دن سے ڈر کے مارے بُرا حال ہے۔ بتاؤ تم انھیں مینڈک کی بنانے والے تھے نا؟''

''ہاں ......'' انھوں نے آہ بھر کر کہا۔ ''مگر اب کسی نے اس محترم خاتون کو نقصان پہنچانے کی ہمت کی تو میں اسے مینڈک بنا دوں گا۔ میری تو اس دن سے آنکھیں کھلیں جب تم نے مجھے الف، ب اور اخبار پڑھنا سکھایا۔ اور اللہ تعالیٰ نے مجھے اتنی عقل دی کہ تمھاری جغرافیہ کی کتاب اٹھالوں ......''

''چلو بھئی ہماری ایک پریشانی تو دور ہوئی ......'' وولکا نے ژینیا سے کہا۔

ایک اور معجزہ!

موسم بہت عمدہ تھا۔ تین دن اور تین رات کھلے سمندر میں چلنے کے بعد وہ ایسے مقام پر پہنچے جہاں تھوڑی تھوڑی برف تھی۔

دونوں لڑکے لاؤنج میں کچھ کھیل رہے تھے کہ بڑے میاں دوڑے دوڑے آئے۔

''ذرا باہر نکل کر دیکھو۔ ساری دنیا پر شکر اور ہیرے بکھرے گئے ہیں۔'' انھوں نے کہا۔

ہزاروں برس زندہ رہنے کے باوجود بے چارے نے اب تک برف نہ دیکھی تھی اس لیے دور سے شکر اور ہیرے سمجھے۔ سارے مسافر باہر نکلے۔ آدھی رات کے سورج کی روشنی میں برف کے ہزاروں ٹکڑے سمندر پر تیرتے ہوئے لدوگا کی طرف آ رہے تھے اور جہاز سے ٹکرا کر پاش پاش ہو رہے تھے۔

اس رات (اجالے کے لحاظ سے یہ دوپہر سے بھی زیادہ روشن رات تھی) دور کچھ جزیرے بھی دکھائی دیے۔ اور فرانٹر جوزف لینڈ کا شان دار نظارہ آنکھوں کے سامنے آیا۔ اور اس سُرمئی رنگ کی چٹانوں اور پہاڑوں پر برف جمی ہوئی تھی۔

''اب سونا چاہیے۔ حالاں کہ سونے کو دل نہیں چاہ رہا۔ سورج کی روشنی میں سونے

کی عادت جو نہیں ہے۔'' وولکا نے کہا۔

''میرے خیال میں یہ سورج نہیں بلکہ کوئی اور شے ہے جو نیند میں خلل پیدا کر رہی ہے۔'' بڑے میاں نے دبی زبان میں کہا مگر کسی نے ان کی بات پر دھیان نہیں دیا۔

آخر سب لوگ سونے کے لیے چلے گئے صرف ڈیوٹی کے ملاح جاگ رہے تھے۔ کھڑکیوں کے پردے گرا دیے گئے تا کہ سورج کی تیز روشنی اندر نہ آئے۔

لیکن بہت جلد یہ پرسکون اور سوتا ہوا جہاز اس زور سے ہلا کہ مسافر اپنے بستروں سے اچھل کر نیچے فرش پر جا پڑے۔ انجنوں کی آواز تھم گئی۔ دروازے کھلے، لوگ باہر دوڑے کہ معلوم کریں کہ کیا قصہ ہے کپتان نے ملاحوں کو حکم دینے شروع کیے۔ وولکا کو پلنگ سے گرنے میں زیادہ چوٹ نہیں آئی۔ اس کی نیند ابھی پوری طرح نہ کھلی تھی اس لیے سوچا کہ وہ خود ہی اچھل کر گر پڑا ہے۔ وہ واپس اپنے پلنگ پر جانے والا تھا کہ باہر سے بہت سی آوازیں سنائی دیں۔

''کہیں ہم کسی چٹان سے تو نہیں ٹکرا گئے!'' اس نے پریشان ہو کر سوچا۔ ''اب مزا آئے گا ...... دور دور کسی اور جہاز کا پتہ نہیں اور شاید وائرلیس بھی کام نہیں کر رہا۔'' اس نے سوچا کہ اب بہادری کی آزمائش کا وقت ہے کہ جہاز ڈوب گیا ہے۔ وہ لوگ سمندر میں تیر رہے ہیں۔ بھوکے پیاسے مگر سارے سوویت عوام کی طرح بہادری اور ہمت کا ساتھ نہیں چھوڑتے اور جب جہاز کا کپتان بھی تھک جائے گا تو وہ یعنی خود وولکا ڈوبتے جہاز کی کمان سنبھال لے گا۔

''تم جاگ کیوں گئے۔'' حطا پچ نے جمائی لے کر دریافت کیا۔

''ابھی پتا چلا جاتا ہے۔'' یہ کہہ کر وولکا باہر بھاگا۔

کپتان کے دفتر کے سامنے بیس پچیس مسافر خاموشی سے کچھ گفتگو میں مصروف تھے۔ وولکا نے ان کی ہمت بندھانے کے لیے زور سے کہا۔

''گھبرائیے مت ...... پریشانی کی کوئی بات نہیں۔''

''بالکل ٹھیک! اسی لیے برخوردار تم سیدھے اپنے کیبن میں واپس جاؤ اور سو رہو۔

یہاں پریشان کوئی نہیں ہو رہا۔''

چنانچہ وولکا کو واپس جانا پڑا۔ کیبن میں آ کر اس نے حطابچ سے کہا،''گھبراؤ مت فکر کی کوئی بات نہیں۔ دو روز بعد اس سے بڑا برف کاٹنے والا جہاز آ کر ہم لوگوں کی مدد کرے گا۔ انجن بند ہو چکے ہیں۔ پتہ نہیں کیوں۔ بھوک پیاس کی تکلیف ضرور ہوگی مگر بہادری سے کام لو......امید ہے کہ مرے گا کوئی نہیں......''

اسے حیرت تھی کہ وہ کس قدر آسانی سے لوگوں کی گھبراہٹ دور کر سکتا ہے۔

''افسوس.....صد افسوس......'' حطابچ نے کہا۔ اگر تم مر گئے تو میں کیوں زندہ رہوں گا۔ اس سے تو اچھا تھا کہ انجن شور کرتے رہتے اور میں اپنی جادو کی طاقت کو کسی اور مصرف میں لایا ہوتا......''

''تم نے......تم نے کچھ گڑ بڑ کی ہے؟''

''میں چاہتا تھا کہ تم آرام کی نیند سو جاؤ۔ انجن شور کر رہے تھے اس لیے میں نے ان کو بند کر دیا۔''

''اُف وہ! اب معلوم ہے کیا ہوگا؟'' وولکا نے لرز کر کہا،''انجن بند ہیں جہاز نہیں چل سکتا اور بوائیلر (Boiler) پھٹ جائیں گے۔ فوراً چلاؤ انجن دوبارہ۔''

''بہت خوب آقا......'' حطابچ نے ذرا ڈر کر جواب دیا۔

''انجن چلنے لگے اور لدوگا نے اپنا سفر پھر شروع کر دیا۔ کپتان، انجینئر کسی کی سمجھ میں نہ آیا یہ کیا ہوا تھا۔

ژینیا بے خبر سوتا رہا۔

''اگر سونے کا بین الاقوامی مقابلہ ہوتو ژینیا ورلڈ چمپئن بن جائے گا۔'' وولکا نے کہا۔ حطابچ ہنسے مگر ان کی سمجھ میں خاک نہ آیا۔ بین الاقوامی کس چیز کا نام ہے اور ورلڈ چمپئن کیا بلا ہے۔

اب وولکا ان کے پلنگ کے کنارے بیٹھ گیا۔ ''مجھے تم سے کچھ ضروری باتیں کرنا ہیں۔''

’’ارشاد میرے آقا……‘‘

’’تم نے کبھی سوچا ہے تم مجھ سے کتنے بڑے ہو؟‘‘

’’کبھی اس کا خیال نہیں آیا……‘‘

’’تم مجھ سے تین ہزار سات سو انیس برس بڑے ہو یعنی دو سو ستاسی گُنا زیادہ عمر ہے تمھاری۔ اور جو لوگ تمھیں ہمارے ساتھ عرشے پر دیکھتے ہیں تو سوچتے ہوں گے کہ کتنی اچھی بات ہے کہ ان بچوں کی دیکھ بھال کے لیے ایک بزرگ ساتھ ہیں۔ ٹھیک ہے نا؟ بولتے کیوں نہیں؟ (وہ چپ رہے) لیکن اصلیت یہ ہے کہ میں نے تمھیں صراحی کی قید سے آزاد کیا ہے……لیکن تم نے اس جہاز کو تقریباً ڈبو ہی دیا تھا۔ لہٰذا تمھارے ساتھ ساتھ اس پورے جہاز کے مسافروں کی زندگی کا ذمہ دار اب میں ہوں۔ یہ ٹھیک ہے کہ تم بہت زبردست جن ہو مگر میں تمھاری کراماتوں سے اب عاجز آ چکا ہوں، آج کی ایجادوں کے مقابلے میں تمھاری عقل چھوٹے بچوں سے بھی کم ہے۔ سمجھ گئے……؟‘‘

’’جی ہاں……‘‘

’’اچھا۔ تو کوئی کرامات دکھانے سے پہلے دوسروں سے پوچھ لیا کرو۔‘‘

’’اچھا۔ تم سے یا تم اپنی پڑھائی میں مصروف ہوئے تو زینیا سے پوچھ لیا کروں گا۔‘‘

’’قسم کھاؤ……‘‘

’’قسم کھاتا ہوں……‘‘

’’اچھا اب جا کر سو رہو……‘‘

’’بہت اچھا جناب‘‘ انھوں نے ملاحوں کی طرح جواب دیا۔ وہ جہاز رانی کی زبان بھی سیکھتے جا رہے تھے۔

٭ ٭ ٭

حطانچ کے کمالات

صبح کو لدوگا گہرے کہر میں گِھر گیا۔ اب وہ بے حد آہستہ آہستہ جا رہا تھا اور ہر پانچ منٹ بعد سائرن چیختے کہ کوئی اور جہاز اس دُھند کی وجہ سے اس سے نہ ٹکرا جائے۔ تمام مسافر اُکتائے ہوئے تھے عرشے پر سنّاٹا تھا۔ سب لوگ لاؤنج میں گھسے شطرنج اور دوسرے کھیل کھیل رہے تھے یا پڑھنے میں مشغول تھے۔ اس سے بھی اکتا کر انھوں نے گانا شروع کیا۔ ایک اُزبیک کسان نے ناچ دِکھایا۔ ماسکو کے ایک مزدور نے تاش کے کھیل دِکھائے۔ حطانچ پر کوئی رعب نہ پڑا۔ وولکا کو باہر بلا کر انھوں نے کہا،''اجازت دو کہ چند معمولی کرامتیں دِکھا کر اِن لوگوں کا جی بہلاؤں۔''

وولکا کو یاد آیا کہ چند معمولی کرامتوں نے سرکس میں کیا قیامت ڈھائی تھی۔

''اچھا۔۔۔۔۔۔ مگر صرف تاش کے کھیل یا پنگ پانگ کی گیندوں کے ساتھ ایک آدھ بازی دِکھانا اور کچھ نہیں۔۔۔۔۔۔''

ابھی فیکٹری مزدور اپنا کھیل دِکھا ہی رہا تھا کہ حطانچ ہال میں واپس آئے اور کہا کہ وہ بھی چند معمولی کھیل دِکھانا چاہتے ہیں۔

تالیاں بجیں۔ سب کے سامنے جھک کر انھوں نے پنگ پانگ کی دو گیندیں ہوا میں اُچھالیں۔ وہ چار ہو گئیں۔ پھر آٹھ پھر بتیس پھر وہ ساری گیندیں بتیس مسافروں کی جیبوں سے اُڑتی ہوئی نکلیں اور حطانچ کے چاروں طرف زنجیر سی بنا کر اسپٹنک کی طرح چکّر کاٹنے لگیں اور پھر اتنی تیزی سے چکّر کاٹے کہ بالکل سفید حلقہ سا بن گیا۔ یہ حلقہ حطانچ نے دراورا اسٹپانووونا کی گود میں رکھ دیا جہاں وہ ریشم کے تھان میں تبدیل ہو گیا۔ حطانچ نے اس تھان

کو چاقو سے کاٹا اور اس کے ٹکڑے چڑیوں کی طرح ہوا میں اُڑے اور مسافروں کے سروں پر
پگڑیوں کی طرح بندھتے چلے گئے ..... خوب تالیاں بجیں ۔ پھر حطابچ نے چٹکی بجائی اور
پگڑیاں کبوتر بن کر کھڑکیوں سے باہر نکل گئیں ۔ سارے مجمع کو یقین ہو گیا کہ یہ بڑے میاں
زبردست بازی گر ہیں ۔

حطابچ تعریفوں کے شور میں کھلے جا رہے تھے ۔ لڑکوں کو معلوم تھا کہ جوش میں آ کر
بڑے میاں خطرناک ہو جاتے ہیں ۔ ''مجھے اب ڈر لگ رہا ہے ۔ کہیں پھر کچھ ہنگامہ نہ ہو ۔''
ژینیا نے کہا ۔

''نہیں ۔ میرا اُن سے معاہدہ ہو چکا ہے ۔''

اتنے میں بڑے میاں نے ڈاڑھی کا بال توڑا ..... اور عرشے پر ایک تیز سیٹی بجی اور
بہت سے لوگوں کے بھاگنے کی آوازیں آئیں ۔ جہاز ہلا اور نیچے زور کی جھنجھناہٹ ہوئی ، جہاز
پھر رُک گیا ۔

''دیکھا تم نے ..... میں نہ کہتا تھا ..... ایسا غیر ذمے دار جن میں نے آج تک نہیں
دیکھا ۔'' ژینیا نے کہا ۔

''حطابچ ..... تم نے کل کیا قسم کھائی تھی؟'' وولکا چلایا ۔

''میں نے کچھ نہیں کیا وولکا ..... میں نے اپنی قسم نہیں توڑی ۔ مجھے نہیں معلوم جہاز
کیوں رُک گیا ہے ۔'' حطابچ نے جواب دیا ۔ ''اللہ کی قسم میں نے کچھ نہیں کیا ۔''

واقعی اب کی بار بڑے میاں کا قصور نہیں تھا ۔ کہرے میں راستہ بھول کر جہاز ایک
چٹان پر چڑھ گیا تھا ۔ سارے مسافر باہر نکل آئے مگر کہرا اس قدر گہرا تھا کہ ہاتھ کو ہاتھ سجھائی
نہ دیتا تھا ۔

آدھ گھنٹہ گزر گیا مگر جہاز اپنی جگہ سے نہ ہلا ۔ آخر کپتان نے حکم دیا کہ سارے
مسافروں کو عرشے پر بلا لیا جائے ۔ جب سب جمع ہو گئے تو کپتان نے کہا ۔

''ساتھیو ..... یہ بہت نازک وقت ہے ۔ اب صرف ایک ہی صورت ہے کہ سارا
کوئلہ جہاز کے اگلے حصّے سے اٹھا کر دنبالے میں پہنچا دیا جائے ۔ اگر سب مل کر اسے

ڈھونے میں مدد کریں تو بارہ گھنٹے میں کام ہو جائے گا ..... تم دونوں لڑکے ..... اور حسن حطارپچ ..... آپ فکر نہ کریں۔ تم لوگ بہت چھوٹے ہو ...... اور آپ کی عمر اتنا بوجھ اٹھانے کے قابل نہیں ہے۔‘‘

’’کیا مطلب آپ کا ..... حضور پُرنور میں بڑے سا بڑا بوجھ اٹھا سکتا ہوں ۔‘‘ حطارپچ نے جواب دیا۔ لوگوں نے ہنسنا شروع کر دیا حطارپچ نے کہا،’’ہنستے کیوں ہو ..... ہاتھ کنگن کو آرسی کیا ہے۔

...... خود دیکھ لو اور انھوں نے دونوں لڑکوں کو اٹھا کر اس طرح اچھالنا شروع کیا کہ گویا وہ بھی پلاسٹک کی گیندیں تھیں ۔ بڑے زور کی تالیاں بجیں ۔

’’میں اپنے الفاظ واپس لیتا ہوں ۔ اب کام شروع کیا جائے ۔ وقت بہت کم ہے ۔‘‘ کپتان نے کہا۔

’’حطارپچ‘‘ ..... ولکا نے کہا،’’بارہ گھنٹے تک کوئلہ ڈھونڈنے کی کیا ضرورت ہے ۔ اب اپنی کرامت دکھاؤ۔‘‘

’’یہ میرے بس میں نہیں ہے ۔‘‘ بڑے میاں نے رنجیدہ آواز میں جواب دیا۔ ’’میں نیچے سے چٹانیں گھسیٹ سکتا ہوں مگر اس کی وجہ سے جہاز کی تہہ میں خراشیں لگ جائیں گی اور میں انھیں ٹھیک نہ کر سکوں گا، کیوں کہ میں نے جہاز کا نچلا حصہ آج تک نہیں دیکھا اور پھر ہم سب کا ڈوب جانا یقینی ہے ۔‘‘

’’پھر سوچو حطارپچ ..... دماغ پر زور ڈالو ۔‘‘

’’اچھا ..... چٹانیں غائب کر دوں تو کیسا رہے؟‘‘

’’واہ، وا ..... یہ ترکیب تو بہت عمدہ ہے ۔ چلو کام شروع کرو۔‘‘

’’جو حکم ہے ..... ‘‘

ابھی پہلی ایمر جنسی ٹیم نے جہاز کی پہلی منزل میں جا کر کوئلہ ڈھونا شروع کیا ہی تھا کہ جہاز زور سے ہلا اور پھر لٹو کی طرح گھومنے لگا۔ اور جس جگہ چٹانیں تھیں وہاں صرف ایک بھنور سا باقی رہ گیا۔ جہاز بھی فوراً ڈوب جاتا مگر ولکا نے حطارپچ کو حکم دیا کہ جھٹ پٹ بھنور کو

بھی غائب کردیں۔ فوراً سمندر پر سکون ہو گیا۔ جہاز چند سیکنڈ اور گھوما اور پھر اپنی پرانی رفتار پر واپس آ کر اس نے پانی کی سطح پر چلنا شروع کر دیا۔

آگے خوبصورت جزیرے اور اجنبی سمندر اور کھاڑیاں راستے میں جہاں ملیں جہاں پہلے کسی انسان کا گزر نہ ہوا تھا۔ اکثر سارے مسافر جہاز سے اُتر کر ان سنسان چٹانوں پر چلے جاتے جہاں قطب شمالی پر قائم کیے ہوئے تجرباتی اسٹیشنوں کے لوگ دور سے ان کے استقبال میں بندوق کے فائر کرتے۔ ہمارے تینوں دوستوں نے بھی سب کے ساتھ برف کی چٹانوں پر چڑھائی کی اور برف کے جزیروں پر گھومتے ہوئے قطب شمالی کے سفید ریچھوں کا پیچھا کیا۔ بہادر حطابچ ایک زندہ ریچھ کان سے پکڑ کر جہاز پر گھسیٹ لائے اور اسے ایسا سدھایا کہ گویا وہ ریچھ نہیں پالتو بلّا تھا۔

اب وہ ریچھ روس کے سرکسوں میں کام کر رہا ہے۔ تم نے اسے ضرور کسی سرکس میں دیکھا ہو گا۔ اس کا نام گُزریا ہے۔

السلام علیکم اے برادرِ معظّم

جزیرہ روڈ دلن تک پہنچ کر لدوگا نے واپسی کا سفر شروع کیا۔ لوگ اتنی ہنگامہ خیز سیر وتفریح سے اب تھک چکے تھے۔ لہٰذا واپسی میں جزیروں اور چٹانوں پر اب بہت کم مسافر اُترے۔

ایک روز کپتان نے کہا، ''اس مرتبہ ہم لوگ آخری بار کسی جزیرے پر جہاز روکیں گے کیوں کہ صرف چھ سات آدمیوں کے لیے راستہ کھوٹا کرنا بے کار ہے۔''

اسی وجہ سے وولکا نے بہت سے لوگوں کو تیار کر لیا کہ اس جزیرے پر چلیں۔ اس مرتبہ وہ آرام سے سیر کر سکتے تھے۔ کیوں کہ حطابچ جن کو ہمیشہ جہاز پر واپس آنے کی جلدی پڑی رہتی تھی اس وقت کپتان کے ساتھ شطرنج کھیل رہے تھے۔

تین گھنٹے بعد جب وہ سب جہاز پر لوٹے ژینیا نے وولکا سے کہا، ''وولکا ذرا کیبن میں آؤ۔ تمہیں ایک چیز دکھاؤں۔'' پھر اس نے دروازہ اندر سے بند کر کے کوٹ میں سے

کچھ نکالا۔’’دیکھو یہ میں نے جزیرے کی دوسری طرف پڑا پایا۔۔۔۔۔کیا ہے یہ؟‘‘

اس کے ہاتھ میں تانبے کی ایک صراحی تھی جس پر کائی اور زنگ لگا ہوا تھا۔

’’چلو اسے کپتان کو دے آئیں۔ شاید قطب شمالی کی کھوج لگانے والوں میں سے کسی نے ایک خط لکھ کر اس صراحی میں بند کر دیا ہوگا کہ جس کے ہاتھ لگے وہ آ کر انھیں بچا لے۔‘‘

’’میرا بھی یہی خیال تھا مگر ہم خود ہی کھول کر دیکھ لیں تو کوئی حرج تو نہیں؟‘‘

ژینیا نے صراحی کی ڈاٹ نکالی اور بڑی مشکل سے مہر کو توڑا۔ پھر صراحی کو میز پر اُلٹ دیا۔ ایک دم سیاہ رنگ کا دھواں صراحی سے نکلا اور کیبن میں دم گھٹنے لگا۔ سارا کیبن اس دھویں سے بھر گیا۔ پھر یہ دھواں ایک بے حد بوڑھے آدمی میں تبدیل ہوا۔ اس بوڑھے آدمی کی بے حد غصیلی شکل تھی اور آنکھیں لال انگارہ ہو رہی تھیں۔ اس نے گھٹنوں کے بل گر کر زمین پر اس زور سے ماتھا پٹکا کہ سارا کیبن ہل گیا۔

’’یا پیغمبر۔۔۔۔۔رحم! رحم!۔۔۔۔۔ مجھے مت ماریے۔۔۔۔۔‘‘

’’آپ کا مطلب پرانے زمانے کے بادشاہ سلیمان سے تو نہیں‘‘ ولکا نے ڈرتے ڈرتے پوچھا۔

’’ہاں، ہاں۔۔۔۔۔خدا کے نبی حضرت سلیمان علیہ السلام خدا ان کی عمر دراز کرے۔‘‘

’’ان کی عمر تو اب دراز نہیں ہو سکتی ان کا انتقال ہو چکا ہے۔‘‘

’’کیا بکتا ہے او نامعقول چھوکرے۔۔۔۔۔ تجھے اس کی سزا ملے گی۔‘‘

’’خفا ہونے کی کوئی بات نہیں۔ اس ایشیائی بادشاہ کے انتقال کو دو ہزار نو سو انیس سال گزر چکے ہیں۔ تم انسائیکلو پیڈیا میں خود دیکھ سکتے ہو۔۔۔۔۔‘‘

’’صراحی کس نے کھولی تھی۔۔۔۔۔؟‘‘ غصیلے جن نے سوال کیا۔

’’میں نے۔۔۔۔۔مگر میرا شکریہ ادا کرنے کی کوئی ضرورت نہیں ہے۔‘‘ ژینیا نے انکسار سے کام لیا۔

’’اللہ کے سوا اور کوئی معبود نہیں ہے۔۔۔۔۔اے حقیر لڑکے خوش ہو جا۔۔۔۔۔‘‘

’’میں کیوں خوش ہوں؟ خوش تو تمھیں ہونا چاہیے جو صراحی کی قید سے آزاد ہوئے

ہو۔'' ژینیا نے جواب دیا۔

''خوش ہو کہ اسی وقت تمہیں موت کے گھاٹ اُتارنا ہے۔''

''حد ہوگئی! میں نے ہی تمہیں صراحی سے چھٹکارا دلایا ورنہ جانے اور کتنے ہزار برس تک اسی میں دھواں بنے گھٹتے رہتے .....''

''فضول گفتگو سے پرہیز کر ..... بتا کس قسم کی موت چاہتا ہے ..... تا کہ میں اسی طرح تجھے قتل کروں .....غررّ رر.....''

''اتنا لال پیلا ہونے کی ضرورت نہیں ہے مگر آخرتم یہ سب کہہ کیا رہے ہو۔'' ژینیا کو بھی غصہ آ گیا۔

''او نامعقول لڑکے تجھے معلوم ہونا چاہیے کہ میں ان جنوں میں سے ہوں جنھوں نے حضرت سلیمانؑ کا حکم نہیں مانا ..... تس پر حضرت سلیمانؑ نے اپنے وزیر آصف بن برخیہ کے ذریعے مجھے پکڑ منگوایا اور اس صراحی میں بند کر کے اس پر مہر لگا دی۔''

''بہت اچھا کیا سلیمانؑ نے۔'' ژینیا نے چپکے سے ولکا سے کہا۔

''کیا پُھس پُھس کرتا ہے چھوکرے۔'' جن گرجا۔

''کچھ نہیں ..... کچھ نہیں۔''

''خبردار! جو میرے ساتھ کوئی چالبازی کی۔ اب آگے کا احوال سن ..... سلیمانؑ نے مجھے صراحی میں بند کر کے اپنے جنات سے کہا کہ مجھے سمندر میں ڈال آئیں۔ سمندر میں سو سال پڑے رہنے کے بعد میں نے دل میں کہا کہ جس کسی نے مجھے یہاں سے نکالا میں اسے بادشاہ بنا دوں گا ..... سو سال اور گزر گئے اور کسی نے مجھے قید سے نہ نکالا۔ تس پر میں نے سوچا کہ جس نے مجھے آزاد کیا اسے مالا مال کر دوں گا۔ پانچ سو سال اور نکل گئے۔ تب میں نے کہا اپنے محسن کی تین خواہشیں پوری کر دوں گا۔ پھر بھی کچھ نہ ہوا تب مجھے تاؤ آ گیا اور میں نے طے کیا کہ اب جو کوئی بھی مجھے آزاد کرے گا میں اسے اس بات کی اجازت دوں گا کہ اپنے مرنے کا طریقہ خود چن لے اور پھر اُسے مار ڈالوں گا۔ لہذا مرنے کے لیے تیار ہو جا او نامعقول لڑکے .....''

”مگر یہ تو حد سے زیادہ کمینے پن کی بات ہے کہ جو تمھاری جان بچائے اسی کو مار ڈالو۔“ ژینا نے بھی غصّے سے جواب دیا۔

”خاموش....... بتاؤ کس طریقے سے مرنا پسند کرو گے۔ دیر نہ کرو ورنہ میرا غصہ قہرناک ہے۔“

”ایک بات پوچھ سکتا ہوں۔“ وولکا نے ہاتھ اُٹھا کر دریافت کیا لیکن جن نے اس زور سے گھورا کہ وولکا کے گھٹنے کانپنے لگے۔

”اچھا کم از کم میں تو ایک سوال کر سکتا ہوں؟“ ژینا نے اتنی بے بسی سے کہا کہ جن ذرا نرم پڑ گیا۔

”بکو.......مگر جو بات کرو مختصر۔“

”تم کہتے ہو کہ اتنے برس صراحی میں رہے ہو.......مگر یہ اتنی چھوٹی ہے کہ تمھارا ہاتھ بھی اس میں نہیں سما سکتا۔ تم سارے کے سارے اس میں کس طرح سما گئے ہوگے؟“

”کیا؟ میں جھوٹ بول رہا ہوں؟“

”اپنی آنکھوں سے دیکھوں جب ہی یقین آئے گا۔“

”اچھا دیکھ لو.......“ جن نے دھاڑ کر کہا۔ زور زور سے لرزا اور دھواں بن کر صراحی میں گھسنے لگا اور دونوں لڑکے مارے خوشی کے تالیاں بجانے لگے۔ ابھی جن صراحی میں آدھا ہی گھسا تھا اور ژینا نے صراحی بند کرنے کے لیے جیب سے ڈاٹ نکالی ہی تھی کہ پھر اس نے اپنا اِرادہ بدل دیا اور باہر نکل کر پھر اپنے جِنّاتی روپ میں واپس آ گیا۔

”اچھا.......او بے ہودے، بدتمیز لونڈے میرے ساتھ چالبازی کرنا چاہتا تھا۔“ جن نے گرج کر کہا۔ ”میں بھی بھول گیا کہ ایک ہزار ایک سو بیالیس برس ہوئے ایک مچھیرے نے میرے ساتھ یہی حرکت کی تھی۔ اس نے مجھ سے یہی سوال کیا اور میں اس کا بھروسا کر کے پھر صراحی میں گھس گیا اور اس بے ہودہ مچھیرے نے صراحی بند کر کے پھر سمندر میں پھینک دی۔ میں دوبارہ یہ دغابازی نہیں ہونے دوں گا....... ہاں.......اب بتا کون سی موت مرنا چاہتا ہے؟“

''اچھا......'' ژینیا نے سوچ کر کہا، ''مگر وعدہ کرو کہ میں جو طریقہ چنوں اسی طریقے سے مروں گا......''

''قسم کھاتا ہوں۔'' جن کی آنکھوں سے شعلے نکلے۔

''اچھا......'' ژینیا نے تھوک نگل کر کہا۔ ''میں بڑھاپے کی موت مرنا چاہتا ہوں۔''

''شاباش......'' وولکا چلّایا۔

جن آگ بگولہ ہو گیا۔ ''مگر تیرا بڑھاپا ابھی بہت دور ہے۔''

''ٹھیک ہے، میں انتظار کر لوں گا۔'' ژینیا نے بہادری سے کہا۔

وولکا کو ہنسی آ گئی مگر جن نے طیش میں آ کر عربی میں کوسنا شروع کر دیا اور پانچ منٹ تک لرزتا کانپتا رہا۔ پانچ منٹ بعد اس نے ایک خوفناک قہقہہ لگایا۔ لڑکے بوکھلا گئے۔ ژینیا کے سامنے کھڑے ہو کر اس نے کہا، ''تم بہت چالاک ہو مگر عمر آصف چالاکی میں تم سے بھی دس جوتے آگے ہے۔''

''عمر آصف ابن ہطاب؟'' دونوں لڑکوں نے ایک ساتھ چلّا کر پوچھا۔

''خاموش...... ہاں میں عمر آصف ابن ہطاب تمھارا بھی استاد ہوں۔ میں تمھاری یہ خواہش پوری کر دوں گا۔ تم یقیناً بڑھاپے کی موت مرو گے۔ اور بڑھاپا ابھی آتا ہے۔''

''مدد...... مدد......'' ژینیا کمزوری سے چلّایا۔ ''مدد......'' اس کی آواز میں اب بڑھاپے کا رعشہ تھا۔ ''مدد...... میں مر رہا ہوں۔''

وولکا کے دیکھتے دیکھتے ژینیا پہلے جوان ہوا پھر لمبی ڈاڑھی والا مرد بنا، پھر اس کی ڈاڑھی کھچڑی ہوئی اور اس کے بعد وہ ایک گنجے اور دُبلے پتلے بوڑھے میں تبدیل ہو گیا اور اپنے جوش کے عالم میں اگر جن نے یہ نہ کہا ہوتا کہ ''کاش اس وقت میرا بھائی میری کرامت دیکھتا......'' تو اگلے چند سیکنڈ میں ژینیا ختم بھی ہو چکا ہوتا۔

''ٹھہرو......'' وولکا چلّایا۔ ''تمھارے بھائی کا نام حسن عبدالرحمٰن ہے؟''

''تمھیں کیسے معلوم؟'' جن نے تعجب سے پوچھا، ''آہ! اس کا نام نہ لو، میرا کلیجا منہ کو آتا ہے۔ آہ میرے پیارے بھائی حسن۔''

''اگر میں تم سے یہ کہوں کہ تمھارا بھائی زندہ ہے اور تمھیں اس سے ملوا بھی دوں تو تم ژینیا کی جان بخشی کر دو گے؟''

''ہاں ..... ہاں ..... یقیناً ..... ضرور ضرور مگر تم نے پھر کوئی چال چلی تو اچھا نہ ہوگا۔''

''اچھا تو ایک منٹ ٹھہرو ..... صرف ایک منٹ ۔''

حسن عبدالرحمٰن اس وقت لاؤنج میں بیٹھے کپتان سے شطرنج کھیل رہے تھے ۔

''حطانچ ..... جلدی چلو ..... کیبن میں ..... چلو ۔''

''ٹھہر جاؤ جی ..... میں کپتان صاحب کو شہ دے رہا ہوں ۔''

''حطانچ ..... فوراً چلو ..... بے حد ضروری بات ہے ..... فوراً ۔''

''اچھا ....''حطانچ نے اپنا رخ بڑھایا۔''شہ ..... ! بھاگ جاؤ ولکا۔ ابھی آتا ہوں ۔ بس تین چالوں کے بعد مات ہے ۔''

''اجی ہاں ..... آپ کے کہنے سے ۔'' کپتان نے جواب دیا۔

''حطانچ اگر تم فوراً نہ آئے تو نیچے ژینیا بڑے خوفناک طریقے سے مر جائے گا ..... چلو ۔''

''اماں کیا بات کرتے ہو۔''حطانچ نے کہا مگر برا سا منہ بنا کر اُٹھ کھڑے ہوئے ۔

''بازی برد ہو گئی ..... ''کپتان نے کہا۔

''ہرگز نہیں ..... ''حطانچ پھر واپس پلٹے مگر ولکا ان کو گھسیٹ کر کیبن میں لے آیا جہاں عمر آصف ژینیا کی جان نکالنے ہی والے تھے ۔

''یہ کون بڈھا ہے؟'' حطانچ نے ژینیا کو دیکھ کر پوچھا۔''اور یہ دوسرا بڈھا کون ہے؟'' اچانک ان کا رنگ سفید پڑ گیا اور ذرا آگے بڑھ کر پھر دیکھا۔ اپنی آنکھوں پر یقین نہ آیا اور انھوں نے آہستہ سے کہا،''السلام علیکم یا برادرِ معظّم ۔''

''وعلیکم السلام یا برادرِ عزیز''بوڑھے جن نے گرج کر جواب دیا۔ دونوں بھائی ایک دوسرے سے لپٹ گئے ۔

''مدد ..... مدد ..... ''ولکا نے پھر چلّا کر کہا۔''ایک شخص مر رہا ہے ۔''

”میں مر رہا ہوں۔“ ژینیا نے دہرایا۔ خطانچ نے پلٹ کر پوچھا۔ ”ژینیا کے پلنگ پر یہ کون بڈھا بیٹھا ہے؟“

”یہ ژینیا خود ہی ہے۔ خطانچ اسے بچاؤ……“

”اوہو…… معاف کرنا برادر۔ مجھے ذرا اس شخص کا کام تمام کرنا ہے۔“ عمر آصف نے کہا اور ژینیا سے مخاطب ہوا، ”اس سے پہلے کہ تو مرے معافی مانگ او حقیر انسان!“

”معافی؟ کس سے؟ ژینیا نے بوڑھی آواز میں پوچھا۔

”مجھ سے اور کس سے؟“

”کس لیے؟“

”میرے ساتھ چال بازی کرنے کی معافی مانگ۔“

”معافی تو تم کو مانگنا چاہیے۔ میں نے تمھاری جان بچائی اور تم میری جان لے رہے ہو……میں تم سے معافی نہیں مانگوں گا۔“

”اچھا……تو مرنے کے لیے تیار ہو جا۔“

”مرنے سے کون ڈرتا ہے۔“ ژینیا نے بہادری سے کہا مگر ڈر وہ ضرور رہا تھا۔

”بھائی صاحب……ہم اتنے دنوں بعد ملے ہیں۔ اس مبارک موقعے پر ایسی بے ایمانی کی حرکت نہ کیجیے۔ آپ نے جو وعدہ ژینیا سے کیا تھا اسے فوراً پورا کیجیے، یہ میرا بہت عزیز دوست ہے۔“

جن نے بہت تاؤ پیچ کھائے اور دانت پیس کر بولا، ”اچھا، او گستاخ لڑکے! اپنی پرانی شکل پر واپس آ جا۔“

اور وہ بوڑھا جو قبر میں پاؤں لٹکائے بیٹھا تھا پھر ایک تیرہ سالہ لڑکے میں تبدیل ہو گیا۔ اور اب ساری دنیا میں صرف ایک ژینیا ہی ایسا شخص تھا جو یہ کہہ سکتا تھا کہ …… بہت عرصہ ہوا جب میں ایک بوڑھا آدمی تھا……جس طرح بوڑھے کہا کرتے ہیں ……”جس زمانے میں، میں ایک نوجوان آدمی تھا……“

❖ ❖ ❖

عمر آصف نے پنجے نکالے

''ایک بات سمجھ میں نہیں آتی۔'' عمر آصف نے سردی سے کانپتے ہوئے کہا۔

''میں نے سلیمانؑ کے جنات کو یہ کہتے اپنے کانوں سے سنا تھا کہ چلو اسے مغربی حبشہ کے سمندر میں چھوڑ آئیں اور میں یہی سمجھا کرتا تھا کہ باہر نکلا تو افریقہ کے ساحل کے آس پاس ہی نکلوں گا .... مگر یہ جگہ تو افریقہ معلوم نہیں ہوتی ...... کیوں بھائی حسن؟''

''ہاں بھائی صاحب ...... ہم لوگ افریقہ سے بہت دور ہیں۔''

''ارے رے ...... سمجھ گیا ......'' وولکا چلّایا۔

''کیا ......؟'' عمر آصف نے اکڑ کر پوچھا۔

''اب پتہ چل گیا کہ آپ بحرِ شمالی میں کس طرح آ پہنچے۔''

''ابے او گستاخ لڑکے ...... جو بات مجھ جیسے زبردست جن کی سمجھ میں نہیں آ سکی وہ تو جانتا ہے؟'' بتا، تا کہ میں اور میرا بھائی تجھ پر ہنسیں۔''

''یہ Gulf Stream کی کارستانی ہے۔''

''کاہے کی؟''

''Gulf Stream گرم پانی کی لہر جو آپ کو جنوب سے شمال کی طرف بہا لائی۔''

''بکواس۔''

مگر چھوٹے بھائی نے کچھ نہ کہا۔

”بکواس بالکل نہیں ..... مجھے جغرافیہ میں فرسٹ کلاس نمبر ملے ہیں۔“

ژینیا نے بھی وولکا کی تھیوری سے اتفاق کیا اور حطابچ نے بھی ہاں میں ہاں ملائی۔

جب عمر آصف نے یہ دیکھا کہ وہ اکیلے رہ گئے تو انھوں نے بھی یہ ظاہر کیا کہ وہ Gulf Stream کے قائل ہیں لیکن ان کو دل میں وولکا اور ژینیا سے کد ہوگئی۔

”میں بحث نہیں کرنا چاہتا او گستاخ لونڈے۔ مجھے نیند آرہی ہے۔ ایک دستی پنکھے سے مکھیاں اُڑا تا کہ میں سوروں کچھ دیر ......“

”یہاں مکھیاں نہیں ہیں اور دوسری بات یہ کہ مجھ پر حکم چلانے کا آپ کو کیا حق ہے؟“ وولکا نے غصّے سے کہا۔

عمر آصف نے دانت پیسے اور کیبن میں مکھیاں ہی مکھیاں بھر گئیں۔

”پنکھے کے بغیر بھی کام چل جائے گا۔“ وولکا نے ذرا نرم پڑ کر کہا مگر اس کی سمجھ میں نہ آیا کہ کسی دوسرے انسان سے یہ کہنا کہ کھڑے ہوکر مجھے پنکھا جھلو، کس قدر بے ہودہ بات تھی۔ اس نے کیبن کا دروازہ کھولا اور ہوا کے جھونکے کے ساتھ ساری مکھیاں باہر گلیارے میں چلی گئیں۔

”مجھے پنکھا جھلو ......“ عمر آصف نے پھر حکم دیا۔

”ہرگز نہیں۔“ وولکا نے جواب دیا۔

”نہیں سنتا ہے بے؟“

”نہیں ......“

”بھائی صاحب ..... بھائی صاحب!“ حطابچ نے جھگڑے میں بیچ بچاؤ کرانے کی کوشش کی۔ عمر آصف نے چھوٹے بھائی کو پرے جھٹک دیا۔

”تمھاری خدمت کرنے سے تو بہتر ہے کہ میں مر ہی جاؤں۔“ وولکا نے چیخ کر کہا۔

”اچھا ..... تو مرنے کے لیے تیار ہو جاؤ ..... جیسے ہی سورج ڈوبے گا تم مر چکے ہوگے۔“

اچانک ایک نادر خیال وولکا کو سوجھ گیا۔ ”اچھا ...... اگر یہ بات ہے تو اے بدتمیز

گل کے سلور جوبلی سیریز

جن! میں بہت دیر سے تمھاری گستاخیاں برداشت کر رہا ہوں ۔ میں اب سورج کو ڈوبنے ہی سے روکے دیتا ہوں ۔ سورج نہ آج ڈوبے گا نہ کل نہ پرسوں ...... سمجھ گئے؟'' وولکا نے چلّا کر کہا۔

وولکا نے بہت بڑا داؤ لگایا تھا کیوں کہ اگر حطابیچ نے اپنے بھائی کو بتا دیا کہ قطب شمالی میں سورج چوبیس گھنٹے چمکتا ہے تو سارا کام چوپٹ ہو جائے گا۔

لیکن عمر آصف نے جواب دیا، ''اوشیخی خورچھورے لونڈے ۔ کبھی کبھی میں بھی دو کی لیا کرتا ہوں مگر میں نے شدید غصّے کے عالم میں بھی سورج کی رفتار کو روکنے کی قسم کبھی نہیں کھائی ۔ ایسا تو حضرت سلیمانؑ بھی نہیں کر سکتے تھے ۔''

وولکا نے دیکھ لیا کہ اس کی جان بچ گئی۔ نہ صرف یہ بلکہ اب اس خوفناک جن کو قابو میں بھی کیا جا سکتا تھا۔ حطابیچ نے خوش ہو کر وولکا کو آنکھ ماری۔

''عمر آصف، اگر میں نے کہا ہے کہ سورج رُک جائے گا تو اطمینان رکھو آج سورج غروب نہیں ہو سکتا ......''

''ابے او لونڈے!'' عمر آصف گرجے۔

''خاموش ......'' وولکا نے کہا۔ ''سورج کا تو انتظام ہو گیا ......''

''لیکن اگر ڈوب گیا تو؟'' عمر آصف نے قہقہہ لگا کر ہنستے ہوئے پوچھا۔

''تو میں تمھارے فضول سے فضول حکم مانوں گا ......''

''نہیں ...... اگر سورج ڈوب گیا تو میں تمھیں کھا جاؤں گا۔ زندہ کچا چبا جاؤں گا ۔''

''تم مجھے میرے سلیپروں سمیت کھا جانا بھئی ...... لیکن اگر سورج نہیں ڈوبا ...... تو کیا تم میرے سارے حکم مانو گے؟''

''ہاں ...... اے شیخی باز مداری ...... میں، اگر سورج نہ ڈوبا تو تیرے سارے حکم مانوں گا ...... مگر سورج آٹھ نو گھنٹے میں ڈوبنے والا ہے اور یہ تیری زندگی کے آخری گھنٹے ہیں ۔'' یہ کہہ کر عمر آصف نے دانت نکوسے۔

''کتنے خراب دانت ہیں!'' حطابیچ نے کہا۔ ''بھائی صاحب! میری طرح سونے کے

دانت کیوں نہیں لگوا لیے؟

عمر آصف نے بھائی کے سونے کے دانت دیکھے اور مارے حسد کے جل بھن گئے۔

’’مگر اے برادرِ عزیز! سونے کے دانت تو بہت معمولی چیز ہیں۔ میں ہیرے کے دانت لگواتا ہوں۔‘‘ اور اب جو عمر آصف مسکرائے تو ان کے منہ میں بتیس ہیرے جگمگا رہے تھے۔ کمر کے پٹکے سے آئینہ نکال کر دیکھا اور باغ باغ ہو گئے۔

لیکن تین چیزیں ایسی تھیں جنھوں نے ان کی خوشی کم کر دی۔ پہلی تو یہ کہ حطا بچ کو ان پر بالکل رشک نہ آیا، دوسرے یہ کہ ہیرے اسی وقت چمکتے ہیں جب ان پر روشنی پڑتی ہے ورنہ وہ پوپلے نظر آتے ...... اور تیسرے یہ کہ ان کی زبان اور ہونٹ کٹے جا رہے تھے۔ وولکا کو کیبن سے باہر جاتا دیکھ کر وہ چلّائے، ’’جب تک سورج نہیں ڈوب جاتا یہیں ٹھہرنا ہوگا ... پھر میرے ساتھ چال بازی کی، اگر غائب ہو گئے تو سورج ڈوبنے پر مجھے سارے جہاز پر تمھیں تلاش کرنا پڑے گا۔‘‘

’’بہت اچھا۔ میں ٹھہرے جاتا ہوں کیوں کہ جب سورج نہیں ڈوبے گا تو مجھے تم کو سارے جہاز پر تلاش کرنا ہوگا۔ کتنی دیر ٹھہرنا ہے؟‘‘

’’نو گھنٹے ......‘‘ یہ کہہ کر عمر آصف نے چٹکی بجائی اور لحیم شحیم پرانے زمانے کی پانی کی گھڑی، نمودار ہوگئی۔ جوں ہی پانی اس لکیر پر پہنچا، سمجھو تمھارا آخری وقت آ گیا۔‘‘

’’بہت ٹھیک، میں یہیں ہوں۔‘‘ وولکا نے کہا۔

’’ہم بھی یہیں ہیں۔‘‘ زینیا اور حطا بچ نے کہا۔

آٹھ گھنٹے آسانی سے گزر گئے کیوں کہ زینیا عمر آصف کو تاش سکھائے بغیر نہ رہ سکا۔

’’جیتوں گا میں ہی۔‘‘ عمر آصف نے پھر شیخی بگھاری۔ لیکن زینیا جیتتا گیا اور عمر آصف کے غصّے کا پارہ بڑھتا رہا۔ تب انھوں نے بے ایمانی شروع کر دی۔ جب وہ سب کوئی اور کھیل شروع کرتے تو عمر آصف ہارنے کے بعد پھر دھاندلی پر اُتر آتے۔

’’وقت ہو گیا عمر حطا بچ۔‘‘ آخرکار وولکا نے کہا۔

’’ناممکن ......‘‘ مگر پانی کی گھڑی پر نظر ڈال کر ان کا رنگ فق ہو گیا۔ گھڑی میں سے

سر باہر نکال کر دیکھا تو سورج اسی طرح آسمان پر چمک رہا تھا۔ طیش اور بے بسی کے عالم میں عمر آصف زور سے دھاڑے۔

’’میں نے وقت کے حساب میں کچھ غلطی کی ہے۔‘‘ انھوں نے ولکا سے کہا۔ ’’دو گھنٹے اور انتظار کرو۔‘‘

’’چاہے تین گھنٹے انتظار کرلو، مگر میں کہہ چکا ہوں سورج آج نہیں ڈوبے گا نہ کل، نہ پرسوں، نہ نرسوں، نہ اترسوں .....۔‘‘

ساڑھے چار گھنٹے بعد عمر آصف نے باہر جھانکا۔ سورج اسی طرح چمک رہا تھا۔

اب وہ بالکل سفید پڑ کر گھٹنوں کے بل گر گئے۔ ’’اے زبردست نوجوان مجھ پر رحم کر..... مجھے معاف کردے ..... میں تیرا غلام بندۂ بے دام ہوں ..... مجھ پر رحم کر ...... جب میں تجھ پر چلّاتا تھا تو مجھے معلوم نہ تھا کہ تو طاقت میں مجھ سے زیادہ ہے۔‘‘

’’اس کا مطلب ہے اگر میں تم سے کمزور رہوں تو تم مجھ پر حکم چلاؤ گے؟‘‘

’’بالکل .....۔‘‘

سب کو بڑی کوفت ہوئی۔

’’کیسا بھائی ہے تمھارا ..... حاسد، اکل کھرا اور کمینہ .....۔‘‘ ژینیا نے چپکے سے حطا بچ سے کہا۔

’’ہاں ..... بھائی صاحب گڑ کی بھیلی تو بالکل نہیں ہیں۔‘‘ حطا بچ نے کہا۔ مارے ادب کے وہ اور کیا کہہ سکتے تھے۔

’’اُٹھ کھڑے ہو۔‘‘ ولکا نے کوفت سے کہا۔

’’کیا حکم ہے میرے طاقت ور آقا؟‘‘

’’صرف ایک حکم ہے۔ میری اجازت کے بغیر تم ایک سکنڈ کے لیے اس کیبن سے باہر نہیں جا سکتے۔‘‘

’’جو ارشاد ..... میں تعمیل کروں گا .....۔‘‘ عمر آصف نے انتہائی خوشامدانہ آواز میں گھگھیا کر جواب دیا۔ تین دن بعد عمر آصف کی کسی معمولی سی بات پر خفا ہو کر ولکا نے کہا کہ

اب وہ سورج کو زیادہ لمبی مدت تک جھکائے رکھے گا، مگر اسی روز کپتان سے معلوم ہوا کہ اب جہاز ایسی عرض البلد کی طرف آ رہا تھا جہاں مختصر سی رات ہو جاتی تھی۔ لہٰذا بوڑھے جن کو وولکا نے اطلاع دی کہ اس پر رحم کھا کر چند منٹوں کی رات کا انتظام کر دیا گیا ہے۔

عمر آصف بھیگی بلّی بنے رہے۔ جب پورے ایک ماہ بعد جہاز اپنی بندرگاہ پر واپس پہنچا تو وہ خاموشی سے اپنی صراحی میں گھس گئے۔

وہ اس صراحی میں دوبارہ ہرگز نہ جانا چاہتے تھے مگر وولکا نے وعدہ کر لیا تھا کہ گھر پہنچتے ہی انھیں پھر باہر نکال لے گا۔

اور اس بات سے انکار کرنے کا کوئی فائدہ نہیں کہ جہاز سے اُترتے وقت وولکا کا جی چاہا کہ صراحی کو واپس سمندر میں پھینک دے۔ لیکن وعدہ نبھانا انسان کا اخلاقی فرض ہے۔

جس طرح لدوگا پر کسی کو تعجب نہ ہوا تھا کہ دونوں لڑکے اور بڑے میاں اس سفر میں کس طرح شریک ہیں اسی طرح حطاچپچ نے دونوں لڑکوں کے والدین کو بھی اپنے طلسم کے ذریعے اس ایک ماہ کی غیر حاضری پر متعجب نہ ہونے دیا۔ انھیں اس بات پر بالکل اچنبھا نہ ہوا کہ ان کے لڑکے قطب شمالی کا سفر کس طرح کر آئے۔

کھانے کے بعد دونوں نے اپنی سیاحت کے قصّے اپنے ماں باپ کو سنائے۔ وولکا نے حطاچپچ کا نام نہیں نہ لیا مگر ژینیا جوش میں آ کر کہہ گئے۔ ''جب سب لوگ تاش کے کھیل دکھا رہے تھے تو حطاچپچ نے ......''

''کیسا عجیب سا نام ہے حطاچپچ!'' ژینیا کی امّاں نے کہا۔

''حطاچپچ نہیں امّاں ...... میں نے پوتا چپچ کہا تھا۔ یہ ہمارے ایک ملاح کا نام تھا۔'' ژینیا نے جلدی سے بات بنائی اور ذرا جھینپا۔ مگر کسی نے ان کے جھینپنے کا نوٹس نہیں لیا۔ اور سب بے حد مرعوب ہوئے کہ ژینیا سچ مچ کے ملّاحوں کے ساتھ ایک مہینہ گزار کر آ رہا تھا۔

ادھر وولکا کی تانبے کی صراحی کے ساتھ ایک حادثہ پیش آتے آتے رہ گیا۔ وہ کھانے کے کمرے میں صوفے پر بیٹھا اپنے والدین کو برف توڑنے والے جہاز اور برف لے جانے والے جہاز کا فرق بتلانے میں مصروف تھا اور اس لیے اس نے دادی اماں کو کمرے سے باہر

جاتے نہ دیکھا۔ پانچ منٹ بعد وہ تانبے کی صراحی ہاتھ میں لیے واپس آئیں ...... جس کے اندر عمر آصف موجود تھے ......!''

''یہ کیا ہے؟'' ابّا نے پوچھا۔

''وولکا کے بکس میں سے نکلی ہے ...... اس کا بڑا عمدہ گلدان بن جائے گا۔'' دادی امّاں نے جواب دیا۔

''گلدان نہیں ...... یہ تو فرسٹ میٹ نے مجھے دی تھی کہ اس کے ایک دوست کو پہنچا دوں۔'' وولکا نے جلدی سے کہا۔

''بڑا خوب صورت برتن ہے ...... ذرا دِکھانا ...... ارے اس پر تو ڈھکنا بھی لگا ہے ......'' ابّا بولے۔

وولکا نے گھبرا کر صراحی ان کے ہاتھ سے چھین لی۔ ''کھولیے مت ...... اندر کچھ بھی نہیں ہے اس میں ...... میں نے فرسٹ میٹ سے وعدہ کر لیا تھا کہ اسے کھولوں گا نہیں ...... کھولنے سے اس کی ڈاٹ خراب ہو جائے گی ......''

''اچھا، اچھا ...... گھبراؤ نہیں۔'' ابا نے جواب دیا۔

وولکا نے صراحی مضبوطی سے پکڑ لی۔ مگر اب باتوں کا مزہ ختم ہو چکا تھا۔ کھڑے ہو کر اس نے کہا کہ ذرا صراحی کو اس کے اس کے مالک کے پاس پہنچا آئے ...... اور کمرے سے باہر بھاگ گیا۔

''جلدی آنا ......'' امّاں چلّائیں مگر وہ اُڑن چھُو ہو چکا تھا۔

چاند کا سفر

ژینیا اور حطانچ دریا کے کنارے وولکا کے منتظر تھے۔ رات ہو گئی تھی اور چاند نکل آیا تھا۔ ژینیا چاند کو دیکھنے کے لیے دوربین لیتا آیا تھا۔

وولکا نے قریب آتے ہوئے کہا، ''بھئی اب عمر آصف صاحب تشریف لاتے ہیں۔''

''ہونہہ......عمر آصف!!'' ژینیا نے غصّے سے پیٹھ موڑ کر دوربین اٹھالی۔ کچھ دیر بعد اسے عمر آصف کی پھٹا ڈھول ایسی آواز سنائی دی۔

اے ابن الوشا، کیا یہ ناچیز غلام دریافت کر سکتا ہے کہ تمھارے دوست کے ہاتھ میں یہ کیا شے ہے؟''

دُوربین.......اس سے دور کی چیزیں بڑی نظر آنے لگتی ہیں۔''

''عمر آصف نے دوربین میں جھانکنا چاہا مگر ژینیا پرے ہٹ گیا۔ بڈھے جن کو بہت برا لگا۔ اگر اسے وولکا کا خیال نہ ہوتا، جس کے حکم سے سورج چلتے چلتے تھم جاتا تھا، وہ ژینیا کو اس گستاخی کا مزا چکھا دیتا۔ مگر وولکا کی وجہ سے غصّے سے کانپتے ہوئے جن نے خوشامدانہ انداز میں ژینیا سے کہا کہ وہ بھی چاند کو دیکھنا چاہتے ہیں۔

''اور میں بھی......'' حطانچ نے کہا۔

ژینیا نے بے دلی سے دوربین عمر آصف کو تھما دی۔

اس کم بخت لڑکے نے اس جادو کی نلکی پر بھی طلسم کر دیا ہے۔ چاند بجائے بڑا نظر

آنے کے بہت ہی چھوٹا معلوم ہو رہا ہے۔'' عمر آصف نے غصّے سے کہا۔

''تم دوربین کو الٹی طرف سے پکڑ رہے ہو۔'' ولکا نے جھنجھلا کر جواب دیا۔''اس طرف سے دیکھو۔''

عمر آصف نے چاند کو دیکھنے کے بعد آہ بھری .....'' افسوس ..... ماہتاب کے متعلق میری رائے بہت اچھی تھی مگر یہ تو بہت ہی بھدا نکلا ..... چہرے پر داغ ..... کھردرا ..... لا حول ولا قوۃ ..... اس سے تو ستارے اچھے کہ ان میں کوئی عیب تو نہیں ..... گو وہ چاند سے چھوٹے ہیں .....''

''ذرا میں بھی دیکھوں۔'' حطابچ نے دوربین لے لی۔

''بھائی صاحب! واقعی اس مرتبہ تو آپ ٹھیک کہتے ہیں اس سے ظاہر ہوا کہ حطابچ پر سے اپنے بڑے بھائی کا رعب بالکل اتر چکا تھا۔

''جہالت کی حد ہے .....! چاند، ستاروں سے کئی لاکھ گُنا چھوٹا ہے۔'' ژینیا نے کہا۔

''خاموش ..... میں اس گستاخ لونڈے کی بکواس زیادہ نہیں سن سکتا۔'' عمر آصف گرجے۔''کل کو تم کہو گے کہ ریت کا ذرّہ پہاڑ سے زیادہ بڑا ہے .....بس اب میں تمھارا کام تمام کرتا ہوں۔'' یہ کہہ کر انھوں نے ژینیا کو پکڑ لیا۔

''ٹھہرو .....'' ولکا چلّایا۔''ورنہ میں ابھی چاند تمھارے اوپر گرا دوں گا اور تم کھڑے کھڑے بھسم ہو جاؤ گے۔''

عمر آصف نے ڈر کر ژینیا کو چھوڑ دیا۔

''بیٹھ جاؤ .....ژینیا ٹھیک کہتا ہے۔ میں تم کو سمجھاتا ہوں۔'' ولکا نے ڈانٹ کر کہا۔

''مجھے سمجھانے کی کوئی ضرورت نہیں۔ میں سب کچھ خود ہی جانتا ہوں چاند ستاروں کے متعلق۔'' شیخی خورجن نے کہا مگر ولکا کا حکم نہ ماننے کی اس میں ہمت نہ تھی۔

ولکا بہت دیر تک علم فلکیات Astronomy کے متعلق عمر آصف کو بتاتا رہا مگر جن نے اپنی ہٹ قائم رکھی۔ جب تک مجھے خود یقین نہ آ جائے تمھاری باتیں نہ مانوں گا۔''

''کیا یقین نہ آ جائے؟ کیا یہ معلوم کرنے کے لیے چاند ایک طشتری نہیں ہے۔ بلکہ

بہت بڑا کرہ ہے،خود اس تک جاؤ گے؟‘‘

’’کیوں نہیں؟ چاہوں تو آج ہی جا سکتا ہوں۔‘‘

’’لیکن چاند لاکھوں میل دور ہے۔۔۔۔۔‘‘

’’ہوا کرے۔۔۔۔۔مگر مجھے تمہارے کہنے کا یقین ہی کب ہے۔‘‘

’’لیکن چاند خلا میں ہے اور وہاں ہوا کا گزر نہیں۔‘‘

’’میں بغیر سانس لیے بھی زندہ رہ سکتا ہوں۔‘‘

’’دفع ہونے دو۔۔۔۔۔ہمیں چھٹکارا مل جائے گا‘‘ ژینیا نے چپکے سے وولکا سے کہا۔

’’پھر بھی میرا فرض یہی ہے کہ انھیں خلا کے خطروں سے آگاہ کر دوں۔۔۔۔۔عمر آصف۔۔۔۔۔اوپر سردی بے انتہا ہو گی۔۔۔۔۔‘‘

’’پروا نہیں۔۔۔۔۔اچھا۔۔۔۔۔جلد ملیں گے۔۔۔۔۔خدا حافظ‘‘

’’اچھا اگر چاند پر جا ہی رہے ہو تو میرا ایک مشورہ یاد رکھنا۔۔۔۔۔وعدہ کرتے ہو؟‘‘

’’کہو۔۔۔۔۔‘‘ عمر آصف نے جواب دیا۔ظاہر تھا کہ وولکا کا خوف ابھی سے اس کے دل سے نکلنا شروع ہو گیا تھا۔

’’زمین کو گیارہ کلومیٹر فی سیکنڈ کی رفتار کم میں ہر گز نہ چھوڑنا ورنہ چاند تک کبھی نہ پہنچ سکو گے۔‘‘

’’کلومیٹر کتنا ہوتا ہے؟‘‘

’’اچھا۔۔۔۔۔دیکھو۔۔۔۔۔کلومیٹر۔۔۔۔۔لگ بھگ ایک ہزار چار سو قدم کا ایک کلومیٹر سمجھو۔‘‘

’’تمہارے قدم۔۔۔۔۔؟ اس کا مطلب ہے میرے ایک ہزار دو سو قدم۔۔۔۔۔یا اس سے بھی کم۔۔۔۔۔‘‘ عمر آصف کو اپنے قد کی لمبائی کے متعلق بڑا مغالطہ تھا۔ حالاں کہ وہ وولکا سے زیادہ لمبے نہ تھے۔

’’خیال رکھنا، جاتے میں کہیں آسمان کے گنبد سے نہ ٹکرا جاؤ‘‘ خطانچ نے خبردار کیا۔ جغرافیہ کے سارے سبق پڑھنے کے باوجود پرانا وہم ان کے دماغ سے نہیں گیا تھا۔

’’مجھے نصیحت کرنے کی ضرورت نہیں ہے۔‘‘ عمر آصف نے اکڑ کر جواب دیا اور ہوا

میں بلند ہونا شروع ہوئے۔ فوراً وہ تیزی سے چمکنے لگے اور اپنے پیچھے آگ کی لمبی سی لکیر چھوڑتے ہوئے فضا میں غائب ہو گئے۔

''آؤ۔ یہیں بیٹھ کر بھائی صاحب کی واپسی کا انتظار کریں۔'' حطابچ نے کہا۔ وہ شرمندہ تھے کہ عمر آصف کی وجہ سے لڑکوں کو اتنی کوفت اُٹھانا پڑی۔

''انتظار بے کار ہے...... انھوں نے میری رائے پر عمل نہیں کیا اور اب وہ زمین پر کبھی واپس نہ آئیں گے۔ چوں کہ وہ گیارہ کلومیٹر فی سیکنڈ کی رفتار سے کم رفتار پر اُڑے ہیں اس لیے ہمیشہ ہمیشہ کے لیے زمین کے چاروں طرف چکر کاٹتے رہیں گے...... پتا ہے اب عمر آصف اسپٹنک بن چکے ہیں......'' وولکا نے جواب دیا۔

''اگر تمھیں اعتراض نہ ہو تو میں یہیں بیٹھ کر بھائی صاحب کا انتظار کروں گا۔'' حطابچ نے رنجیدہ آواز میں کہا۔

بہت رات گئے وولکا کے کمرے میں گھس کر وہ سنہری مچھلی میں تبدیل ہو گئے اور مرتبان میں کود گئے۔ حطابچ جب کبھی کسی وجہ سے پریشان ہوتے تھے تو وہ رات وولکا کے پلنگ کے نیچے بسر کرنے کی بجائے مچھلیوں کے مرتبان میں گزارتے تھے۔ آج تو وہ بے حد فکرمند تھے۔ انھوں نے پانچ گھنٹے تک عمر آصف کا انتظار کیا تھا مگر ان کے بھائی صاحب واپس نہیں آئے تھے۔

ایک نہ ایک روز سائنس داں ایسا آلہ ایجاد کر لیں گے جس کے ذریعے یہ معلوم ہو سکے کہ زمین کی سطح کے قریب سے گزرنے والے چھوٹے سے چھوٹے یہ معلوم ہو سکے کہ زمین کی سطح کے قریب سے گزرنے والے چھوٹے سے چھوٹے فلکی جسم اور گِرے کے گزرنے سے زمین کی کشش ثقل Gravitation پر کیا اثر ہوتا ہے۔ اور پھر کوئی سائنس داں جس نے یہ کہانی اپنے بچپن میں پڑھی ہوگی اس آلے کی مدد سے یہ معلوم کر لے گا کہ زمین کے بہت قریب ایک فلکی جسم کا وزن ایک سو بتیس پونڈ ہے، زمین کے چاروں طرف چکر لگا رہا ہے۔ اور اس وقت ایک بد دماغ اور تنگ نظر بوڑھا جن عمر آصف جو اپنی جہالت اور سائنس کا مذاق اڑانے کی بدولت زمین کے Satellite میں تبدیل ہو گیا ہے۔ سائنس

کی کتابوں میں ایک لمبے چوڑے ہندسے کی شکل میں شامل کر لیا جائے گا۔

ایک صاحب نے حطانچ کے بھائی کا یہ قصہ سن کر بڑی سنجیدگی سے ہمیں بتایا کہ ایک رات انھوں نے آسمان پر سے ایک روشن لکیر تیزی سے گزرتی دیکھی جس کی شکل ایک لمبی سفید داڑھی والے بوڑھے کی سی تھی۔ ہمیں اس بات کا یقین نہیں کیوں کہ عمر آصف ایک بے حد غیر اہم شخص تھا۔

❖❖❖

حطانچ کا نیا اور جان لیوا شوق

بہت دنوں تک حطانچ مچھلیوں کے برتن میں پڑے اپنے بھائی کا سوگ مناتے رہے۔ آخر کار ان کا غم کچھ کم ہوا اور باہر نکلے۔

ایک دن دونوں لڑکے باتیں کر رہے تھے اور بڑے میاں پلنگ کے نیچے موجود تھے۔

”بارش ہونے والی ہے۔“ زینیا نے کہا۔

ایک دم بادل گھر آئے اور بارش شروع ہو گئی۔

”ریڈیو لگاؤں......؟“ ولکا نے کہا، اس کے ابا میاں نے امتحان میں پاس ہونے پر ایک ریڈیو لے دیا تھا۔ کمرے میں موسیقی کی آواز گونجنے لگی۔ حطانچ نے پلنگ کے نیچے سے سر نکال کر پوچھا۔

”یہ لوگ کہاں ہیں؟ سازندے......؟“

”ارے...... حطانچ کو ریڈیو کے متعلق کچھ معلوم نہیں۔“ زینیا نے کہا۔

(لدوگا کی لاؤنج میں ریڈیو نہیں تھا)

لڑکوں نے مختلف ریڈیو اسٹیشنوں سے ان کو گانے، تقریریں، ڈرامے سنوائے۔ حطانچ ہکّا بکّا تھے اور ریڈیو نے انھیں حد سے زیادہ متاثر کیا تھا۔ بارش تھمنے پر دونوں لڑکے ٹہلنے چلے گئے۔ اس کے بعد جو کچھ ہوا اس کی وجہ ولکا کی دادی اماں کی سمجھ میں آج تک

نہیں آئی۔

جب وہ ریڈیو بند کرنے کے لیے کمرے میں آئیں تو انھیں خالی کمرے میں ایک بوڑھے کے کھانسنے کی آواز سنائی دی۔ پھر انھوں نے دیکھا کہ ریڈیو کی سوئی ڈائل پر آپ سے آپ گھوم رہی ہے۔

خوف زدہ ہوکر دادی اماں نے چاہا کہ وولکا کو بلائیں۔ باہر نکل کر انھوں نے بس اسٹاپ پر اسے پکڑلیا ...... وولکا بہت گھبرایا اور بہت بہانے بنانے کی کوشش کی کہ وہ ریڈیو کو آٹومیٹک بنا رہا ہے لیکن دادی اماں، ابّا میاں سے نہ کہیے گا۔ میں چاہتا ہوں کہ جب ریڈیو میں یہ تبدیلیاں کرلوں تو ایک دم انھیں دکھاؤں گا ......

دادی اماں کو بالکل اطمینان نہ ہوا مگر وولکا کی درخواست انھوں نے مان لی۔ دن بھر انھیں کمرے میں سے طرح طرح کی آوازیں سنائی دیتی رہیں۔ ریڈیو دن بھر چلتا رہا اور رات کے دو بجے بند ہوا کیوں کہ بڑے میاں کو تاشقند لگانا نہ آتا تھا۔ وولکا کو جگا کر اس سے پوچھا کہ تاشقند کدھر لگتا ہے اور پھر ریڈیو پر جُٹ گئے۔

ایک بڑی جان لیوا بات ہوگئی تھی۔ حطابچ ریڈیو کے شوقین بن چکے تھے۔

سالِ نو کی ملاقات

جاڑوں کی چھٹیوں میں ژینیا اپنے عزیزوں سے ملنے ماسکو سے باہر چلا گیا۔ ۴؍جنوری کو اسے ایک خط ملا جو کم از کم تین اعتبار سے بے حد دلچسپ تھا۔ پہلی بات تو یہ کہ زندگی میں پہلی بار اسے ایسا خط ملا تھا جس میں اسے ایک جوان آدمی کی حیثیت سے مخاطب کیا گیا تھا۔ دوسری وجہ یہ تھی کہ یہ حطابچ کا پہلا خط تھا جو انھوں نے اپنے دوست کو لکھا تھا۔ اور تیسری وجہ وہ بے حد دلچسپ پیغام تھا جو اس خط میں درج تھا۔

''اے عزیز اور قابلِ قدر دوست ...... اسکولوں اور کھیل کے میدانوں ڈکے رونق ......

آرٹ اور سائنس کے چمکتے ستارے ...... اپنے والدین کے راحتِ جان، نورِ چشم زینا ابن
کولیا سلمہ تعالیٰ ...... میں خیریت سے ہوں اور خیریت تمھاری اُوس نیلی چھتری والے سے
نیک مطلوب۔ دیگر احوال یہ ہے کہ تم کو یاد ہوگا کہ عرصہ چھے ماہ کا ہوا تم نے میرے بدقسمت
بھائی عمر آصف کو قید سے آزاد کیا تھا۔ مگر صدیوں کے بعد ان سے ملاقات کی خوشی کرکری
ہوگئی۔ کس واسطے کہ موصوف انتہائی احسان فراموش، حاسد، تنگ نظر، بد دماغ اور ناعاقبت
اندیش ثابت ہوئے اور یہ معلوم کرنے کے لیے کہ آیا وولکا ابن الوشا جو کہتا ہے کہ چاند کی سطح
پر پہاڑ ہیں، یہ صحیح ہے یا غلط، وہ چاند کے سفر پر روانہ ہو گئے علم کی تلاش کی وجہ سے میرے
احمق بھائی نے یہ سفر اختیار نہیں کیا بلکہ اس شخص کو جو ان کی جان بچانا چاہتا تھا۔ نیچا دکھانے
کے خیال سے انھوں نے آسمان کی جانب پرواز کی۔ انھوں نے نہ سائنس کا خیال کیا اور نہ
اس علم کے قانون کی پروا کی جسے یکنکس کہتے ہیں۔ نتیجے کے طور پر اب وہ زمین کے چاروں
طرف بحیثیت ایک اُسپٹنک کے ہمیشہ ہمیشہ کے لیے گھوم رہے ہیں اور زمین، میں نے حال
ہی میں معلوم کیا ہے کہ خود سورج کے گرد گھومتی ہے۔

...... عرصہ تین روز کا ہوا کہ مجھے تمھارا سالِ نو کی مبارک باد کا تار ملا اور تب مجھے
خیال آیا کہ میرا احسان فراموش اور بے وقوف بھائی رات دن خلا کے چکر کاٹ رہا ہے اور
وہاں اسے سالِ نو کی مبارک باد دینے والا کوئی نہیں ہے۔ تس پر میں نے خود خلا میں جا کر
ان کو سالِ نو کی مبارک باد دینے کا ارادہ کیا ...... میں یہ بتا کر تمھارا وقت خراب نہ کروں گا کہ
میں نے Law of Universal Gravitation (کششِ ثقل کے قانون) کو کس طرح
سنبھالا۔ صرف یہ کہنا کافی ہے۔ کہ میں اس رفتار پر اڑا، جس پر عمر آصف یہاں سے اُڑے
تھے اور کچھ دیر کے لیے زمین کے مصنوعی سیّارے (Satellite) میں تبدیل ہو گیا تا کہ عمر
آصف سے بات چیت کر سکوں، اس کے بعد میں نے وہ رفتار اختیار کی جو اس طاقت سے
زیادہ تھی جو مجھے زمین کے گرد گھما رہی تھی اور اس طرح کرہ زمین کی طرف مُڑا۔ جس طرح
ایک لڑکے نے رسّی کا سرا پکڑ رکھا ہوا اور اس رسّی سے پانی کی بالٹی بندھی ہوا اور وہ بالٹی لڑکے
کے چاروں طرف گھومے ...... اس وقت اپنی رفتار کے متعلق بتانا بے کار ہے۔ مگر تم نے اور

وولکا نے مجھے ریاضی، میکینکس اور اسٹرانومی کے جو علم پڑھائے ہیں ان کی مدد سے میں نے اس رفتار کا حساب لگایا تھا وہ ملنے پر بتاؤں گا۔ لیکن اس وقت کہنا یہ تھا کہ میں اپنے بھائی سے ملنا چاہتا تھا...'' یہاں پہنچ کر شاید حطانج رونے لگے تھے کیوں کہ سطروں کی سیاہی پھیلی پھیلی سی تھی۔ وہ سطریں ہمیں چھوڑنا پڑیں گی۔'' زمین کو چھوڑ کر (دوپہر کا روشن وقت تھا) میں ایک ایسے کرے میں داخل ہوا جو گھپ اندھیرا اور بے انتہا سرد تھا۔ اس اندھیرے میں بہت دور ستارے ٹمٹمار ہے تھے اور سورج کی دھکتی ہوئی زرد روشنی نے میری آنکھیں چندھیا دیں۔

''میں اس اندھیرے اور سناٹے میں اُڑتا رہا کہ اچانک سورج کی روشنی میں چمکتا ہوا ایک بوڑھا میرے سامنے آ گیا۔ اس کی سفید ڈاڑھی شہاب ثاقب کی طرح چمک رہی تھی اور وہ مسلسل غصّے سے بڑبڑائے جا رہا تھا۔ مجھے یقین ہو گیا کہ یہی میرے بھائی صاحب ہیں۔

''السلام علیکم ورحمۃ اللہ و برکاتہ! یا برادرِ معظّم ...... مزاج شریف ......؟''

''ٹھیک ہوں۔'' انھوں نے اکل کھرے پن سے جواب دیا۔''تم خود دیکھ سکتے ہو کہ میں زمین کے گرد گھوم رہا ہوں۔''

''کہو کیا کہنا ہے؟ میں بہت مصروف شخص ہوں۔ اپنی بات کرو اور واپس بھاگ جاؤ۔''

''آپ کس چیز میں مصروف ہیں بھائی صاحب؟'' میں نے پوچھا۔

''کس چیز میں؟ کیا تمہیں معلوم نہیں کہ میں ایک اُسپٹنک کی حیثیت سے کام کر رہا ہوں؟ میں؟ رات دن، ہر وقت گھومنے میں مصروف ہوں۔ ایک منٹ کی مہلت نہیں ......''

''ہائے ہائے ...... اس اندھیرے اور سردی میں آپ کو کتنی تکلیف ہوتی ہوگی ...... سارے جانداروں سے الگ تھلگ ...... کیا افسوسناک زندگی ...... بے کار کے چکّر لگائے چلے جا رہے ہیں ......'' میں نے افسوس سے کہا اور ان کی حالت پر مجھے اتنا رنج ہوا کہ میں رونے لگا۔ تس پر انھوں نے بد دماغی سے جواب دیا۔

''میرے اوپر رینج کرنے کی ضرورت نہیں۔ تمہیں تو زمین کے باسیوں پر ترس کھانا چاہیے۔ ذرا غور سے چاروں طرف دیکھو تو چودہ طبق روشن ہو جائیں گے اور تم کو معلوم ہوگا کہ میں فلکی اجسام میں سب سے زیادہ بڑا ہوں۔ یہ ٹھیک ہے کہ سورج اور چاند روشن

ہیں اور میں روشن نہیں مگر میں قد میں ان سے بڑا ہوں۔ ستاروں کا تو ذکر ہی کیا کہ وہ تو اتنے چھوٹے چھوٹے ہیں کہ میرے ناخنوں میں آ جائیں۔'' پھر ایک سرپرستانہ مسکراہٹ ان کے ہونٹوں پر آئی اور انھوں نے کہا،''اگر تم چاہو تو تم میرے اُسپٹنک بن جاؤ.....ہم لوگ ساتھ ساتھ گھومیں گے.....''

''میں ان کی اس برادرانہ شفقت کے اظہار سے خوش ہو گیا مگر بھائی عمر آصف نے مزید فرمایا،''سارے اجسام فلکی کے اپنے اپنے اسپٹنک ہیں۔ میرا کوئی اسپٹنک نہیں۔ اس سے مجھے بڑی بے عزّتی محسوس ہوتی ہے.....''

''مجھے اپنے بھائی کی اس جہالت اور اس چھچھورے پن پر سخت افسوس ہوا اور میں سمجھ گیا کہ وہ زمین پر واپس آنا نہیں چاہتے۔ میں نے ان سے کہا.....'اچھا تو خدا حافظ..... میں ذرا جلدی میں ہوں کیوں کہ ابھی مجھے بہت سے دوستوں کو سالِ نو کی مبارک باد دینا ہے۔''

''تس پر عمر بھائی نے گرج کر پوچھا.....''واپس جاتے ہو؟ تو میرا اسپٹنک کون بنے گا؟ ٹھہر جاؤ ورنہ میں تمھارے ٹکڑے ٹکڑے کر دوں گا.....'' اور یہ کہہ کر انھوں نے میری بائیں ٹانگ پکڑ لی۔ میں نے جلدی سے دوسری طرف مڑ کر اپنی ٹانگ چھڑائی مگر میری جوتی ان کے ہاتھ میں رہ گئی۔ وہ مجھے پکڑ نہ سکے کیوں کہ انھیں اس نقطے پر گھومے جانا تھا کا جس سائنٹفک نام مدار Orbit ہے۔''

''وہاں سے اُڑ کر ذرا فاصلے سے میں نے چلّا کر کہا،''بھائی صاحب اگر آپ کو اسپٹنک کی ضرورت ہے تو یہ لیجیے۔ اور یہ کہہ کر میں نے اپنی ڈاڑھی کے پانچ بال توڑے اور پانچ رنگ برنگی گیندیں جو میٹر کے دانے سے لے کر کدّو کی اتنی بڑی تھیں، بھائی صاحب کے گرد گھومنے لگیں۔''

''میرے بھائی صاحب کو اپنے اُسپٹنک خود ہی بنا لینے کا خیال کبھی نہ آیا کرتا تھا۔ اب اپنی شیخی اور غرور میں آ کر انھوں نے سوچا کہ پہاڑ کے برابر اُسپٹنک بنانا چاہیے۔ چنانچہ ایک بے حد بڑا اُسپٹنک خلا میں نمودار ہو گیا لیکن چوں کہ اس کا وزن میرے احمق بھائی کے وزن سے کئی لاکھ گنا زیادہ تھا اس لیے بھائی صاحب زور سے اس سے جا ٹکرائے، گیند کی

جن حسن عبدالرحمٰن
گلوبی سلوّر جوبلی سیریز — حصہ دوم

طرح اُچھلے اور پھر روتے چلّاتے اس اُسپٹنک کے چاروں طرف انتہائی تیزی کے ساتھ گھومنے لگے۔ میں زمین پر واپس آگیا اور یہ خط تمھیں لکھ رہا ہوں۔ ہاں اور میں نے گورکی اسٹریٹ پر ایک ریڈیو کی دکان میں ایک بے حد عمدہ ریڈیو سیٹ دیکھا جس میں فوٹیوب ہیں اور میں سوچتا ہوں کہ اگر اس میں ......،،

اور یہاں سے خط اسی طرح لکھا گیا تھا جس طرح ایک ریڈیو کا عاشق لکھ سکتا ہے اور اسے نقل کرنے کی ضرورت نہیں کیوں کہ ریڈیو کے دیوانوں کے لیے اس میں کوئی بات نئی نہ ہوگی اور جن لوگوں کو ریڈیو سے دلچسپی نہیں وہ اسے پڑھ کر اُکتا جائیں گے۔

❀❀❀

خاتمہ بالخیر

اگر اس بالکل سچی کہانی کے پڑھنے والے ماسکو میں شمالی سمندری راستوں کے دفتر میں جائیں تو وہ دیکھ سکتے ہیں کہ ان درجنوں لوگوں میں جو قطب شمالی میں جا کر کام کرنے کی درخواست دیتے رہتے ہیں، ان میں تنکوں کی ٹوپی اور گلابی سلیپروں والے ایک بڑے میاں بھی شامل ہیں۔ آپ کا نام حطاپچ ہے اور بے حد کوشش کے باوجود کسی قطب شمالی کے اسٹیشن کے ریڈیو آپریٹر کی ملازمت ان کو اب تک نہیں مل سکی ہے۔

ان کے حُلیے اور سفید لمبی ڈاڑھی کی وجہ سے جوان کی لمبی عمر کی نشانی ہے (Aibi) کے سرد موسم میں نوکری کرنے کی اجازت انھیں نہیں مل پاتی اور جب وہ درخواست کا فارم بھرنا شروع کرتے ہیں تو صورتِ حال اور زیادہ مشکل ہو جاتی ہے۔

،،پیشہ،، کے آگے وہ لکھتے ہیں۔ ،،پیشہ ور جن۔،،

،،عمر،، ...... تین ہزار سات سو بتیس سال پانچ مہینے۔

خاندان ...... یتیم ...... غیر شادی شدہ ...... میرے صرف ایک بھائی ہیں جن کا نام عمر آصف ہے وہ پچھلی جولائی تک بحرِ شمالی کی تہہ میں صراحی کے اندر بند تھے اور اب زمین کے

مصنوعی سیّارے (Satellite) کی حیثیت سے کام کر رہے ہیں۔ وغیرہ وغیرہ۔

ان کی درخواست پڑھنے کے بعد دفتر کا مینجر سوچتا ہے کہ حطانچ خبطی ہیں۔ حالاں کہ تمھیں معلوم ہے کہ حطانچ نے اپنی درخواست میں تمام باتیں بالکل سچی لکھی ہیں۔

ظاہر ہے کہ ان کے لیے یہ ذرا بھی مشکل نہیں کہ جادو کے زور سے نو جوان بن جائیں اور پھر درخواست کا فارم بھریں یا مینجر پر اس طرح طلسم کر دیں جیسے انھوں نے لدوگا جہاز پر چڑھتے وقت جہاز کے کپتان پر کیا تھا۔ مگر قصہ یہ ہے کہ حطانچ قطب شمالی کی یہ ملازمت بغیر کسی دھڑی دھوکا اور شعبدہ بازی کے ایمان داری سے حاصل کرنا چاہتے ہیں۔

لیکن اب انھوں نے بورڈ کے دفتر میں جانا کم کر دیا ہے۔ اس کے بجائے انھوں نے ریڈیو انجینئرنگ پڑھنے کا ارادہ کیا ہے تا کہ اپنے وائرلیس کے آلے خود تیار کر سکیں۔ ان کی قابلیت اور ان کے شوق کو دیکھتے ہوئے یہ کوئی ایسا مشکل کام نہیں ہے۔ ان کو اب صرف اچھے استادوں کی ضرورت ہے۔ ان کے دونوں دوستوں نے کہا ہے کہ جتنا وہ خود روزانہ سیکھتے رہیں گے وہی حطانچ کو بھی سکھا دیا کریں گے۔

لہٰذا اب وولکا اور ژینیا نے وعدہ کیا ہے وہ حطانچ کو اتنا پڑھا دیں گے کہ حطانچ سیکنڈری اسکول کا امتحان ان دونوں کے ساتھ ہی دے سکیں گے۔ لیکن سیکنڈری اسکول کے بعد ان کے اور حطانچ کے راستے الگ الگ ہو جائیں گے کیوں کہ تمھیں معلوم ہی ہے کہ ژینیا تو ڈاکٹر بننا چاہتا ہے۔ رہا وولکا وہ البتہ حطانچ کی طرح ریڈیو انجینئر بننے کا ارادہ کر رہا ہے اور ہمیں یقین ہے کہ وہ اس ارادے میں بہت اچھی طرح کامیاب ہوگا۔

اب ہم بھی اس کہانی کے تینوں کرداروں سے رخصت ہوتے ہیں اور ہمیں اُمید ہے کہ تینوں دوست اپنی اپنی تعلیم اور اپنی آئندہ زندگیوں میں کامران رہیں گے۔ اگر تمھیں کبھی یہ تینوں ملیں تو اس کہانی کے مصنف کی طرف سے انھیں ……''ہیلو……'' کہہ دینا جس نے انھیں بڑے چاؤ سے گھڑا تھا۔

❖ ❖ ❖